&

Katrin Seglitz

Schweigenberg

Roman

osbert+spenza

Die Autorin dankt dem Förderkreis
deutscher Schriftsteller in Baden-Württemberg
für das Arbeitsstipendium.

1. Auflage 2019
© 2019, Verlag osbert+spenza, Ravensburg
Alle Rechte vorbehalten. Kein Teil des Werks darf ohne schriftliche
Genehmigung des Verlags reproduziert, vervielfältigt oder verbreitet werden.
Lektorat: Beate Schäfer, München
Satz und Umschlag: Eva Hocke, Bad Saulgau
Druck und Bindung: Pustet, Regensburg
ISBN: 978-3-947941-01-8

Weitere Informationen finden Sie unter www.osbert+spenza.de

man unterscheidet den rechten und den linken
schuh, die oft in der form verschieden sind.
Grimm: Wörterbuch der deutschen Sprache

Die Menschen sind die Teufel der Erde,
und die Thiere die geplagten Seelen.
Schopenhauer

Er war in einen Traum geglitten, der nicht
von Freiheit handelte, sondern von Flucht.
Per Olov Enquist, Der Leibarzt

Nora

Sie schreibt *Trauben!* auf einen Zettel, faltet ihn zwei Mal und steckt ihn in den BH. Als sie das Haus verlässt, fällt ihr Blick auf die Ruine des Schuhlabors. Im zweiten Stock hat sie gearbeitet. Die Scheiben sind zerschlagen, aus dem Fenstersims wächst eine Birke. Die Blätter bewegen sich im Morgenwind, die Birke sieht heiter aus, wie ein Lächeln der Natur.

Hinter der lächelnden Birke hat sie Berichte geschrieben und Materialien geprüft. Was passiert bei zehn Grad minus? Was passiert bei zwanzig Grad minus? Wie oft lässt sich ein Material biegen, bevor es bricht? Wie kalt es war, als sie fliehen mussten. Sie will nicht daran denken. Sie lenkt ihre Aufmerksamkeit in die Füße und spürt das Kopfsteinpflaster der Mühlstraße unter ihren Sohlen.

»Ein Schuh besteht aus zwei Teilen: Der obere Teil ist der Schaft, der untere der Boden.«

Das war der erste Satz des Schuhmachers, bei dem sie in die Lehre gegangen ist. Auch sie hat mit diesem Satz angefangen, Jahre später, als sie selbst Lehrlinge unterrichtete: »Ein Schuh besteht aus zwei Teilen, aus dem Schaft und dem Boden.«

Und der Boden aus einer Innensohle und einer Laufsohle. Die Innensohle wird auch Brandsohle genannt.

»Brandsohle klingt so nach Feuer«, hat sie zu dem Schuhmachermeister gesagt, »warum?«

»Eine Brandsohle hat einen Rand«, antwortete er. »Sie ist *berandet*. Daraus wurde im Lauf der Zeit die Brandsohle. An ihrem Rand wird der Schaft befestigt, die Laufsohle und der Absatz. Die Brandsohle ist also das

Rückgrat des Schuhs. Die Brandsohle ist der Boden, auf dem der Fuß steht.«

Er machte eine kurze Pause, dachte nach und fuhr dann fort: »Die Aufgabe der Brandsohle ist aber auch, das Brennen der Sohlen zu verhindern. Deshalb sollte sie aus gutem Leder sein, sonst brennen die Füße, sobald man länger geht, und dann wird aus einer berandeten Sohle tatsächlich eine Brandsohle.«

Am Anfang eines Wegs brennt noch nichts, ob gute Brandsohle oder schlechte, was mir aber unter den Nägeln brennt, denkt Nora, ist Sahlen. Immer noch ziehen Menschen weg, viele Wohnungen stehen leer.

Was mir unter den Nägeln *brennt*? Sie hat schon einiges brennen sehen, aber das, was in Sahlen brennt, ist nicht heiß, sondern kalt, ein kalter Brand, etwas, das die Stadt von innen aushöhlt. Schuhe wurden in Sahlen gemacht, im Stadtwappen ist die Ahle, wichtigstes Werkzeug der Schuhmacher. Das ist vorbei. Seit der Wende werden keine Schuhe mehr in Sahlen gemacht.

Sie ist am Fuß des Mühlbergs angekommen, biegt nach rechts ab und geht am Radladen vorbei. Die Tür steht weit offen, Frieder ist im Laden, sie sagt freundlich: »Guten Morgen, junger Mann!«

Frieder ist nicht mehr jung, seine flaumigen Haare sind längst grau, aber er ist jünger als sie. Dazu gehört nicht viel, inzwischen sind fast alle jünger als sie. Auch Frieders Sohn kennt sie gut, seit seiner Geburt. Er hat den Laden seines Vaters übernommen und in der Baulücke neben dem Laden einen Mountainbike-Parcours angelegt.

Eastern Bike steht auf einem Holzbrett.

Nora sieht, wie ein Junge mit seinem Rad das Holzgerüst hochklettert, auf den Sattel steigt und sich in eine steile Kurve stürzt. Ihr Magen vollzieht den Sturz mit, macht einen Satz, als der Junge mit dem Rad springt, rückwärts landet, das Rad wendet und weiterfährt.

»Nicht schlecht«, sagt Frieder. »Schade, dass sie das Gelände gegenüber nicht bekommen haben.«

Er nickt mit dem Kopf zur anderen Straßenseite. Ein Bagger planiert den Boden, Arbeiter legen einen Weg an, setzen Steine und pflanzen Bäume. Der Dietrich hatte hier mal eine Papierfabrik, er hat die ganze Wehrmacht mit Klopapier versorgt. *Auch Soldaten brauchen Klopapier. Gerade Soldaten. Weil die so viel Scheiße bauen.* Wer hat das gesagt? Antonia? Paul? Albert hat sich darüber geärgert. Albert war dafür, zu unterscheiden zwischen Soldaten, die Scheiße bauen, und Soldaten, die das eigene Land schützen und den Sozialismus verteidigen. Nach dem Krieg wurde Dietrich enteignet, aus der Papierfabrik wurde eine Schuhmaschinenfabrik, aber auch die ist nun weg.

»Das Gelände hätte sich bestens für einen Mountainbike-Parcours geeignet«, sagt Frieder. »Ich bin zur Stadt gegangen und habe den Vorschlag gemacht, es den jungen Leuten zu überlassen. Sie hätten Hand angelegt, das hätte die Stadt keinen Cent gekostet. Aber die Stadt wollte Pläne sehen. Wir kennen uns aus mit Rädern, aber nicht mit Plänen. Jetzt wird hier für viel Geld dieser Park angelegt.«

»Das ist wirklich schade«, sagt Nora. »Man muss versuchen, die Jungen zu halten. Schade«, wiederholt sie, immer noch steht sie mit Frieder vor dem Radladen.

Ein Mann kommt von links und geht an ihnen vorbei. Ist das nicht Lutz? Aber das ist doch Lutz Winter! Er steuert ein Auto an, steigt ein und fährt los. Nora sieht ihm nach. Dann macht sie sich wieder auf den Weg zum Blütengrund, Trauben holen für Iris, ihre Enkelin.

Arne

Die Trauben fühlen sich wohl in ihrer Haut. Sie werden täglich runder, praller, saftiger. Der August macht wett, was das Frühjahr vermasselt hat. Der Winter war lang, der Juni verregnet, aber der August ist traumhaft.

Arne geht durch den Weinberg. Da sieht er angefressene Trauben. Die meisten Grundstücke sind aufgerebt, aber einige sind verlassen. Von da kommen die Rehe, aus den verwilderten Grundstücken, und von oben, vom Wald. Arne hat Säcke mit Netzen in seiner Gerätekammer, er muss sich die Netze ansehen, ob sie brauchbar sind, ob er sie über die Reben ziehen kann.

Vormittags war er in Freyburg und hat sich mit Frank unterhalten. Ein Kellermeister kann einiges hinkriegen, aber der Schlüssel für einen guten Wein liegt im Weinberg, das Wichtigste ist das Lesegut. Wenn das Hauptmaterial gut ist, wird auch der Wein gut. Wenn die Reben genügend Nährstoffe haben, dann wird der Wein ausgewogen und harmonisch. Aber wenn das Lesegut unterversorgt ist und gestresst, fangen die Probleme an. Aus einem schlechten Lesegut kann man keinen guten Wein machen, da kann man schönen, so viel man will. In dieser Hinsicht sind sie sich einig, Frank und er. Und dann hat Frank etwas gesagt, was ihm nachgegangen ist, er sagte, dass es wichtig sei, die Arbeiten rechtzeitig zu machen.

»Das ist wie mit Kindern«, sagte Frank, »auch da musst du dranbleiben. Wenn du in einem frühen Stadium etwas versäumst, wird es später schwierig. Es gibt für alles einen richtigen Zeitpunkt, den darf man nicht verpassen.«

Arne hat an seine Kinder gedacht und daran, dass er sie zu selten sieht, seitdem Mechthild mit ihnen nach Göttingen gezogen ist. Kinder brauchen eine Mutter, Kinder brauchen einen Vater.

Schwalben fliegen über ihm, im Tal fließt die Unstrut, auf der gegenüberliegenden Seite bellt ein Hund. Arne sehnt sich nach seinen Kindern. Er muss unbedingt mal wieder zu ihnen fahren. Mit ihnen zelten, schwimmen gehen.

Er öffnet den Schuppen und sieht sich die Netze an.

Entweder muss er neue kaufen oder die Löcher stopfen, aber dafür bräuchte er Tage, Wochen. Vielleicht sollte er doch lieber neue Netze kaufen. Er schließt die Tür, geht den Steinweg hoch zum oberen Tor, verlässt das Grundstück, setzt sich in seinen Transporter und fährt in den Wald.

Er braucht wieder Holz, er muss seine Vorräte auffüllen, das Holz muss lagern. Er biegt in einen Forstweg ein, stellt den Wagen am Rand ab und läuft los. Die besten Fässer sind aus Eichenholz, Eichenholz ist großporig, der Wein kann atmen, das macht den Geschmack des Weins runder.

Arne hält Ausschau nach brauchbaren Bäumen. Da sieht er eine Feder, braunweiß gestreift, die Feder eines Raubvogels. Er hebt sie auf, dreht sie zwischen den Fingern, geht weiter mit der Feder in der Hand.

Ein Mann kommt ihm entgegen. Als er Lutz Winter erkennt, ist es, als würde das Blut seinen Körper verlassen, durch die Sohlen in die Erde, aber dann kehrt es wieder zurück, rot und heiß und in Aufruhr. Lutz Winter hat ihn verurteilt zu zwanzig Monaten Gefängnis. Erst zu zwanzig Monaten, dann, nach seinem zweiten Fluchtversuch, noch mal zu achtzehn Monaten.

Arne hält immer noch die Feder in der Hand. Erst hat er die Feder gefunden, dann läuft ihm Lutz Winter über den Weg. Arne kreist über Lutz Winter, einen kurzen Augenblick lang sieht er sich selbst und Winter aus großer Entfernung, von ganz weit oben, er sieht, wie der Mann näherkommt, zehn Meter, fünf Meter, dann lässt Arne sich fallen, er stürzt aus dem Blau des Himmels runter zur Erde, er landet vor dem Mann und verstellt ihm den Weg. Arne ist groß, Winter ein Stück kleiner.

Dreißig Jahre ist es her, dass Winter das Urteil gefällt und verlesen hat. Arne war zwanzig, Winter vierzig. Nun ist Arne fast fünfzig und der Richter siebzig. Vor einem halben Jahr hat Arne ihn schon mal getroffen, in einer Bäckerei in Naumburg. Tabea wollte eine Frostbeule, es war Fasching, es gab ein ganzes Blech Pfannkuchen mit lilafarbener Glasur. Vor ihnen stand ein Mann.

In dem Augenblick, in dem er sagte: »Ein Brot bitte!«, hat Arne ihn erkannt. Ihm wurde kalt. Ihm wurde schlecht. Er musste sich abwenden. Der Mann zahlte und ging. Noch am selben Abend begann Arne mit der Suche. Er fand heraus, dass Winter sich nach dem Fall der Mauer als Rechtsanwalt niedergelassen hat. Vor einigen Jahren hat er sich aus der Kanzlei zurückgezogen, ist aber immer noch beratend tätig.

Auge in Auge mit ihm weiß Arne plötzlich, was er will. Er will, dass dieser Mann eine Ahnung davon bekommt, wie es ist, im Gefängnis zu sein.

Und er sagt zu Lutz Winter, der mit einem überraschten und fragenden Gesichtsausdruck vor ihm steht: »Ich fürchte, dass wir uns kennen. Ich würde Sie lieber nicht kennen. Aber ich habe Sie kennengelernt. Und jetzt werden Sie mich kennenlernen. Sie werden eine Erfahrung machen, die Ihnen noch fehlt. Sie werden die Erfahrung machen, wie es ist, auf einem Spaziergang festgenommen zu werden, auf einem harmlosen Gang durch den Wald. Und keiner Ihrer Angehörigen erfährt davon. Ich möchte Ihnen diese Erfahrung gönnen. Sie haben nicht nur mir diese Erfahrung gegönnt, sondern auch vielen anderen. Einige sind nach der Haft nicht wieder auf die Beine gekommen. Während Sie Ihr Leben lang gut dastanden, in der DDR, aber auch nach 89.«

Lutz Winter wird blass.

Schon greift Arne nach seinem Oberarm und sagt leise: »Was ich aber am schlimmsten finde, ist, dass Sie sich nie entschuldigt haben. Weder bei mir noch bei den anderen sogenannten Flüchtern, die Sie ins Gefängnis gebracht haben. Und deshalb werden Sie jetzt mit mir kommen. Ich rate Ihnen davon ab, sich zu wehren. Sie würden den Kürzeren ziehen.«

Sie gehen eng nebeneinander, man könnte sie für Vater und Sohn halten. Sie erreichen den Transporter. Arne fesselt Lutz Winter mit einem der Seile, die er braucht, um seine Fässer zu fixieren. Der Transporter hat hinten keine Fenster, niemand wird Winter sehen. Auch Arne wurde in einem fensterlosen Lastwagen abtransportiert, vor dreißig Jahren, vom Flughafen Schönefeld in den Knast nach Brandenburg, in einem Lastwagen, der die Aufschrift trug: *Frischen Fisch auf jeden Tisch!*

Arne fährt zurück zum Schweigenberg. Er kommt von oben, die Grundstücke stoßen an den Wald. Es ist Mittwochvormittag, die meisten Pächter kommen nur am Wochenende, bleiben höchstens bis Dienstagmorgen, kommen frühestens am Donnerstagabend. Arnes Weinkeller besteht aus einem Stollen, der tief in den Hang hineinreicht. Es gibt zwei Teile, einen vorderen und einen hinteren Teil, zwischen ihnen ist eine Tür. Er wird Lutz Winter in den hinteren Raum sperren und ihn arbeiten lassen, so wie Arne eingesperrt war und gearbeitet hat, eine Scheißarbeit, Fotoapparate montieren, Gussgrate feilen, drei Jahre lang, insgesamt drei Jahre.

Arne denkt an die Netze, an die Löcher in den Netzen. Das kann er machen, Lutz Winter soll die Netze in Ordnung bringen. Das ist genau das Richtige für einen wie ihn, das Richtige für einen Fänger und Fallensteller, für einen, der vorgab, Menschen zum Sozialismus zu führen, aber mit welchen Mitteln!

Iris

Auf der Suche nach der Reisetasche öffnet sie auch den Faschingskoffer, sieht ein Sammelsurium von Kostümen und Perücken und entdeckt zwischen Indianerfedern und Vampirgebiss die rote Kappe, die sie vor vielen Jahren von ihrer Großmutter bekommen hat.

Iris löst sie vorsichtig vom Eckzahn des Vampirgebisses, nimmt sie aus dem Koffer und streicht über den Samt. Sie hat die Kappe lange getragen, erst in der Schule, dann an der Uni. Ihr Vater mochte sie nicht, sie war ihm zu rot. Ein Grund mehr für Iris, sie zu tragen. Einmal sagte sie zu ihrem Vater mit einem Pathos, zu dem nur Jugendliche fähig sind: »Rot ist meine Lieblingsfarbe. Rot ist die Farbe der Leidenschaft und der Gerechtigkeit. Ich will, dass es gerecht zugeht in der Welt, dafür kämpfe ich.«

Da sagte ihr Vater kühl: »In unserem Land ist genug gekämpft worden.«

Er hatte recht. Sie schwieg.

Dann sagte sie: »Es stimmt, es ist genug gekämpft worden in diesem Land, aber nicht immer für die richtigen Ziele.«

»Kein Ziel der Welt rechtfertigt einen bewaffneten Kampf«, sagte ihr Vater. »Man muss andere Wege finden, um ein Ziel zu erreichen.«

»Ich hatte nicht vor«, sagte sie, »sofort mit einer Kalaschnikow loszuziehen. Ich verspreche dir, dass ich nach anderen Wegen suchen werde.«

Iris kniet immer noch vor dem Faschingskoffer und hält die rote Kappe in der Hand. Wenn ihr jemand gesagt hätte, dass sie einige Wochen später mit einer Pistole unterwegs sein würde, hätte sie ihm nicht geglaubt. Irgendwann ist die Kappe im Koffer gelandet, ihre Kinder haben sie an Fasching getragen, Signe war Rotkäppchen, Moritz der böse Wolf, das Vampirgebiss hatte er sich auf die Zähne gesteckt. Eigentlich ist die Kappe immer noch schön, denkt Iris und setzt sie auf, schließt den Koffer und sucht weiter nach der Reisetasche.

Am nächsten Morgen bricht sie früh auf, im Ohr den Satz ihrer Mutter: *Mach dich auf, bevor es heiß wird!* Es ist Anfang August, es wird heiß werden. Als Iris das Haus verlässt, ist der Himmel nachtblau und die Luft frisch und sommerlich duftend. Sie atmet den Morgen ein, den nächtlich blauen, sommerlich duftenden Morgen, setzt sich ins Auto und fährt los.

Nebelschwaden leuchten in der aufgehenden Sonne, wie lichte Inseln schweben sie über den Feldern. Iris fährt an Ulm vorbei, erreicht Würzburg, lässt Schweinfurt links liegen und passiert die Thüringer Pforte. Rechts und links Wipfel, dicht an dicht Fichten, sie ist im Wald. Und auf dem Weg zu Nora, ihrer Großmutter.

Vor einem halben Jahr ist Antonia gestorben. Bei der Beerdigung haben sie gemeinsam geweint, Nora um ihre Tochter, Iris um ihre Mutter. Iris hat beschlossen, Nora so oft wie möglich zu besuchen. Nun ist sie auf dem Weg zu ihr, sie wird den August bei ihr in Sahlen verbringen. Einen Tag wird sie nach Leipzig fahren, um einen Vortrag zu halten über urbane Wälder, aber sonst hat sie nichts vor.

Wenn Iris gefragt wird, was sie macht, sagt sie: »Betonbetten aufbrechen.« Aber die Renaturierung begradigter Flüsse ist nur ein Teil ihrer Arbeit, sie hat auch Paradiesgärten angelegt und Friedhöfe, Mittelstreifen von Autobahnen begrünt und Flächen bepflanzt, auf denen mal Fabriken standen oder Plattenbauten. Seit einiger Zeit beschäftigt sie sich mit Wäldern. In Städten.

Ein Tunnel kommt, dann folgt ein zweiter und schließlich einer, der kein Ende nimmt. Iris klebt an den Rücklichtern des vor ihr fahrenden Autos. Die Sonnenbrille macht den Tunnel noch dunkler, erst jetzt merkt sie, dass sie die Brille noch trägt. Ihre Hände umklammern das Lenkrad. Entspann dich! Sie versucht, das Lenkrad lockerer zu halten, eine Hand zu lösen und ihre Sonnenbrille abzusetzen, aber sie traut sich nicht. Vor ihr fährt ein Blutspendefahrzeug vom Roten Kreuz, sie weiß nicht, ob sie das bedrohlich finden soll oder tröstlich. Vielleicht liegt es an der roten Kappe, die sie heute Morgen wieder aufgesetzt hat, dass sie sich plötzlich wie Rotkäppchen fühlt, Rotkäppchen im Bauch des Bergs, und sie fragt sich, wann der Jäger endlich kommt und den Berg aufschneidet.

Vor Jahren hat sie beim Wandern in der Schweiz Jäger getroffen. Gewehre hingen über ihren Schultern, ein Gamsbock lag zwischen ihnen auf dem Boden. Die Jäger warteten mit dem Ausweiden, bis sie vorbeigegangen war.

Sie hörte einen sagen: »Das ist nichts für Frauen.«

Als sie sich umwandte, sah sie, wie einer der Jäger das Messer ansetzte und mit zwei Schnitten den Bauch der Gams öffnete. Er griff mit beiden Händen in ihren Leib, der bestimmt noch warm war. Eine halbe Stunde später traf sie zwei andere Jäger. Auch zu ihren Füßen lag ein totes Tier, der Bauch war bereits leer.

»Und was wird aus den Innereien?«, fragte sie die Jäger.

»Die werden gefressen, die sind in zwei Stunden weg. Die holen sich Füchse und Vögel.«

Als Iris hinter einen Felsen ging, um zu pinkeln, sah sie einen Ballon, prall gefüllt mit Gras. Das war der Magen der Gams. Das Gras, das sie noch am Morgen gefressen hatte, schimmerte dunkelgrün durch die helle Magenwand. Iris kehrte zurück zum Weg. Die Jäger waren gerade dabei, Enziane abzuschneiden und sie der Gams ins Maul zu stecken.

»Das ist der letzte Biss«, sagte einer der beiden. »Das haben wir von den Deutschen gelernt.«

Was man alles von den Deutschen lernen kann, dachte sie, während die Jäger die Beine der Gams mit einem Strick zusammenbanden und einen Stock hindurchschoben. Dann hoben sie den Stock hoch und trugen das Tier zur Gipfelstation des Sessellifts, wo schon andere Jäger warteten. Sie setzten die toten Gämsen und Gamsböcke nebeneinander auf die Sitze des Sessellifts. Die Tiere sahen aus wie erschöpfte Wanderer, aufrecht sitzend und doch zusammengesunken. Sie waren auf dem Weg zur Mittelstation, wo sie bereits auf der Speisekarte standen.

Immer noch ist Iris im Tunnel, auch sie fühlt sich inzwischen mehr tot als lebendig. Aber dann sieht sie ein Licht, klein, weiß, am Ende des Tunnels, es rückt rasch näher, und dann ist sie draußen. Erleichtert atmet sie auf. Die Sonne scheint noch. Oder wieder.

Zwischen den Bergen liegen Täler, über die Täler spannen sich Brücken. Die Täler heißen Wolfsgraben, Rotes Tal, Judental, Schindgraben. Der Wald lichtet sich, die Felder werden größer, zwischen Himmel und Erde drehen sich Windräder. Auf großen blauen Schildern steht: Weimar, Jena, Naumburg.

Bei Weimar verlässt sie die Autobahn.

Nora

Links die Saale, rechts die *Panther Schuh GmbH*.
Werden hier noch Schuhe gemacht? Oder nur noch verpackt? Vielleicht werden hier nur die Schuhe verpackt, die in anderen Ländern hergestellt werden. Das ist alles, was vom *Banner des Friedens* übriggeblieben ist. Die Gebäude der ehemaligen Schuhfabrik sind verrammelt und vergammeln.

Schuhe machen in Sahlen? Das hat sich nicht mehr rentiert. Was rentiert sich? Der Schlachthof rentiert sich. An den Schlachthof will Nora nicht denken. Die Straße, auf der sie geht, besteht aus Betonplatten, es ist eine der alten Betriebsstraßen der DDR. Sie glaubt den rauen Beton zu spüren, durch Laufsohle und Brandsohle hindurch.

»An der Brandsohle wird der Schaft befestigt«, sagte der Schuhmachermeister, »die Laufsohle und der Absatz. Und wenn ein Schuh keinen Absatz hat, spricht man von Nullboden.«

Bei *Nullboden* hat sie an Grete gedacht. Grete hat bei einem Bauern gearbeitet, sie musste jeden Morgen früh raus und die Kühe auf die Weide treiben, barfuß noch im Oktober. Sie hat versucht, sich die Füße in dem Strahl pinkelnder Kühe zu wärmen oder im dampfenden Mist. Weder Boden noch Schaft, weder Innensohle noch Laufsohle, das war Nullboden für Nora, und auch, als sie längst wusste, dass Nullboden eine Sohle ohne Absatz ist, hat sie bei Nullboden immer an Grete gedacht. In Bad Dürrenberg hat sie Schuhe gemacht für Grete, warme Schuhe für Grete, gefütterte Schuhe für Grete,

Winterschuhe für Grete, Schuhe für alle, die Schuhe brauchen, aber keine haben.

Nora verlässt die Betriebsstraße und geht auf einem Pfad durch die Wiese zur Saale, und dann auf einem Feldweg weiter an der Saale entlang. Wie grün alles ist. Wie ruhig die Saale in ihrem Bett fließt, in ihrem grünen Bett. Die Weiden hängen tief. Pappelflocken treiben auf dem Fluss. Angler stehen am Rand, ein dünner und ein dicker. Der Dicke hebt zwei Finger an den Rand seiner Kappe und nickt ihr freundlich zu.

»Hier habe ich eine Karausche für dich.«

Nora musste lachen, wenn Albert eine Karausche nach Hause brachte, sie hörte das Wasser rauschen, wenn Albert von Karauschen sprach. Wenn Albert nichts geangelt hatte, machte er die Kormorane dafür verantwortlich, seiner Meinung nach gab es zu viele Kormorane an der Saale, seiner Meinung nach waren die Kormorane die Pest.

»Sie haben das gleiche Recht wie du, Fische aus der Saale zu holen«, hat sie zu Albert gesagt. Aber davon wollte er nichts hören. Nora winkt den zwei Anglern zu, geht weiter und sieht hinter der nächsten Wegbiegung einen Kormoran auf einem kronenlosen Baumstamm sitzen. Da ist sie schon, die Konkurrenz. Der Kormoran hat seine Flügel angehoben und lässt die Federn von der warmen Luft trocknen. Er sieht aus wie ein Dirigent nach einem schweißtreibenden Konzert. Er folgt Nora mit seinen Blicken, ohne sich von der Stelle zu rühren, er dreht seinen Kopf um gefühlte 360 Grad.

Iris

Sie macht in Weimar Pause und geht an der Ilm entlang zum Gartenhaus Goethes. Vor dem Haus blühen Malven, weiß, rosa, dunkelrot. Die Blüten sehen aus wie gähnende Münder, ihr Gähnen ist ansteckend, auch Iris gähnt, sie kann die Augen kaum noch offen halten, sie ist früh aufgestanden und seit vielen Stunden unterwegs.

Sie legt sich unter eine Kastanie in die Nähe des Gartenhauses, die Wiese wird zur Wiege, Insekten summen. Ihre Augen fallen zu. Die Gartentür von Goethes Haus öffnet sich, eine Frau kommt näher und sagt: »Ich bin Christiane. Magst du zu uns kommen?«

Iris steht auf und folgt ihr zum Gartenhaus. Zwischen den Malven stehen ein runder Tisch und vier Liegen, auf der einen liegt Goethe, auf der anderen Schiller. Christiane legt sich auf die dritte und deutet auf die vierte, die noch frei ist.

»Die ist für dich.«

»Das ist«, sagt Goethe, »der westöstliche Diwan.«

Schiller lacht.

Christiane macht eine Bemerkung zu der leichten Sommerhose, die Iris trägt, und Schiller fragt, ob die rote Kappe eine Jakobinermütze sei.

»Nein«, sagt Iris, »nein ...«

»Die Jakobiner tragen ähnliche Mützen«, sagt Schiller. »Sie sind der Inbegriff von Freiheit, Gleichheit und Brüderlichkeit.«

»Geschwisterlichkeit«, sagt Iris.

Schiller sieht sie erstaunt an. »Ja, warum nicht, Geschwisterlichkeit.«

»Die Französische Revolution ist im Blut ersoffen«, sagt Goethe. »Anfangs war ich von den Jakobinern begeistert, später nicht mehr. Zu viele Hähne, die sich gegenseitig die Augen ausgehackt haben.«

»Danton hat mich zum Ehrenbürger von Paris ernannt«, sagt Schiller, »wegen der *Räuber*. Die Urkunde hat mich allerdings erst nach Dantons Tod erreicht, fünf Jahre, nachdem er guillotiniert worden war.«

Nein, ihre Kappe ist keine Jakobinermütze. Nora hat sie ihr zum achten Geburtstag geschenkt, als die Isar Hochwasser hatte und die Studenten auf die Straße gingen. Sie fragten ihre Eltern und Großeltern: »Was habt ihr im Krieg eigentlich gemacht?«

Das war die erste von vielen Fragen.

Iris ist die jüngere Schwester der 68er, sie hat ihre älteren Geschwister lange angehimmelt. Sie brachen das Schweigen, sie stellten unbequeme Fragen, sie setzten sich über das hinweg, was man macht und was man nicht macht. Ihre Wut ergriff Iris wie etwas Körperliches, wie die Pubertät, der sie schon bald ausgesetzt war.

Alles war anders nach ihren Protesten. Einige Lehrer waren ratlos, sie wussten nicht mehr, wie und was sie unterrichten sollten. Sie fragten die Schüler, was sie lernen wollten, aber weil die Schüler nicht wussten, was man lernen kann, sagten sie mal: Nichts. Und mal: Alles.

Iris schaut in die belaubten Zweige der Kastanie und durch die Blätter in den blassblauen Sommerhimmel. Sie liegt wieder auf der Wiese. Hat sie nicht gerade noch mit Goethe, Christiane und Schiller zwischen den Malven gelegen und über Revolutionen gesprochen? Sie setzt sich auf, greift nach dem Handy und versucht, ihre Großmutter zu erreichen, um ihr Kommen anzukündigen. Aber Nora geht nicht ans Telefon.

Als Iris weiterfährt Richtung Sahlen, steht die Sonne schon tief. Links liegt Buchenwald, das Denkmal ragt aus dem Wald, es ist von allen Seiten sichtbar. Die Felder erstrecken sich bis zum Horizont. Riesige Mähdrescher ziehen ihre Bahnen, umgeben von graugelben Wolken aus Spreu und Staub. Ab und zu verlangsamen sie ihre Fahrt, ein Rüssel schiebt sich aus ihrer Seite und ein fetter Strahl Korn ergießt sich in den Anhänger eines Traktors.

Iris fährt über eine Hochebene, sieht die Dächer eines Dorfs, eine Gruppe dreischenkliger Windräder und eine Allee kugeliger Bäume, über ihnen der Mond. Im ersten Augenblick verwechselt sie ihn mit der Sonne, weil er ganz rund und gelb ist. Aber dann schaut sie zur anderen Seite und weiß, dass sie sich geirrt hat, denn da hängt die Sonne. Beide schweben eine Hand breit über dem Horizont, rechts die Sonne, links der Mond, die Sonne orangerot, der Mond dottergelb. Die Landstraße ist schnurgerade und menschenleer. Iris hält am Rand, stellt den Motor ab, geht ein paar Schritte und streckt die Arme aus. Über der einen Hand schwebt der Mond, über der anderen die Sonne. Sie fühlt sich wie ein kosmischer Jongleur.

Nora

Sie ist noch gut zu Fuß. Vielleicht, weil sie immer gern gegangen ist. Und weil ihre Schuhe fußformgerecht sind. Im Schuhlabor in der Kubastraße haben sie Schuhe nach der Fußform unterschieden. Die Schuhe waren entweder fußformgerecht, fußformdominant oder fußformgenehmigt. *Fußformgerecht* bedeutete: Die Schuhe werden den Füßen gerecht. Wenn ein Schuh *fußformdominant* war, wurde er den Füßen weitgehend gerecht. *Fußformgenehmigt* hieß, dass die Schuhe den Füßen nicht gerecht, aber trotzdem genehmigt wurden.

Damenschuhe mit hohen Absätzen sind nicht gut für die Füße, wurden aber genehmigt, weil auch eine sozialistische Frau schick sein will, sie will sich schick im und durch den Sozialismus bewegen, auch wenn ihr danach die Füße wehtun. Das ist vorbei.

Nun bewegen wir uns durch den wieder auferstandenen Kapitalismus, denkt Nora, und immer noch gibt es Schuhe, die den Füßen nicht gerecht werden, und Füße, die vom Tragen der Schuhe wehtun. Was nicht sein muss, schicke Schuhe müssen nicht zwangsläufig wehtun.

Die Schuhe, die Albert ihr zur Hochzeit gemacht hat, haben keine Minute wehgetan. Es waren Schuhe aus Ziegenleder, mit halbhohen Absätzen. Albert hat Maß genommen an ihren Füßen, er hat Holzleisten angefertigt, er hat die Schuhe gebaut.

»Der Fuß ist der Proletarier unter den Gliedern«, hat Albert gesagt, »deshalb bin ich Schuhmacher geworden. Um dafür zu sorgen, dass es den Füßen gut geht. Auch den Füßen. Gerade den Füßen. Vor allem den Füßen. Wer trägt uns durchs Leben? Die Füße. Also müssen sie ordentlich beschuht werden. Nach allen Regeln der Kunst.«

Albert hat ihr Schuhe gemacht und sie hat ihm Schuhe gemacht. Rahmengenähte Schuhe. Bei billigen Schuhen wird die Laufsohle auf die Brandsohle gespritzt oder geklebt, bei guten Schuhen werden Laufsohle und Schaft an die Brandsohle genäht. Zwischen Brandsohle und Laufsohle kommt Füllmaterial, am besten Kork. Das ermöglicht dem Fuß, sich ein passendes Bett zu schaffen und sich in diesem Bett wohlzufühlen. Mit den Schuhen, die sie Albert gemacht hat, ging er schon zu Lebzeiten wie auf Wolken.

Arne

Er geht runter in den Keller, durchquert den Weinkeller mit den Fässern und kommt an eine zweite hintere Tür, die zu dem Keller führt, der wie ein Stollen im Weinberg liegt. Er klopft an der Kellertür und sagt, dass Winter sich neben das Bett stellen soll, mit dem Rücken zur Tür.

Ob er verstanden habe?

Arne sagt Sätze, die der Schließer zu ihm gesagt hat, als er in Untersuchungshaft war. Er spricht in einem Ton, den er gehasst hat, harsch, hart, ohne Bewegung. Der Schließer hat den Raum aufgesperrt und wieder zugesperrt, der Läufer hat Arne zu dem Raum gebracht, in dem die Vernehmungen stattgefunden haben. Die erste Vernehmung war die sogenannte Schockvernehmung, weil die Gefangenen in der ersten Nacht noch unter Schock standen und ausplauderten, was sie in der dritten und vierten Nacht für sich behielten.

»Sie nehmen den Eimer«, sagt Arne, »und kommen mit.«

Lutz Winter steht immer noch mit dem Rücken zu ihm. Nimmt den Eimer mit den Fäkalien und dreht sich um. Arne greift nach seinem Oberarm, führt ihn zwischen den Fässern hindurch in den vorderen Teil des Kellers, dann die Kellertreppe hoch in die Küche, von der Küche in den Flur und zur Toilette.

Arne lässt Winter den Eimer ins Klo leeren und ausspülen. Dann öffnet er mit einer Hand die Tür zum Bad und sagt: »Duschen. In drei Minuten sind Sie fertig.«

Duschen. Einmal in der Woche, immer mittwochs. In Brandenburg gab es große Duschräume, fünfzig Männer drängten sich um vier Duschen, die anderen waren kaputt, jeder versuchte, ein paar Spritzer heißes Wasser abzubekommen.

Arne lässt die Tür des Bads halb offen.

Winter fragt: »Kann ich die Tür schließen?«

»Nein«, sagt Arne. »Ich werde zusehen, wie Sie sich ausziehen. Damit habt ihr angefangen: Ausziehen. Beine breit. Bücken. Kopf zur Wand. Und dann habt ihr uns in den Arsch geleuchtet. Und unter die Vorhaut. Anschließend wurde das Schamhaar unter die Lupe genommen, um nach Schädlingen zu suchen. In den Verhören ging es dann um die Schädlinge in unseren Köpfen. Um die Pläne zur Abschaffung der DDR, um Konterrevolution und Spionage. In dem Augenblick, in dem ihr mir in den Arsch geleuchtet habt, wünschte ich mir tatsächlich nichts sehnlicher als die Abschaffung der DDR.«

»Ich habe nicht in Ihren Arsch geleuchtet«, sagt Winter mit einem Anflug von Ärger.

»Nein«, sagt Arne, »Sie nicht, aber es geschah mit Ihrer Zustimmung. Das war Teil der Schikanen. Ihr habt versucht, mich kleinzukriegen. Es begann damit, dass ihr in meinen Arsch geleuchtet habt. Anschließend habt ihr versucht, einen Blick in meine Seele zu werfen. Ich sollte beichten. Ihr wolltet alles wissen. Und je mehr ihr gesucht habt, desto mehr habt ihr gefunden. Und desto mehr Angst hattet ihr. Und desto unnachgiebiger habt ihr gesucht.«

Lutz Winter steht nackt da. Die Haare auf seiner Brust sind weiß, die Haut ist faltig und schlaff.

»Duschen!«, sagt Arne.

Wieder ist sein Tonfall barsch. Er spricht, wie man mit ihm gesprochen hat, damals in der Haft. Er hat dieses Angeschnauztwerden gehasst. Kann er seinen Hass loswerden, indem er den Richter nun seinerseits anschnauzt?

Winter duscht.

Als er fertig ist, trocknet er sich ab und zieht die Sachen an, die Arne ihm hingelegt hat, eine frische Unterhose und einen alten Trainingsanzug. Beides ist ihm zu groß, die Unterhose von Arne und der Trainingsanzug. Winter krempelt die Ärmel hoch und die Hosenbeine.

Arne führt ihn über den Flur ins Arbeitszimmer.

Er hat die Jalousien runtergelassen, die Regale mit Bettlaken verhängt und den Schreibtisch in die Mitte des kleinen Raums geschoben. Auf der einen Seite des Tischs steht ein Stuhl, auf der anderen ein Hocker.

Arne verschließt die Tür mit einem Schlüssel, deutet auf den Hocker und sagt barsch: »Setzen!«

»Meine Frau ...«, sagt Winter, aber es gelingt ihm nicht, den Satz zu beenden, er wird von Arne unterbrochen.

»Ja, Ihre Frau wird sich Sorgen machen. Die Angehörigen machen sich immer Sorgen. Meine Familie hat sich auch Sorgen gemacht, zwei Monate lang wusste meine Mutter nicht, wo ich war.«

»Das war etwas anderes«, sagt Winter, »Sie sind straffällig geworden. Sie haben gegen Gesetze der DDR verstoßen. Sie haben ...«

»Klappe!«, sagt Arne, »das reicht.«

Er steht auf, geht zu Winter, zieht ihn vom Hocker.

»Nein«, sagt Winter und macht eine abwehrende Bewegung, »nein, nicht schon wieder in den Keller. Bitte!«

»*Bitte* ist gut«, sagt Arne.

»Ich möchte, ich muss nach Hause, meine Frau ...«

Arne sagt scharf: »Ich wollte auch nach Hause. Aber das hat niemanden interessiert. Am allerwenigsten Sie.«

»Ich musste ... Ich war Richter ...«

Winter strafft sich.

»Ich war gebunden an das Strafrecht der DDR.«

»Sie waren Richter«, sagt Arne. »Aber Sie wussten: Es gibt noch andere Gesetze. Die Menschenrechte zum Beispiel.«

»Sie wissen so gut wie ich«, sagt Winter, und seine Stimme bekommt einen metallischen Klang, »dass wir nicht unabhängig waren. Es gab Vorgaben. Aus Moskau.«

»Ich weiß«, sagt Arne, »aber es stand Ihnen frei, mitzumachen oder nicht. Sie haben mitgemacht. Und dafür werden Sie sich jetzt verantworten.«

Nora

Goseck schwebt über dem Saaletal. Eine Pause machen in Goseck! Eine schmale Straße führt hoch zur Burg, zwischen den großen Bäumen blüht es blau. *Fernab liegt mir alle Habsucht: aber die blaue Blume sehn ich mich zu erblicken.* Novalis hat einige Jahre in Sahlen gelebt. Er wurde im Stadtpark verewigt, mit einem feinen Gesicht und halblangen Haaren. Alle, die in Sahlen leben, kennen ihn. Er war Dichter und zuständig für die Salinen. Auch er ging gern nach Goseck.

Nora schnauft, es geht steil bergauf. Es geht. Immer noch. Obwohl sie manchmal gedacht hat, es geht nicht mehr. Aber es ging immer weiter, auch ohne sie, hinter ihrem Rücken, auch wenn sie in Gedanken woanders war, auch wenn sie manchmal nicht mehr wusste, warum sie noch ging, warum sie noch geht, warum sie noch lebt.

Um zu sehen? Um sich an dem, was ist, zu freuen? An der Saale, an ihrem Mäandern? Sie hat das Freuen noch nicht verlernt, freut sich an den blauen Blumen zwischen den Bäumen, am Nebel, der morgens aus den Wiesen steigt und aus ihrem Mund, wenn es kalt ist. Ich freue mich aber auch an der Musik, denkt sie, während sie weiter hochgeht zu der alten Burg, die mal Kloster war und mal Schloss, und heute ein Ort, an dem mittelalterliche Musik gemacht wird.

Dann ist sie oben, geht durch das Tor in den Innenhof von Goseck und wird begrüßt von drei alten Bäumen, die sie schon lange kennt und wie Geschwister liebt: den Ginkgo, den Schnurbaum und die Kastanie. Der Schnurbaum blüht, die Blüten hängen in Dolden übereinander und duften stark. Die verblühten lösen sich und schweben zu Boden, jede Blüte ein Falter. Sie liegen rund um den Stamm auf dem Boden, zentimeterdick, und bilden ein weiches Polster. Sie liegen aber auch auf den Tischen und Bänken vor der Schlossschenke. Nora setzt sich auf eine Bank.

Ein kleines Lüftchen dreht sich um sie, mit einer geschmeidigen Bewegung, als wollte es sie auffordern zum Tanz. Sie fühlt den Schwung, den warmen Atem des Sommers, und sieht den Blüten zu, die anmutig schwebend um sie herumtanzen und sich dann niederlassen, auf dem Tisch, auf der Bank, als wollten sie ihr Gesellschaft leisten.

»Möchten Sie etwas trinken?«

Nora schaut auf. Eine junge Frau steht vor ihr.

»Ja bitte. Einen Silvaner. Ein Achtel.«

Einige Meter von der Terrasse entfernt stehen Zelte, die bogenförmigen Stangen sind mit gelben Plastikplanen überzogen. Darunter arbeiten Männer und Frauen. Sie tragen die Erde ab, Schicht um Schicht, sorgsam, vorsichtig, als hätten sie etwas Wertvolles verloren und müssten es unbedingt finden. Nachdem Nora sich ausgeruht, den Silvaner getrunken und gezahlt hat, steht sie auf, geht zu den Zelten und fragt eine junge Frau: »Haben Sie heute schon was gefunden?«

»Ja. Eine Kupfernadel.« Die Frau öffnet die rechte Hand, zeigt die Länge der Nadel zwischen Mittelfinger und Daumen.

»Und die Stiche?«

»Die nicht«, sagt die Frau und lacht.

Nora verabschiedet sich und geht zum seitlichen Flügel

der Burg. Sie muss aufs Klo. In der DDR war Goseck eine Jugendherberge, immer noch kann man in Goseck übernachten. Manchmal ist Nora nach einem Schenkenkonzert geblieben, sie kennt sich aus, geht die Treppe hoch in den ersten Stock, der Gang ist lang, rechts und links sind die Türen zu den Zimmern, einige stehen halb auf. Als Nora von der Toilette kommt, geht sie in eins der leeren Zimmer, setzt sich aufs Doppelbett und zieht ihre Schuhe aus. Ein wenig hinlegen. Ein wenig ausruhen …

Bevor sie einschläft, glaubt sie, Novalis am Fenster sitzen zu sehen, mit seinen lockigen, schulterlangen Haaren. Er spricht von tausend Genüssen und einer wunderbaren Heiterkeit, die ihn ergreift, wenn er in Goseck ist. »Ich bin gerührt«, sagt er, »wenn ich vom Schloss übers Saaletal blicke …«

Dann hört sie nichts mehr.

Iris

Die Kubastraße sieht nach Kuba aus. Das Kopfsteinpflaster hat so tiefe Schlaglöcher, dass sie um die Achse des Autos fürchtet. Das Haus, in dem ihre Großmutter wohnt, gehört zu den wenigen Häusern in der Straße, die renoviert worden sind. Gegenüber des Hauses liegt ein Gebäude aus roten Backsteinen, die eine Hälfte steht, die andere Hälfte ist in sich zusammengesunken. Eine Birke wächst aus einem der Fenster, Nachtkerzen wiegen sich im Wind, vor einem Ziegelhaufen steht ein durchgesessenes Sofa.

Iris drückt auf den verwitterten weißen Knopf, der neben dem Namensschild ihrer Großmutter in den Türstock eingelassen ist. Nichts rührt sich. Sie klingelt ein zweites Mal. Alles bleibt still. Sie legt die Hand probeweise auf die Klinke, die Haustür öffnet sich. Sie geht das Treppenhaus hoch, auf jedem Absatz sind Fenster aus buntem Glas, dann steht sie vor der Wohnungstür ihrer Großmutter und klingelt erneut.

Nichts. Keine Schritte. Die Tür bleibt zu.

Sie überlegt, was sie tun soll.

»Georg ist ein hilfsbereiter Mann«, hat ihre Großmutter bei einem Telefonat gesagt. »Georg wohnt über mir, ohne Georg wäre ich aufgeschmissen.«

Iris geht ein Stockwerk höher, die Treppe wird staubig, eine Kiste mit Holz steht vor der Tür, ein großer Ast lehnt an der Wand. Sie klingelt. Ein Mann öffnet die Tür spaltbreit, er trägt eine Brille, hat graue Haare und einen grauen Kinnbart.

»Ich bin Iris«, sagt sie, »die Enkelin von Nora. Meine Großmutter ist nicht da. Wissen Sie, wo sie sein könnte?«

»Nein«, sagt er, »tut mir leid. Ich habe keine Ahnung, wo Nora ist. Ich bin übrigens Georg. Wann habe ich Nora gesehen? Gestern oder vorgestern. Im Treppenhaus. Sie hat von Ihnen gesprochen. Mehr kann ich Ihnen nicht sagen. Aber ich kann Ihnen den Schlüssel zur Wohnung Ihrer Großmutter geben. Sie wollte, dass ich einen Ersatzschlüssel habe. Für alle Fälle.«

Er gibt ihr einen Schlüssel, der an einem roten Geschenkband hängt. Iris dankt, geht die Treppe wieder runter in den dritten Stock und schließt die Tür zu Noras Wohnung auf. Es riecht nach Rosinen und Trauben,

Schuhcreme und Leder. An der Garderobe hängen ein Wintermantel und ein Sommermantel, auf der Hutablage liegt ein Strohhut mit baumelnden Bändern.

»Oma?«

Iris geht durch den Flur in die Küche. Niemand da. Schaut auch in die anderen Zimmer, ins Schlafzimmer, Wohnzimmer, ins Badezimmer. Keine Nora. Iris kehrt in die Küche zurück. Über dem Kühlschrank klebt ein Plakat mit einem Schwein und quer darüber steht, mit Filzstift geschrieben: *Armes Schwein!* Iris öffnet den Kühlschrank, sieht ein Marzipanschwein, Karotten und eine Packung Käse. Ihre Großmutter hat nicht eingekauft. Auch das ist beunruhigend. Neben einem Tetrapack Milch mit abgelaufenem Verfallsdatum steht eine Flasche Holunderblütensirup. Iris nimmt die Flasche aus dem Kühlschrank, gießt etwas Sirup in ein Glas, füllt auf mit Leitungswasser, trinkt einen Schluck. Lauwarm. Sie öffnet wieder den Kühlschrank, sucht im Gefrierfach nach Eiswürfeln. Keine Eiswürfel. Stattdessen Winterschuhe, überwuchert von Eiskristallen.

Oma spinnt, denkt sie, Oma ist verrückt geworden.

Durch das gekippte Küchenfenster hört sie die Saale rauschen. Eine Grille zirpt. *Und wenn du hinauskommst, so geh hübsch sittsam und lauf nicht vom Weg ab ...* Iris kennt das Märchen vom Rotkäppchen auswendig, Antonia hat es ihr vorgelesen, als sie ein Kind war, und sie hat es ihren Kindern vorgelesen, und nun ist es da, jeder Satz, und meint sie.

Nein, sie ist nicht auf direktem Weg nach Sahlen gefahren, sie hat in Weimar eine Pause gemacht. Hat der Wolf sie verführt, ist er aus dem Wolfsgraben gesprungen mit den Worten: »Guten Tag, Iris. Wohin des Wegs?«

Und sie hat arglos geantwortet: »Guten Tag, Wolf. Ich bin auf dem Weg zu meiner Großmutter.«

Und er, mit einem listigen Ausdruck im haarigen Gesicht: »Wo wohnt deine Großmutter denn?«

»Weißt du das nicht? Sie wohnt in der Kubastraße in Sahlen.«

»Aber warum hast du es so eilig? Weimar liegt auf dem Weg. Kennst du Weimar schon? Nein? Du musst unbedingt mal nach Weimar! Weimar ist die Stadt Goethes. Es würde sich doch anbieten, in Weimar eine Pause zu machen.«

Und sie hat eine Pause in Weimar gemacht. In dieser Zeit ist der Wolf nach Sahlen gelaufen und hat sich über Nora hergemacht. Nein. Unsinn. Iris nimmt die Winterschuhe aus dem Eisfach und schließt die Kühlschranktür. Vor zwei Stunden war sie noch in Hochstimmung, nun ist sie beunruhigt. Es ist Nacht, Nora müsste längst zu Hause sein. Vielleicht ist sie einkaufen gegangen, gestürzt und ohnmächtig geworden? Vielleicht hat sie einen Spaziergang gemacht und sich verlaufen? Vielleicht irrt sie an der Saale entlang und findet nicht mehr zurück nach Haus? Vielleicht ist sie gestolpert und liegt hilflos in einem Gebüsch oder in einer dunklen Ecke, in der keine Menschenseele vorbeikommt?

Iris denkt an die Ruine auf der anderen Straßenseite und hat das Gefühl, Nora könnte da liegen, im Schatten des Schutthaufens, unbemerkt von Nachbarn und Anwohnern. Sie trinkt den Holunderblütensaft aus, stellt das Glas in die Spüle, greift nach dem Schlüssel, verlässt die Wohnung und kurze Zeit später das Haus.

Das gegenüberliegende Gebäude sieht aus, als wäre es von der Pranke eines riesigen Tiers zerfetzt worden. Dachbalken ragen in den Himmel wie Mikadostäbchen, die jemand in die Luft geworfen hat. Der Mond ist höher gewandert und nicht mehr groß und dottergelb wie vorhin, sondern kleiner und leuchtend weiß. In seinem Licht kann sie die Worte *Schuhfabrik Lewinsohn u. Soehne* über dem Eingang entziffern.

Rechts ist ein Schuttberg, links ein Schuppen.

Iris nähert sich dem Schuppen und wirft einen Blick durch die geöffnete Tür. Es riecht muffig und vermüllt, nach Alkohol und Urin. Am Boden liegt eine Matratze, umgeben von einer Batterie Flaschen. Dahinter gähnende Dunkelheit. Vielleicht sollte ich doch besser zur Polizei gehen, denkt sie, vielleicht kann die Polizei sich den Schuppen mal ansehen.

In diesem Augenblick hört sie Schritte, jemand rennt über das Kopfsteinpflaster der Kubastraße, und obwohl sie gerade noch unentschlossen vor dem Schuppen stand, schlüpft sie nun hinein. Der Flüchtende wird in unmittelbarer Nähe des Schuppens von zwei Männern eingeholt.

Aus der mit miefigem Gestank erfüllten Dunkelheit sieht sie, wie der Größere ihn am Arm packt, herumreißt und ihm mit der Faust mitten ins Gesicht schlägt. Er sinkt mit einem Aufstöhnen zu Boden. Der andere Mann tritt nach ihm, einmal, zweimal, dreimal, dann kniet er sich neben den Mann und durchsucht seine Jacke.

Der Mann wimmert. Der Große versetzt ihm einen weiteren Schlag. Es ist, als hätte er mit diesem Schlag auch Iris getroffen, sie weicht erschrocken zurück, tiefer in den Schatten des Schuppens, tiefer in den Mief, stolpert über die Matratze, Flaschen fallen um, ihr Sturz auf den versifften, stinkenden Schaumstoff verursacht einen Höllenlärm. Jetzt ist alles aus, denkt sie, jetzt werden die Männer in den Schuppen stürmen und auch mich zusammenschlagen. Aber keiner kommt. Stattdessen hört sie einen Fluch und sich eilig entfernende Schritte.

Dann ist alles still.

Sie ist immer noch starr vor Schreck. Rührt sich nicht. Wagt kaum zu atmen. Liegt da. Lauscht. Nichts. Hört nur das Rauschen der Saale. Und ein Wimmern. Sie hebt den Kopf, späht vorsichtig durch die Tür und sieht in zwei Meter Entfernung den Mann auf dem Boden liegen, gekrümmt wie ein Embryo.

Sie versucht hochzukommen, ohne in Scherben zu fassen, tappt hinaus in die Nacht und beugt sich über den Mann. Seine Augen sind geschlossen, er atmet schwer.

»Hören Sie mich? Ich hole den Notarzt. Und die Polizei.«

Sie fingert nach ihrem Handy.

»Nein, nein ...«, seine Stimme ist matt, »nein! Keine Polizei.«

»Und einen Notarzt?«

»Nein, nein ...«

Er stützt sich mit den Händen ab, sein Kopf ist gesenkt, Blut sickert aus Nase und Mund, er spuckt aus.

»Diese Arschlöcher!«

»Sie brauchen einen Arzt.«

»Ich komme schon zurecht, ich habe einen Freund ...«

Er hustet, stockt, sagt: »Der wohnt hier in der Nähe ...«

Er will offensichtlich nicht, dass sie ihm hilft.

»Aber wenn Sie Hilfe brauchen ...«

Er rappelt sich mühsam auf und sieht sich um.

»Wo sind meine Schuhe?«

Keine Schuhe. Sie haben ihm die Schuhe ausgezogen und mitgenommen. Der Mann schleppt sich auf Socken am Schutthaufen vorbei. Iris sieht ihm nach. Die Saale rauscht. Der Vollmond taucht die Ruine und den weghinkenden Mann in weißes Licht.

Iris hat Mühe, zum Haus ihrer Großmutter zu kommen. Sie muss sich am Geländer festhalten, weil ihre Knie so weich sind. Ihre Hände zittern, als sie die Wohnungstür öffnet. Im Bad wäscht sie sich die Hände und das Gesicht. Wo ist die rote Kappe? Weg. Vom Kopf gerutscht. Vermutlich, als sie in dem widerlichen Schuppen auf die Matratze gefallen ist.

Was soll sie tun? Sie muss zur Polizei. Georg fragen, wo die Polizeistation ist. Sie geht einen Stock höher. Georg öffnet die Tür wieder nur einen kleinen Spaltbreit, nicht weiter als vorhin. Aus dem hinteren Teil der Wohnung hört sie eine Stimme. Erst denkt sie, dass er Besuch hat, aber dann wird ihr klar, dass es die Stimme einer Fernsehmoderatorin ist. Sie erzählt Georg, was passiert ist, fragt, wo die Polizei ist.

»Ich kann Ihnen den Weg zeigen«, sagt er, besorgt und hilfsbereit. »Ich werde Sie begleiten. Leider kann ich nicht fahren.«

Als sie zusammen die Treppe runtergehen, sieht sie, dass er hinkt. Im Auto sagt er: »In der Ruine war mal eine Schuhfabrik. Und später ein Schuhlabor. Aber das wissen Sie ja wahrscheinlich. Sahlen hat die ganze DDR mit Schuhen versorgt. Bis zur Wende. Vor Kurzem wurde mit dem Abriss der Fabrik begonnen, weil sich ein Investor für das Gelände interessierte. Aber dann verlor er das Interesse und man hörte sofort auf mit den Abrissarbeiten.«

Vor der Polizeistation stehen Platanen. Der Weg, der zum Haupteingang führt, ist mit Rindenstücken übersät. Die Äste häuten sich, sie sehen aus wie dicke nackte Arme, die jemand flehentlich zum Himmel hebt.

Ein Polizist sitzt im Büro und löst ein Kreuzworträtsel. Er hat einen schwarzen Schnurrbart, seine Nase thront auf dem Bart wie auf einem Polstersessel. Erst ignoriert er Iris und Georg, dann sieht er sie an, unwillig über die Störung. Schließlich fragt er, was sie hier wollten, mitten in der Nacht.

Iris sagt, dass ihre Großmutter verschwunden sei, und erzählt von dem Überfall. Einer der Täter sei sehr groß, ein Riese, der andere kleiner und schlank, er habe halblange Haare, die zu einem Zopf zusammengebunden seien.

»Und was ist mit dem Mann, den sie zusammengeschlagen haben?«, fragt der Polizist ungehalten. »Wo ist er jetzt?«

»Ich habe keine Ahnung«, sagt sie. »Er hat jede Hilfe abgelehnt.«

»Wissen Sie, wie er heißt?«

»Nein. Woher soll ich das wissen?« Nun ist auch sie ungehalten.

Der Polizist telefoniert und sagt dann: »Wir werden die Fahndung einleiten. Sobald wir eine Spur haben, informieren wir Sie. Und wir werden uns das Gelände der Schuhfabrik ansehen. In der letzten Zeit hat es da eine

Serie von Raubüberfällen gegeben. Am besten fahren Sie jetzt nach Hause. Wir kümmern uns um alles.«

Das beruhigt Iris nicht wirklich, aber es hat auch keinen Sinn, hier noch länger zu stehen und auf den Schnurrbart des Polizisten zu starren.

Nora

Nebel hängt über der Saale, Nebel steigt aus der Wiese, Nebelschwaden ziehen übers Schwemmland, der Himmel lichtet sich. Am Horizont erscheint ein schmaler roter Streif. Nora wacht früh auf und stellt fest, dass sie noch in Schloss Goseck ist.

Sie steht auf, geht zu den hohen Fenstern und schaut raus. Ginkgo, Schnurbaum und Kastanie stehen in der morgendlichen Dämmerung, hinter ihnen die gelben Zelte der Archäologen. Sie geht ins Bad, macht sich frisch und verlässt das Schloss, während die Bewohner Gosecks noch schlafen.

Die Sonne schiebt sich langsam höher.

Aus dem roten Faden wird ein leuchtendes Wollknäuel. Nora hat ihr Leben lang genäht und gestrickt, Schals aufgeribbelt und Wolle gewaschen, Fäden gespalten und ineinander gedreht, Dirndl genäht und Pullover gestrickt, und die Dirndl und Pullover während des Krieges eingetauscht gegen Kartoffeln und Kohle. Sie hat Kleider genäht aus den Uniformen der Soldaten, der Stoff wurde gefärbt, blieb aber hart und kratzig. Das waren die sogenannten Russenkittel. Nora hat sie mit Borte besetzt und mit Blüten bestickt, Antonia hat sie trotzdem nicht gern getragen. Antonia, kleine Antonia! Es ist nicht richtig, wenn die Kinder vor den Eltern sterben. Das ist überhaupt nicht in Ordnung.

Nora geht am Waldrand entlang Richtung Eulau. Sie geht nicht unten im Saaletal, sie läuft oben, an den *Himmelswegen* vorbei. Ein Luftbildarchäologe hat den Kreis entdeckt. Auf den Fotos, die er machte, sah man eine ringförmige Vertiefung. Eine Untersuchung der Erde ergab, dass hier mal Baumstämme in regelmäßigen Abständen in den Boden versenkt worden waren. Eine weitere Untersuchung ergab das Alter der Stämme, und dann wusste man: Eine Kultstätte der Kelten war hier, älter als Stonehenge.

Albert hat sich lustig gemacht über die Spinner, die von *Sonnenobservatorium* und *Himmelswegen* sprachen. Wer vom Himmel sprach, war ihm suspekt. »Kümmert euch um die Erde, der Himmel kümmert sich um sich selbst. Kümmert euch darum, dass alle ausreichend zu essen haben, kümmert euch darum, dass es allen gut geht auf Erden, damit habt ihr genug zu tun.«

Für ihn war jeder Gedanke an den Himmel verschwendete Energie. Nora gab ihm recht, trotzdem gefiel ihr die Vorstellung von Himmelswegen. Sie malt sich aus, dass Antonia und Albert auf einem Himmelsweg gehen, nur ein kleines Stück oberhalb des Wegs, auf dem sie gerade geht, und dass sie die beiden erreichen könnte, wenn sie sich auf die Zehenspitzen stellt. Was sie aber leider nicht kann, weil ihre Zehen steif geworden sind und unbeweglich.

Albert starb einige Wochen, nachdem der Schornstein der Schuhfabrik gesprengt worden war, er hat das Verscherbeln der volkseigenen Betriebe nicht überlebt. Für seinen letzten Weg hat Nora ihm die Hochzeitsschuhe angezogen, er hat mit rahmengenähten Schuhen das Leben verlassen.

Albert mochte Rahmen, nicht nur von Schuhen. Er stand hinter dem Rahmen, den die SED vorgegeben hatte, bis zuletzt hat er die Errungenschaften des Sozialismus besungen, obwohl er den Spalt sah, der zwischen dem Erfolgsgesang und der Realität klaffte.

Durch diesen Spalt sind erst die Hoffnungen gerutscht und dann die Menschen. Sie sind gegangen und der Kapitalismus ist gekommen. Und es ging bergab mit der Schuhproduktion. Die Schuhe haben Beine gekriegt, die Schuhe haben sich auf die Socken gemacht, die Schuhproduktion wurde nach Rumänien, China und Vietnam verlagert.

Nora fragt sich, wie es sich anfühlt, in Vietnam zu sein. Wie es da riecht und wie die Luft ist und welche Schuhe die Menschen tragen. Wo die Schuhfabriken nun sind und wer da arbeitet. Sie sieht Männer und Frauen bei Schichtwechsel zu einer Schuhfabrik strömen, die an den *Banner des Friedens* erinnert. Die Löhne sind niedrig in Vietnam, viel niedriger als in Deutschland. Deshalb werden die Schuhe in Vietnam hergestellt.

Unversehens befindet sie sich in einem Gespräch mit Albert. Albert ist da, Albert geht neben ihr, sie unterhalten sich über die Arbeitsbedingungen in Vietnam. Er sagt mit kämpferischer Stimme: »Arbeiter aller Länder, vereinigt euch! Eine Stunde von mir ist so viel wert wie eine Stunde von dir. Wenn überall derselbe Lohn gezahlt wird, dann werden auch in Deutschland wieder Schuhe gemacht. Was zählt? Wer hat das Sagen? Wir brauchen Visionen! Und Solidarität! Das ist der rote Faden, der nicht verloren gehen darf!«

Und während sie durch den Morgen geht und die Blätter ihr die frische Morgenluft zufächeln, hört sie ihn sagen: »Ein Mensch ohne Visionen ist schrecklicher als ein Mensch ohne Nase.«

Iris

Sie wacht früh auf. Hat sie überhaupt geschlafen? Sie hat von Nora geträumt. Wo ist Nora? Was macht sie? Wo hat sie die Nacht verbracht? Nicht hier. Nicht in der Kubastraße. Nicht in ihrem Bett. Vielleicht hat Nora einen Freund? Vielleicht hat sie bei ihm übernachtet? Dieser Gedanke löst Hoffnung aus, die wie eine warme Welle durch ihren Körper rollt.
Albert ist 1994 gestorben. Das ist lange her. Ja, vielleicht hat Nora tatsächlich einen Freund, von dem niemand weiß. Warum sollte sie auch davon erzählen? Iris hat ihren Eltern auch nicht alles erzählt, weder ihren Eltern noch ihren Kindern, und ihren Enkeln würde sie auch nicht alles erzählen. Oder?
Iris steht auf und geht ins Bad.
Als sie sich die Zähne putzt, denkt sie an das Blut, das dem Mann aus dem Mund gequollen ist. Sie sieht sich wieder im Schuppen stehen und zurückweichen, als hätte einer der Schläge sie getroffen, sieht sich fallen, hört das Scheppern der Flaschen. Was ist aus Sahlen geworden?

Das Schuhlabor, in dem Nora gearbeitet hat, ist nur noch eine Ruine, hier ist man seines Lebens nicht mehr sicher. Und die Erleichterung, die Iris gerade noch bei dem Gedanken gespürt hat, dass Nora vielleicht einen Freund haben könnte, weicht wieder der Angst um sie.

Iris spuckt den Zahnpastaschaum aus. Dann duscht sie, trocknet sich ab, geht in die Küche, setzt Wasser auf und öffnet die Schränke. Findet den Kaffee in einer Büchse, auf der ein Mädchen zu sehen ist, das im Laufen einen Schuh verliert. Iris dreht die Büchse, das goldene Schühchen fliegt in hohem Bogen durch die Luft, und nun sieht sie auch den Prinzen, der das Schühchen auffangen wird. Sie löffelt Kaffee in die Filtertüte. Das Fenster ist gekippt, Morgenluft dringt in die Küche, es riecht nach Sommer. Über der Eckbank hängt eine gerahmte Urkunde.

Der Ministerpräsident
der Deutschen Demokratischen Republik
verleiht

Albert Hard

in Anerkennung seiner bahnbrechenden Leistungen zur
Steigerung der Arbeitsproduktivität
und zur Erfüllung des Wirtschaftsplans
den Ehrentitel

Verdienter Erfinder

Sie konnten so schön loben, die Sozialisten!

Ihr Vater hat Albert nicht gemocht. Und Albert mochte Paul nicht. Sie sind immer mal wieder aneinandergerasselt. Aber auch ihre Mutter hat sich mit ihrem Stiefvater in die Haare gekriegt.

Als Albert wieder einmal voller Inbrunst sagte: »Kapitalismus führt zum Krieg. Kapitalismus führt immer zum Krieg. Kapitalismus kann nur zum Krieg führen«, erwiderte sie: »Ja, du hast recht. Der Kapitalismus hat zum Krieg geführt und der Sozialismus zur Mauer.«

Erst war Albert sprachlos, dann wütend. Er sagte, dass die Mauer nötig sei, um den Sozialismus vor dem Kapitalismus zu schützen.

»Die Mauer«, antwortete Antonia, »hält niemanden davon ab, reinzukommen. Aber mich hält sie davon ab, rauszukommen.«

»Warum willst du raus?«, fragte Albert. »Du hast doch alles: Wohnung, Essen, Kleider. Was willst du denn noch?«

»Die Welt sehen.«

Albert machte Paul dafür verantwortlich, dass Antonia die Welt sehen wollte. »Dieser Paul Perswall versteht nicht, um was es hier geht. Er kapiert nicht, dass so eine Gelegenheit nie wiederkommt. Wir können einen sozialistischen Staat gestalten, in dem keiner mehr verdient als der andere, einen Staat, in dem keiner ausgebeutet wird, und Paul will weg, Paul macht nicht mit. Dieser Paul Perswall ist ein kurzsichtiger Schwachkopf.«

»Das war's dann«, sagte Antonia zu Iris, »seitdem hatte ich keinen Kontakt mehr mit Albert.«

Ihre Mutter hat mit ihr 1962 die DDR verlassen, durch einen Tunnel zwischen Ost- und Westberlin. Iris sollte in das Loch springen, das sich im Boden eines Kellers befand, hatte panische Angst und schrie wie am Spieß, worauf ihre Mutter ihr den Mund zuhielt.

»Ich habe wohl ein wenig zu fest zugedrückt«, sagte Antonia Jahre später entschuldigend zu Iris. »Am nächsten Tag sah ich die blauen Flecken auf deinen Wangen. Und während du vor der Flucht angefangen hattest zu reden, bist du nach der Flucht verstummt. Es hat Monate gedauert, bevor du wieder ein Wort gesagt hast.«

Ihre Eltern haben lange nicht von der Flucht gesprochen und später, als sie bereit waren, davon zu erzählen, wollte Iris nichts hören. Sie ist hineingewachsen in den Protest der 68er, sie hat sich mit Opa Albert identifiziert, der Sozialist war und in Buchenwald gelitten hat, weil er von Gerechtigkeit geträumt hat. Auch sie hat von Gerechtigkeit geträumt, während ihre Eltern von Schuhen sprachen und vom Umsatz.

Als sie an ihrer Abschlussarbeit über Paradiesgärten schrieb, sagte sie zu ihren Eltern: »Das Wort Paradies kommt übrigens aus dem Persischen und bedeutet Umzäunung. Und der Wortstamm von Garten ist *ghordo* und meint Zaun. Schon früh hat man gewusst: Es gibt keinen Garten ohne Mauer.«

Und dann sagte sie den Satz, der ihre Eltern auf die Palme brachte: »Ich kann verstehen, dass man den Versuch, einen sozialistischen Staat zu etablieren, schützen muss.«

Erst kurz vor dem Tod ihrer Mutter hat Iris ihren Eltern zugehört, als sie von der Flucht erzählten.

»Der 13. August 1961 war ein Sonntag«, sagte Paul. »Als ich wach wurde, wunderte ich mich darüber, dass es so still war. Kein Verkehr auf den Straßen. Keine Straßenbahn. Dann sah ich Soldaten, die über die Straße galoppierten. Ein Nachbar sagte: Die haben die Grenze dicht gemacht. Da habe ich laut gelacht. Das ist unmöglich, sagte ich, eine Stadt kann man doch nicht teilen wie einen Käsekuchen. Da gibt es zu viele Verbindungen, Rohre, Kanalisation, Keller, U-Bahnen, Flussläufe ...«

Iris lehnt am Küchentisch, denkt an ihren Vater und schaut auf die Leinendecke, die auf dem Tisch liegt. Nora hat sie mit Schuhen bestickt. So viele unterschiedliche Schuhe! Iris fährt mit der Fingerspitze über die maikäfergroßen Sandalen. Dann hört sie, wie das Wasser kocht, und gießt den Kaffee auf.

Arne

»Hier ist Arbeit.«

Er legt einen Haufen Netze auf den Tisch, hebt ein Netz hoch, breitet es aus, zeigt auf die Löcher und sagt: »Das können Sie tun. Das ist genau das Richtige für einen wie Sie, der Menschen jahrzehntelang in seinen Netzen gefangen hat.«

Winters Stimme klingt überrascht und auch ein wenig empört: »Ich habe noch nie Netze geflickt. Ich habe keine Ahnung, wie man das macht.«

Arne zieht zwei Fotokopien aus dem Rucksack, legt sie neben den Haufen Netze auf den Tisch und sagt kühl: »Hier ist die Anleitung. Da können Sie sich alles genau anschauen. Ich hatte auch noch nie Fotoapparate montiert, bevor ich ins Gefängnis kam. Die habt ihr übrigens für einen guten Preis in den Westen verkauft. Und Gussgrate habe ich gefeilt, bis ich fast wahnsinnig geworden bin.«

Arne kramt wieder im Rucksack, holt etwas Längliches aus gelbem Plastik heraus und ein Knäuel.

»Das ist eine Netznadel. Und hier das Garn. Nun können Sie loslegen.«

»Ich bin nicht mehr der Jüngste«, sagt Winter. »Ich kann ohne Brille nichts sehen. Altersweitsicht. Tut mir leid. Selbst wenn ich wollte ...«

Arne sagt barsch: »Dann besorge ich Ihnen eine Brille. Wie viele Dioptrien?«

»Drei.«

Arne schließt die Tür hinter sich, dreht den Schlüssel zweimal im Schloss, steckt ihn in seine Hosentasche, durchquert den vorderen Keller und geht wieder nach oben in die Küche. Er wird Winter eine Brille besorgen und dann in den Wald fahren, um Holz zu holen. Das letzte Mal, als er im Wald war, hat er Winter getroffen, darüber hat er alles andere vergessen.

Arne fährt nach Sahlen, läuft durch die Mittelstraße zum Drogeriemarkt, steht vor drei Ständern mit Brillen und überlegt, welches Gestell er nehmen soll. Nun macht er sich doch tatsächlich Gedanken über ein passendes Brillengestell für Winter! Das erstbeste Gestell wird er nehmen, das Billigste, das Honeckergestell, das ist doch genau richtig.

Er zahlt, fährt zurück zum Schweigenberg, bringt Winter die Brille und sagt: »So, jetzt gibt's keine Ausreden mehr. Jetzt wird gearbeitet.«

Winter antwortet jammernd wie ein Kleinkind: »Ich weiß nicht, ob ich das kann. Ob meine Finger das mitmachen.«

»Geben Sie sich gefälligst Mühe!«, erwidert Arne kühl. Er dreht sich um, lässt Winter mit Brille und Netzen im Keller sitzen, schließt die Tür wieder ab und verlässt zehn Minuten später das Haus, diesmal, um in den Wald zu fahren.

Er braucht Holz für seine Fässer, Eichen, die gerade und gut gewachsen sind, und einen Durchmesser von mindestens sechzig Zentimeter haben, dann sind sie hundert Jahre alt, dann kann man brauchbare Fässer aus ihnen machen.

Rotwein wird am besten in Eichenholzfässern. Wenn auf einer Flasche Barrique steht, ist der Wein in einem Holzfass gereift. *Barrique* ist das französische Wort für Fass, das hat er von seinem Meister gelernt. Die Barrikaden, die während der Französischen Revolution errichtet wurden, bestanden aus Fässern, hinter denen sich die Aufständischen verschanzt haben. Arne war lange auf den Barrikaden, nach dem Gefängnis, aber auch schon davor, er hat sich nicht abfinden können mit der Mauer, er wollte raus, die Welt sehen, er wollte weg, nichts wie weg.

Arne setzt sich in den Transporter, fährt den Waldweg entlang, biegt nach rechts ab, tiefer in den Wald. Er hat eine Genehmigung, er darf die Forstwege benützen und Bäume schlagen. Er ist froh, im Wald zu sein und auf andere Gedanken zu kommen, er kann nicht dauernd an Lutz Winter denken.

In der Lehre hat er gelernt, wie man Bäume fällt. Was gar nicht so einfach ist, weil jeder Baum von anderen Bäumen umgeben ist. Man muss sich genau überlegen, in welche Richtung der Baum fallen soll, um sich nicht zu gefährden und keinen anderen Baum. Dann startet man die Kettensäge und aus ist es mit der Stille des Waldes. Der Lärm der Säge übertönt alles, den Gesang der Vögel, das Krabbeln der Käfer, die Schritte von Spaziergängern …

Arne denkt wieder an Lutz Winter, der durch den Wald ging und nun in seinem Keller hockt, und, hoffentlich, Netze flickt. Winter ist alt geworden, das Kräfteverhältnis hat sich umgedreht, mal war er stark und hat andere drangsaliert, nun ist er schwach, schwächer als Arne, aber immer noch stark genug für eine Auseinandersetzung, für ein Verfahren, das überfällig ist und nun endlich stattfindet.

Arne stellt den Transporter am Rand des Waldwegs ab und läuft mit seinen dicken Holzfällerschuhen los. Er kennt den Wald wie seine Westentasche, jeden Baum, jede Eiche, auf eine hat er es heute abgesehen. Er hat sie wachsen sehen, Jahr für Jahr, aber heute wird er sie schlagen, noch im Wald zuschneiden und anschließend zu seiner Werkstatt transportieren.

Es ist schon wieder warm. Arne schwitzt. Er geht durch den Wald, er hat eine gute Orientierung, da steht sie, da ist die Eiche. Hundert Jahre alt wird sie sein. Hundert Jahre lang hat sie hier gestanden. Sein Werkzeug hat er dabei, die Kettensäge, die Keile, den Hammer. Er schneidet den Fallkerb in die Seite, zu der die Eiche fallen soll. Dann setzt er die Säge an. Sie schiebt sich in den Baum, als wäre das Holz aus Butter, ein Drittel, zwei Drittel, Arne stoppt, zieht die Säge aus dem Stamm und macht den Motor aus.

Es wird wieder still.

Arne stellt sich hinter den Baum, schaut hoch in die Krone und lässt den Baum Abschied nehmen vom Himmel. Das gehört sich so, auch das hat er von seinem Meister gelernt. Dann wirft Arne die Säge wieder an, setzt den Fällschnitt und hämmert drei Eisenkeile in den Schnitt. Der Baum kippt und sinkt mit einem ächzenden Stöhnen zu Boden.

Nora

Sie geht an Büschen mit orangefarbenen Perlen vorbei. Sanddorn. Hat viel Vitamin C. Ist verwandt mit dem Schwarzdorn. Das Gradierwerk in Bad Dürrenberg besteht aus Schwarzdornästen, über die das Wasser aus den Salinen rieselt. Das Wasser verdunstet und das Salz bleibt, so hat man früher Salz gewonnen, ohne Holz verfeuern zu müssen. Als Nora in Bad Dürrenberg gearbeitet hat, rieselte die Sole noch durch die Holzrinnen, tropfte über die Zweige und roch nach Nordsee. Deshalb wurden die Lungenkranken der DDR nach Bad Dürrenberg geschickt.

»Warum Schwarzdorn?«, fragte Antonia, als sie noch ein Kind war.

»Weil Schwarzdorn nicht so empfindlich auf Salz reagiert wie andere Büsche«, sagte der Mann vom Gradierwerk. »Die verlieren sofort die Rinde. Der Schwarzdorn nicht. Das Wasser wird aus den Salinen hochgepumpt, dann tropft es über die Äste ...«

»Was sind Salinen?«, fragte Antonia.

»Unterirdische Seen«, sagte der Mann, »mit salzigem Wasser.«

»Salzig wie Tränen?«

»Ja. Salzig wie Tränen.«

Die *Tanks der ungeweinten Tränen* hat Antonia die Salinen Jahre später genannt. Vor einem halben Jahr ist sie gestorben. Das ist unnatürlich. Das ist nicht richtig. Das ist nicht die richtige Reihenfolge. Nora hat mit Gott gehadert. Sie wäre gern an ihrer Stelle gegangen, anstelle ihrer Tochter, aber offenbar ist ihr Weg noch nicht zu Ende, offenbar muss sie noch weitergehen. *Der weite Weg ist mein Bruder,* heißt es in einem russischen Lied, *und das Schicksal meine Schwester.*

Ihr Weg hat in Tilsit begonnen, er führte sie übers Frische Haff nach Danzig und von Danzig nach Warnemünde. Von Warnemünde nach Leipzig und von Leipzig nach Halle. Und von Halle nach Bad Dürrenberg. In Bad Dürrenberg hat sie gelernt, wie man Schuhe macht, in Bad Dürrenberg hat sie Albert kennengelernt, in Bad Dürrenberg sind die Salinen und das Gradierwerk, in Bad Dürrenberg hat sie gelernt, zu gradieren. Gradieren bedeutet, ein Schuhmodell in verschiedenen Größen herzustellen. Die Voraussetzung dafür ist ein brauchbarer Leisten. Es gibt gute Leisten und weniger gute Leisten. Zu kurze Schuhe sind die Hölle, zu enge Schuhe auch. Die Zehen brauchen Spielraum, nicht zu viel, aber auch nicht zu wenig. Sie haben ein Recht auf freie Entfaltung. Es ist nicht einfach, einen Leisten herzustellen, der für viele Füße passt, und diesen Grundleisten dann zu gradieren, damit dasselbe Schuhmodell in verschiedenen Größen hergestellt werden kann. Das war ihr Gradierwerk. Vor der Tür stand das andere Gradierwerk, die Mauer aus Schwarzdorn. Schwalben fliegen über ihr. Am Rand des Wegs wächst immer noch Sanddorn.

Iris

Während sie Kaffee trinkt, zählt sie in Gedanken die Menschen auf, die Georg der Polizei genannt hat, und die wissen könnten, wo Nora ist: Carmen Müller, Johann Görs, Monika Liebig. Carmen wohnt im Erdgeschoss, Johann ist ein ehemaliger Arbeitskollege, Monika spielt Geige im Orchester von Halle.

Nachdem Iris den Kaffee geleert hat, bricht sie auf, um Nora zu suchen. Sie fängt im Erdgeschoss bei Carmen an. Als sie klingelt, geht die Tür gleich auf, vor ihr steht eine Frau mit einer weißen Hose und einem weißen T-Shirt. Ihre Arme sind kräftig, auf dem Boden liegt ein Schafwollteppich und darauf ein großer grüner Gymnastikball. An der Küchentür klebt ein riesiges Foto von einem neugeborenes Baby, das schlafend in einer gerade aufgeblühten Blume liegt.

»Ja, ich bin Carmen. Ich habe Nora vor zwei oder drei Tagen im Treppenhaus gesehen. Mehr weiß ich leider nicht. Ich würde Ihnen gern bei der Suche helfen, aber gleich beginnt der Geburtsvorbereitungskurs. Drei nehmen teil, drei werdende Mütter. Nur drei! Leider. Es gibt in Sahlen nicht mehr viele junge Frauen im gebärfähigen Alter. Man muss sie mit der Lupe suchen.«

Sie macht eine kurze Pause und sagt dann: »Nora ist eine wunderbare Nachbarin, freundlich und hilfsbereit. Ich hoffe, dass ihr nichts passiert ist.«

Carmen sieht besorgt aus.

»Sobald ich kann, telefoniere ich herum, bei Freunden und gemeinsamen Bekannten von Nora. Und rufe dich an – ich kann dich doch duzen, oder? Ich glaube, wir sind ungefähr im gleichen Alter. Nora hat schon einiges von dir erzählt.«

»Ja natürlich, gern.«

Wie freundlich sie ist. Iris würde sich, wenn sie schwanger wäre, sofort in Carmens Hände begeben. Sie gibt Carmen ihre Karte und sagt: »Ruf mich bitte an, wenn du etwas hörst. Oder wenn Nora auftaucht. Ich dreh eine Runde an der Saale.«

»Ja, natürlich.«

Iris verlässt das Haus. Sie läuft den Mühlberg runter, hört die Saale rauschen und sieht, wie der Fluss dunkelgrün und ruhig zwischen Bäumen und Büschen bis zu einer breiten Staustufe fließt. Ein entwurzelter Baum hat sich am Rand des Flusses verhakt, Äste und Treibgut sind an den Wurzeln hängengeblieben, eine Insel hat sich gebildet, umgeben von braunweißen Schaumschlieren. Eine Flasche schaukelt zwischen dem Unrat. Iris hält Ausschau nach Nora. Zwischen den Bäumen, hinter dem Gebüsch, aber auch im Wasser. Keine Nora. Zum Glück.

Sie geht an einem Gebäude vorbei mit der Aufschrift *Panther Schuh GmbH*. Und an einem Fischverkauf. Sie wandert eine Stunde an der Saale entlang und kehrt dann um. Als sie an der Ruine des Schuhlabors vorbeikommt, betritt sie den Innenhof. Kornblumen und Margeriten wachsen zwischen dem Kopfsteinpflaster, aus einer Mauer bröckeln Ziegeln. Das Treppenhaus bricht unvermittelt ab, eine Abrissbirne hat ein großes Loch in das Backsteingebäude geschlagen. Eine graue, zerfetzte Plastikplane verdeckt das Loch notdürftig.

Zwischen der Fabrikruine und dem Schuppen liegen verstreut Akten, die in rotes Plastik eingebunden sind,

Lederimitat, sie müssen mal viele Regale gefüllt haben. Nun liegen sie auf dem Boden, von Wind und Wetter ramponiert. Auf den Deckeln steht in Goldbuchstaben: *Prüfungsberichte.* Mit der Schuhspitze klappt Iris den Umschlag eines Ordners auf und sieht Untersuchungen über die Absatzhaltefestigkeit von Schaftstiefeln, das Gleitwiderstandsverhalten von Sportschuhen und die Kältebiegebeständigkeit von Leder und Kunstleder.

Der Schuppen ist auch bei Tag unheimlich. Sie muss sich zwingen hineinzuschauen. Scherben liegen rund um die versiffte Matratze. Sie fühlt einen starken Ekel. Dann sieht sie die rote Kappe auf dem Betonboden links neben dem Eingang, geht einen Schritt in den Schuppen und hebt die Kappe mit spitzen Fingern auf.

Georg

Er setzt sich aufs Rad und fährt in die Kubastraße. Verdammtes Kopfsteinpflaster. Georg hebt das Rad auf den Gehweg, fährt auf dem Gehweg weiter, nähert sich der Ruine des Schuhlabors und sieht Iris, die an dem durchgesessenen Sofa vorbeigeht, die wippenden Goldruten streift und ihre rote Kappe in der Hand hält.

Er fragt: »Ist Nora wieder da?«

Sie sagt: »Nein. Ich mache mir wahnsinnig Sorgen. Ich habe keine Ahnung, wo sie sein könnte. Ich war gerade an der Saale. Und im Schuppen.« Sie deutet mit dem Kopf erst Richtung Ruine und dann auf die Kappe: »Die ist bei meinem Sturz verlorengegangen.«

Sie steigen gemeinsam hoch in den dritten Stock.

»Aber vielleicht ist Nora jetzt da. Vielleicht ist sie zurückgekommen, während ich weg war.«

Iris schließt die Tür auf und ruft hoffnungsvoll: »Oma!?« Aber niemand antwortet.

Enttäuscht sagt sie: »Das kann doch nicht sein. Das ist doch nicht normal. Sie wusste doch, dass ich komme!«

»Vielleicht hat die Polizei eine Spur. Hast du schon angerufen?«

Im Verlauf des gestrigen Abends sind sie beim Du gelandet. Iris nimmt ihr Handy und wählt die Nummer der Polizei. »Hallo, hier ist Iris Perswall. Ich war gestern bei Ihnen. Meine Großmutter ist verschwunden. Sie heißt Nora Hard.«

Zwei Minuten später sagt sie enttäuscht zu Georg: »Nichts. Keine Spur von Nora.«

Sie stehen in der Küche. Georg setzt sich, legt mit der rechten Hand die linke Hand auf den Küchentisch, nimmt die Brille ab, reibt sich die Augen und sagt: »Ich bin ein Mängelexemplar. Mit vierzehn Jahren konnte ich plötzlich meine linke Hand nicht mehr richtig bewegen. Es war bei einem Familienfest. Es gab Fisch, aber ich konnte ihn nicht zerteilen. Hatte keine Kraft mehr in der Hand. Meine Eltern waren alarmiert, fuhren mit mir zum Arzt. Bei der Untersuchung wurde ein Tumor in meinem Kopf gefunden.«

»Mist.«

Als andere ihre erste Freundin hatten, lag er im Krankenhaus, als seine Schulkameraden sich zum ersten Mal verliebten, musste er damit klarkommen, dass er sich nicht mehr so bewegen konnte wie früher. Die Operation rettete sein Leben, aber seitdem besteht er aus zwei Hälften: die eine Hälfte ist die eines Vierzehnjährigen, die andere wuchs weiter und wurde erwachsen. So ist er halb Junge, halb Mann. Aber das hat ihn nicht davon abgehalten, zu studieren und das Studium abzuschließen. Kurz nach der Wende ist er in den Osten gegangen, Stellen entstanden, die es vorher nicht gab, vor allem in der Verwaltung. Er hat eine dieser Stellen bekommen, er, der Krüppel. So hat ihn sein Bruder genannt, als er aus dem Krankenhaus kam, sein Bruder sagte im Wohnzimmer zu den Eltern: »Und dann liegt uns der Krüppel auf der Tasche.«

Er nahm an, dass Georg ihn nicht hörte, aber die Tür stand offen, und Georg schwor sich, niemals irgendjemandem auf der Tasche zu liegen, und er lag und liegt niemandem auf der Tasche.

Lange ist es ihm gut gegangen. Vor vier Jahren ging es ihm wieder schlecht. »Sie haben einen Tumor im Darm«, sagte der Arzt. Nach der Diagnose hat sich Georg eine Pistole besorgt. Er kann ein Ende machen, wenn es nicht mehr geht. Das hat ihn beruhigt. Es beruhigt ihn, sein Leben selbst in der Hand zu haben, er wird entscheiden, wie lange er leidet und wann genug ist.

Aber das erzählt er Iris natürlich nicht.

Iris setzt Wasser auf. »Ich mach einen Tee. Oder möchtest du lieber was Kaltes? Ich habe leider kein Bier.«

»Macht nichts. Ich nehme auch einen Tee.«

Er leistet ihr Gesellschaft, er möchte sie auf andere Gedanken bringen. Erzählt von den Operationen, die er hinter sich hat, von seiner Verzweiflung und seiner Rettung, er will Iris zu verstehen geben, dass sie die Hoffnung nicht aufgeben soll.

»Der Arzt sprach von einem künstlichen Darmausgang. Es kam dann aber doch nicht so weit. Ein Stück Darm wurde entfernt, aber es musste kein künstlicher Ausgang gelegt werden.«

Martin Kamm, ein befreundeter Maler, malte ein Bild, das Georgs Verzweiflung zeigt und seine Rettung. Auf dem Bild ist ein Drache zu sehen, der sich windet wie ein Wurm. Über ihm öffnet sich der Himmel und in der Öffnung steht eine Lichtgestalt mit Speer. Das ist der heilige Georg. Der hat ihm beigestanden, ihm, dem unheiligen, hinkenden Georg. Dafür ist er dankbar.

Und doch gibt es immer wieder Momente, in denen er heftig mit seinem Schicksal hadert. Und sich eine Frau wünscht und Kinder. Aber er hat Nichten und Neffen. Zu seinem letzten Geburtstag haben sie ihm Lilien geschenkt, ein Foto zeigt ihn inmitten von Lilien, darunter steht: Für den Lilienkönig. Äußerlich ist er ein Mängelexemplar, innerlich ein Lilienkönig.

»Es gibt Schlimmes«, sagt er, »aber man darf die Hoffnung nicht aufgeben.« Er setzt seine Brille wieder auf. »Gustav Adolf ist übrigens auch kurzsichtig gewesen. Aber damals gab es noch keine Brillen.«

»Gustav Adolf? Muss man den kennen?«

Wie kommt er auf Gustav Adolf? Er möchte sie auf andere Gedanken bringen, möchte sie ablenken von ihrer Sorge um Nora, ihre Augen sind rot, sie hat geweint.

»Gustav Adolf ist der schwedische König, der im Dreißigjährigen Krieg gekämpft hat. Er ist bei Lützen gefallen, Lützen ist ein Katzensprung von Sahlen entfernt. Weil Gustav Adolf kurzsichtig war, musste er sterben. Er ist aus Versehen ins verkehrte Lager geritten, in das Lager der Feinde, weil er nichts sah. Das war sein Ende. Er wurde von Lützen nach Sahlen gebracht, ein Apotheker hat ihn obduziert und einbalsamiert. Damit er nicht anfängt zu stinken auf dem Weg zurück nach Schweden. Sein Herz blieb fünf Jahre in der Marienkirche, dann wurde es nach Stockholm gebracht und in der Fürstengruft beigesetzt.«

Noch während Georg von Gustav Adolf und seinem Tod erzählt, weiß er, dass er den verkehrten Weg eingeschlagen hat, um Iris abzulenken. Er könnte sich in den Hintern beißen! Warum muss er vom Tod sprechen, in dieser Situation, wenn sie sich Sorgen macht um Nora und fürchtet, dass ihr etwas passiert sein könnte?

Iris

Als Georg gegangen ist, lässt sie heißes Wasser in das Waschbecken laufen, legt die Kappe hinein, nimmt Seife und reibt den Schaum in den roten Samt. Sie säubert die schmutzigen Stellen, spürt den nachgiebigen Stoff zwischen den Händen, befühlt jede einzelne Perle, die Nora an den Rand des Saums gestickt hat, und bittet bei jeder Perle darum, dass es Nora gut geht und dass sie bald wieder auftaucht.

Dann ruft sie Johann Görs an, Noras früheren Arbeitskollegen, stellt sich vor und fragt ihn, ob er wisse, wo Nora sei. Johann sagt, dass er Nora vor zwei Wochen in der Sahlener Buchhandlung getroffen habe.

Nach dem Telefonat geht Iris Richtung Innenstadt und steuert die Buchhandlung an. Betritt den Laden, holt ein Foto von Nora aus der Tasche und sagt zur Buchhändlerin: »Ich bin auf der Suche nach meiner Großmutter Nora Hard. Hier ist ein Foto von ihr. Haben Sie sie in der letzten Zeit vielleicht zufällig gesehen?«

Die Buchhändlerin hat halblange dunkle Haare und eine markante Nase. »Nora! Natürlich kenne ich sie. Sie ist eine meiner Stammkundinnen. Wann habe ich sie das letzte Mal gesehen? Vor zwei Wochen? Jedenfalls nicht gestern oder vorgestern. Aber ich werde die Augen offenhalten. Hoffentlich taucht sie bald wieder auf. Ich kann mir gut vorstellen, dass Sie in Sorge sind.«

Die freundliche Zuwendung tut Iris gut. Sie verlässt den Laden und klappert die anderen Läden in der Mittelstraße ab, die zwei Apotheken, die Obstläden der Vietnamesen, die Cafés. Sie zeigt Angestellten und Ladeninhabern das Foto von Nora, aber die Angesprochenen schütteln den Kopf. Keiner hat sie gesehen. Im Zeitschriftenladen zögert Iris. Neben der Kasse steht ein Glas mit Zigaretten.

»Bekommt man bei Ihnen auch einzelne Zigaretten?«
»Na klar, junge Frau«, sagt der Mann an der Kasse jovial.
»Dann nehme ich zwei.«

Sie zündet sich, sobald sie draußen ist, eine Zigarette an. Wenn sie raucht, dann ist es, als würde sie auf die Terrasse ihres Lebens gehen und ins Wohnzimmer schauen, in den Körper, den sie bewohnt, in das Leben, das sie führt. Während sie in der Mittelstraße von Sahlen steht und raucht, nimmt sie Abstand von sich, Abstand vom Verschwinden ihrer Großmutter, Abstand von dem Überfall. Sie versucht, den Angstkloß, der ihr das Atmen schwer macht, mit dem Rauch auszuatmen. Sie raucht und mustert doch die Vorbeigehenden, innerlich ist sie weiter auf der Suche nach Nora.

Dann ist die Zigarette zu Ende. Der Nachgeschmack ist eklig. Iris schiebt sich, weitergehend, einen Kaugummi in den Mund. Sie biegt nach rechts ab in eine schmale Gasse und steht vor einer Kirche. Ein Mann ist gerade dabei, die Tür zu schließen. Sie fragt, ob sie noch kurz reingehen könne.

»Aber bitte«, sagt er, »kommen Sie!«

Er hat freundliche braune Augen und ein kleines Bartdreieck auf dem Kinn. Auf dem Weg nach Sahlen hat Iris im Radio eine Sendung gehört, in der ein Psalm zitiert wurde. Darin hieß es: »Der das Ohr gepflanzt hat, sollte der nicht hören? Der das Auge gemacht hat, sollte der nicht sehen? Sollte der nicht Rechenschaft fordern, er, der die Menschen Erkenntnis lehrt?«

Der das Ohr gepflanzt hat ... Die Wendung gefiel ihr, es leuchtete ihr ein, dass sie nur deshalb hört, weil das Hören einen Sinn haben muss. Weil ihr Ohr das Abbild

eines großen kosmischen Ohrs ist und das Hören Abbild eines existentiellen Hörens, das auch sie hört. Sie will den, der das Ohr gepflanzt hat, bitten, dass ihrer Großmutter nichts passiert.

Die Kirche riecht feucht, nach tiefsitzendem Schimmel in den Fundamenten. Auf halber Höhe ist ein breiter Balkon angebracht, die Brüstung bemalt mit Szenen aus der Bibel. Iris geht nach vorn zum Altar. Auf dem Altarbild betet Jesus im Garten Gethsemane. Über ihm hat sich der Himmel geöffnet, ein älterer, kahlköpfiger Mann schaut hinunter, er sieht aus wie Frau Holle zwischen dickbackigen Wolken. Im Vordergrund hocken drei Jünger, ihre Köpfe sind zurückgesunken, ihre Augen geschlossen.

Iris sieht sich nach einer Möglichkeit um, eine Kerze für Nora anzuzünden. Der kahlköpfige Mann soll auch auf sie aufpassen, er soll nicht nur ein Auge auf Jesus haben, sondern auch auf ihre Großmutter. Leider gibt es weder eine Kerzenleiste noch Kerzen oder Streichhölzer.

Der freundliche Mann hat in der Zwischenzeit eine Runde durch die Kirche gedreht und nähert sich wieder. Er deutet auf die zwei großen Statuen neben dem Altar und sagt: »Der Linke ist Luther. Und der mit dem Spitzbart ist Gustav Adolf.«

Er hält Iris offenbar für eine Touristin. Und Iris, die noch im Hinterkopf hat, was Georg ihr erzählt hat, sagt überrascht:

»Gustav Adolf? Hier in der Kirche? Das ist doch der schwedische König, der bei Lützen gefallen ist.«

»Richtig. Man nimmt an, dass Gustav Adolf umgebracht wurde. Man vermutet, dass er in die verkehrte Richtung geritten ist, weil er nichts sah. Weil der Rauch der Kanonen in dicken Schwaden über dem Schlachtfeld hing. Er hat die Orientierung verloren.«

»Ich habe gehört«, sagt Iris, »dass er kurzsichtig gewesen sein soll.«

»Auch das kann sein. Jedenfalls hat Gustav Adolf nicht gut gesehen, und das kostete ihn das Leben.«

»Aber warum steht er hier in der Kirche neben Luther?«

»Gustav Adolf unterstützte die Protestanten gegen die Katholiken. Deshalb.«

»Ach so.«

Sie schweigt kurz. Dann sagt sie: »Ich suche meine Großmutter. Ich wollte eine Kerze für sie anzünden, damit sie wieder auftaucht.« Ihr Magen ballt sich zusammen wie eine Faust. Sie bricht in Tränen aus.

»Oh«, sagt der freundliche Mann betroffen, fingert in seiner Jackentasche nach einem Taschentuch und reicht es ihr. »Das tut mir leid. Wie heißt Ihre Großmutter?«

»Nora Hard.«

Iris putzt sich die Nase.

»Sie wusste, dass ich sie besuchen wollte, war aber nicht da, als ich kam. Ich weiß nicht, wo sie sein könnte.«

Wieder kramt sie in der Tasche, holt ihren Geldbeutel heraus und zeigt ihm das Foto von Nora. Er studiert es aufmerksam und sagt dann: »Doch, ja, ich kenne Frau Hard. Sie ist ab und zu hier. Nicht oft. Aber an Weihnachten und an Ostern.«

Während er spricht, riecht es nach frisch gegrillten Thüringer Bratwürsten. Der Duft zieht durch die geöffnete Tür in die Kirche, und Iris sieht sich als Kind neben ihrer Großmutter stehen mit Pappteller und Bratwurst und einem Haufen Kartoffelsalat.

Vielleicht hat Nora vergessen, dass sie kommt? Iris denkt an die Winterschuhe im Eisfach und ist plötzlich voller Hoffnung, dass ihr nichts passiert ist, dass Nora ihr Kommen einfach vergessen hat und nun am Stand vor der Kirche steht und Thüringer Bratwürste isst. Iris dankt dem Mann für das Taschentuch und gibt auch ihm eine Visitenkarte mit der Bitte, sie anzurufen, wenn er Nora trifft oder etwas von ihr hört. Dann verlässt sie die Kirche mit neuer Hoffnung, die sich aber, als sie den Stand erreicht, in Luft auflöst.

Nora

Es riecht nach feuchtem Waldboden und wilden Beeren, die Blätter der Bäume leuchten hellgrün in der Morgensonne. Es dauert, bis sie bemerkt, dass zwei Männer neben ihr gehen, einer rechts, einer links. Der eine hat schulterlange lockige Haare, der andere ist sehr groß, ein Riese mit einem kantigen Gesicht. Ist der Mann mit den schulterlangen Haaren nicht Novalis? Den sie gestern kurz vor dem Einschlafen gesehen hat?

»Novalis«, sagt sie zu dem jungen Mann. »Wie schön, dass Sie mit mir gehen, Novalis.«

Dann wendet sie sich an den Riesen: »Und du wirst uns beschützen, du bist so groß und stark, du siehst aus wie ein Ritter.«

»Ja«, sagt der Große verwirrt, »ja.«

»Was hast du für schöne Schuhe an«, sagt sie zu Novalis. Das ist eine Berufskrankheit von Schuhmachern, sie nehmen die Schuhe wahr, die jemand trägt, auch wenn sie nicht auf seine Füße schauen.

»Ja«, sagt der Lockige und streicht mit der Hand über seine Haare, »die sind schon gut.« Er senkt den Blick und schaut mit einem Ausdruck des Ekels auf seine Schuhe.

»Stein im Schuh?«, fragt Nora anteilnehmend.

»Nein, nein ...«

Da sieht Nora eine Frau am Waldrand und erkennt schon bald Marianne, die Kräuterhexe, so nennt sie sich selbst, so nennen sie alle, die sie kennen. Und die jungen Männer, die gerade noch neben Nora gegangen sind, Novalis rechts, der Riese links, sind plötzlich weg, haben sich stillschweigend aus dem Staub gemacht.

Marianne hebt den Kopf und sagt überrascht: »Nora! Alles in Ordnung? Du bist früh unterwegs!«

»Hallo, Marianne! Auch du bist früh unterwegs! Bist du schon fündig geworden?«

»Heilkräuter muss man morgens pflücken.«

Marianne zeigt auf einen verästelten Halm mit winzigen blauen Blüten und sagt: »Das ist Eisenkraut. Hilft gegen alles. Das haben schon die Druiden gewusst. Wenn du es richtig anstellst, wirst du nach Einnahme von Eisenkraut unsichtbar. Oder kannst fliegen. Oder beides. Aber auch, wenn du es nicht richtig anstellst, hat Eisenkraut eine segensreiche Wirkung, es verleiht Kraft und fördert die Konzentration.«

»Das klingt gut«, sagt Nora. »Her mit dem Eisenkraut!«

Marianne lacht, gibt ihr einen Halm, zieht einen anderen Stängel aus dem Korb und erklärt: »Und das ist Natternkopf. Die blaulila Blüten sind dekorativ, ich nehme sie für Salate. Aber nicht zu viel nehmen, die können zu Lähmungserscheinungen führen. Nicht lebensgefährlich, nur vorübergehend. Wenn du deinen Mann mal eine Weile außer Gefecht setzen willst, dann ist Natternkopf genau das Richtige.«

»Leider ist mein Mann schon außer Gefecht gesetzt«, sagt Nora. »Und zwar gründlicher, als mir lieb ist.«

»Tut mir leid«, sagt Marianne.

Kurz ist sie verlegen. Dann wechselt sie das Thema und deutet auf die Handvoll gezackter dunkelgrüner Blätter in ihrem Korb.

»Das ist Rauke, wächst auf jeder Wiese. Man muss sich nur bücken und sie pflücken. Inzwischen ist sie besser bekannt unter dem Namen Ruccola, das klingt vornehmer, kostet dann aber auch was. Eigentlich ist Ruccola aber nichts anderes als die gute alte Rauke.«

Gemeinsam gehen sie weiter. Sie unterhalten sich, während sie durch den Wald laufen, ihn verlassen, eine große Wiese erreichen und eine alte Straße mit tiefen Schlaglöchern entlanggehen, weiter nach Eulau.

Marianne lädt Nora ein, zu ihr zum Mittagessen zu kommen, und Nora nimmt die Einladung an. Und als sie nach dem Mittagessen müde ist, sagt Marianne: »Du kannst dich ausruhen, bevor du wieder aufbrichst. Ich habe genug Platz im Haus. Du machst ein Mittagsschläfchen und dann sehen wir weiter.«

Arne

Er bringt Lutz Winter das Abendessen, Brot und Butter, Thüringer Bratwürste und Senf. Und eine Thermoskanne mit Pfefferminztee. Er kommt sich richtig fürsorglich vor. Die Netze, die Netznadel und die Anleitung liegen auf dem Tisch unter der Lampe. Tatsächlich hat

Lutz Winter versucht, ein Loch auszubessern, wenn die Karos auch krumm und schief aussehen.

Arne ist überrascht, dass Winter es versucht hat. Er hätte sich auch weigern können. Arne hat sich mal geweigert, eine Arbeit zu tun, die ihm aufgetragen worden war, und kam in Einzelhaft. Lutz Winter ist schon in Einzelhaft, also hat Arne kein Druckmittel, aber das weiß Winter nicht. Der Sandstein, in den der Keller geschlagen wurde, riecht würzig, eine Reihe von Fässern steht auf der rechten Seite, links das Bett mit dem Kissen und dem frisch bezogenen Federbett, davor der Tisch und auf dem Tisch die Netze. Das Einzige, was fehlt, ist ein Fenster.

Nachdem er Lutz Winter versorgt hat, isst auch Arne zu Abend und trinkt ein Bier. Dann legt er sich auf die Küchenbank und schläft von einer Minute auf die andere ein. Er träumt, dass er im Wald ist, hinter jedem Baum steht ein Mann mit einer Kalaschnikow. Arne fängt an zu laufen, er hört Schüsse und fällt zu Boden. Eine Kugel hat ihn getroffen, sie ist in sein linkes Auge eingedrungen.

Arne wacht auf von seinem eigenen Schrei.

Er setzt sich auf, geht pullern und denkt an den Schuhmacher, den er im Gefängnis in Brandenburg kennengelernt hat. Bei einem Fluchtversuch hat er eine Selbstschussanlage ausgelöst, eine Kugel hat sein linkes Auge zerstört.

Die Geister sind aufgewacht, die Geister der Männer, die er im Gefängnis kennengelernt hat, die Geister der Wachen, der Schließer, der Läufer, der Vernehmer, die Geister der Kriminellen und politischen Gefangenen, der

Lebenslänglichen und der Republikflüchtlinge. Alle sind da, die Männer, die er gefürchtet hat, und die Männer, die seine Freunde geworden sind.

Arne öffnet den Kühlschrank, holt sich eine Flasche Bier raus, macht sie auf, trinkt einen Schluck. Fingert eine Zigarette aus der zerdrückten Schachtel F4 und zündet sie an. Mit neunzehn hat er versucht, in der Nähe von Szeged über die ungarische Grenze zu gehen. Er wollte nach Jugoslawien und von da in die Bundesrepublik. Aber er kam nicht weit. Er hatte Angst. Wahrscheinlich benahm er sich deshalb wie ein Idiot und ging quer über ein Feld, für alle sichtbar. Grenzer entdeckten ihn, schlugen ihn und nahmen ihn fest. Drei Nächte hat er in einem Dorfgefängnis verbracht, dann wurde er zum Flughafen gebracht und in die DDR ausgeflogen.

Lutz Winter hat ihn zu zwei Jahren Gefängnis verurteilt wegen versuchter Republikflucht. Arne kam nach Brandenburg. Er war nicht der einzige Flüchter, der in den Knast kam. Volkspolizisten standen Spalier zwischen Transporter und Gefängnistor mit Maschinenpistolen im Anschlag, als wäre er ein lebensgefährlicher Verbrecher. Dabei bestand sein Verbrechen nur darin, nicht in der DDR bleiben zu wollen.

Flügeltore öffneten sich, Flügeltore schlossen sich. Mit einer entsetzlichen Endgültigkeit. Arne musste seine Kleider abgeben, mit den Kleidern legte er das Leben ab, das er bis jetzt geführt hatte, stückweise legte er es ab, stückweise entfernte es sich von ihm.

Dann wurde er untersucht. Nackt.

Anschließend bekam er einen Trainingsanzug, in dem er grotesk aussah, die Hose unförmig und viel zu groß, die Jacke unförmig und viel zu klein, beides schwarz mit gelben Streifen, er sah aus wie ein Kartoffelkäfer. Er kam in ein Zimmer mit fünf dreistöckigen Betten. Er musste in den dritten Stock, Neuankömmlinge hatten keine Wahl. Oben war dicke Luft. Es roch nach Schweiß, Socken, Körpern. Einige Matratzen waren aufgeschlitzt, die Füllung hing raus.

Angeblich gab es ja keine Kriminellen in der Deutschen Demokratischen Republik, weil die DDR der sozialistische Vorhimmel war, aber in Brandenburg hat Arne sie kennengelernt: die Brandstifter, Betrüger, die Kleinkriminellen und Lebenslänglichen.

Die schöne Karla hat sich zuerst an ihn herangemacht.

»Wen haben wir denn da? Du bist ja ein ganz Süßer, goldig, und so ein knackiger Arsch! Ich stehe zur Verfügung! Ich bin Karl, aber alle nennen mich Karla, für dich bin ich Karla.«

»Vielen Dank, Tante Karla«, hat Arne geantwortet, »aber dafür bin ich nicht zu haben.«

Er hat sich Respekt verschafft. Er hat gesehen, wie Jungs vergewaltigt wurden im Gefängnis, aber an ihn hat sich keiner rangewagt. Nachdem er sich mit einem gekloppt hat, hatte er seine Ruhe. Während die Männer unter ihm Bus gebaut haben, hat er sich leise einen runtergeholt. Er hatte noch nie mit einer Frau geschlafen. Er dachte, wenn er es mit Männern macht, kann er keine Frau mehr lieben. Und er wollte eine Frau. Und Kinder.

Er drückt die Zigarette aus, öffnet das Fenster. Nacht. Ein Käuzchen schreit. Und er ist allein in diesem Haus, das er ausgebaut hat, damit Platz ist für Mechthild und die Kinder. Das nimmt er ihr übel: dass sie die Kinder mitgenommen hat. Er vermisst Tabea, er vermisst Moritz. Mechthild auch? Mechthild nicht. Die letzten Jahre hatten sie nur Streit, viel zu oft Streit.

Iris

Sonnenblumen ragen über den Zaun, Rosen blühen, jemand spielt Geige. Hier wohnt Monika Liebig, Musikerin und Freundin von Nora. Bei Carmen war sie schon, mit Johann hat sie telefoniert, jetzt steht sie vor dem Haus von Monika. Als Iris läutet, bricht das Geigenspiel ab. Eine Frau öffnet die Tür, sie hat feine hellblonde Haare, die wie ein silberner Helm an ihrem Kopf anliegen. Iris stellt sich vor und erklärt ihr, warum sie da ist.

»Es tut mir leid«, sagt Monika, »aber ich habe Nora länger nicht gesehen. Die Polizei war vor zwei Stunden da. Ich kann dir leider nichts anderes sagen als den Polizisten: Ich weiß nicht, wo Nora ist. Aber vielleicht möchtest du trotzdem kurz reinkommen?«

Die Selbstverständlichkeit, mit der Monika sie duzt, spricht für die Vertrautheit zwischen ihr und Nora. Iris folgt ihr in die Küche. Ein Blumenstrauß steht auf dem Holztisch. Monika nimmt zwei Rosentassen aus dem Regal, gießt aus einer Thermoskanne Kaffee in die Tassen, stellt Zucker und Milch auf den Tisch. Auf der Anrichte steht ein Zitronenkuchen in Herzform, eine Hälfte ist noch da. Monika schneidet zwei Stücke ab, eins für Iris, eins für sich.

»Ich habe Nora nach einem Konzert in Goseck kennengelernt«, sagt sie. »Ich spiele bei den Philharmonikern in Halle, bin aber auch Teil der Gruppe, die in Goseck ein Zentrum für mittelalterliche Musik gegründet hat. Und ich bin in der Bürgerinitiative gegen den Schlachthof, in der auch Nora ist. Jedes Jahr kommt ein neuer Kasten dazu, obwohl keine Baugenehmigung vorliegt. Von außen sieht man nicht, wie blutig es hinter den Mauern zugeht. Aber man riecht es, heute Nacht habe ich es gerochen.«

Und dann erzählt sie, wie sie in der vergangenen Nacht wach geworden ist, weil es scharf nach Ammoniak gerochen hat, und wie sie mit dem Rad zum Schlachthof gefahren ist und einen Viehtransporter hinter dem anderen gesehen hat, viele mit ausländischen Nummern. Sie kamen aus Holland, Polen und Belgien. Es hat nach Ammoniak und nach Blut gestunken, anscheinend funktionierten die Filter nicht.

»Das Haus gehört meinem Freund. Er hat es von seinen Großeltern geerbt. Das Haus ist schön, der Garten auch, aber der Schlachthof … Schon vor der Wende hat es einen Schlachthof in Sahlen gegeben, aber der war viel kleiner. Und bis zur Wende war die Kläranlage von Sahlen die Kläranlage einer mittelgroßen Stadt. Aber seit einigen Jahren reichen die Kapazitäten nicht mehr aus, obwohl immer noch Menschen wegziehen. Kröntein darf eigentlich nicht mehr als achttausendfünfhundert Schweine schlachten. Das ist die Kapazität, die die Kläranlage gerade noch bewältigen kann. Trotzdem werden mehr Schweine geschlachtet, bis zu zwölftausend am Tag.«

»Zwölftausend?«, wiederholt Iris ungläubig.

»Zwölftausend«, sagt Monika, »und die Zahl soll erhöht werden. Auf zwanzigtausend. Die Schweine kommen aus ganz Europa. Sahlen ist inzwischen die Stadt mit dem zweitgrößten Schlachthof Europas. Entschuldige, dass ich dir das alles erzähle, obwohl du eigentlich aus einem ganz anderen Grund da bist. Aber das ist etwas, was auch Nora beschäftigt. Wir haben schon einige gemeinsame Aktionen gemacht.«

Iris fragt sie, ob sich Nora in der letzten Zeit überraschend oder ungewöhnlich verhalten habe, und denkt an die Schuhe im Eisfach, aber Monika ist nichts aufgefallen.

Sie sagt zu Iris: »Wenn du willst, können wir zum Schlachthof gehen. Vielleicht ist Nora da. Das ist zwar nicht sehr wahrscheinlich, aber manchmal gibt es ja die merkwürdigsten Zufälle.«

Gemeinsam verlassen sie das Haus. Monika zeigt ihr die riesigen weißen Kästen am Ende der Straße. »Das ist der Schlachthof.«

Sie gehen Richtung Saale, die Kästen stehen im Tal, das Gelände ist eingezäunt. Im hinteren Teil stehen Kräne, außerdem Laster mit heruntergeklappten Seitenwänden. Und nun sieht Iris auch die Käfige mit den Schweinen, dreistöckig übereinander, die Tiere werden von der Sonne beschienen und schreien.

Ein alter Mann nähert sich mit einer schwarzen Dogge. Er trägt ein Unterhemd und eine ausgeleierte Trainingshose. Als er Iris und Monika erreicht hat, sagt er resigniert: »Das will hier niemand. Der Schlachthof wird immer größer. Die bauen hier alles zu. Aber was soll man machen? Wir sind machtlos.«

Die Dogge hebt ihren Kopf und glotzt erst Monika an, dann Iris.

»Und der Geruch!«, sagt der Alte. »Und das Geschrei! Das ist doch schrecklich.«

Die Dogge schnuppert mit schlenkernden Ohren erst an den Füßen von Iris, dann an ihren Knien und sieht sie mit rot unterlaufenen Augen an.

»Guter Junge! Ja, wir ziehen gleich weiter.«

Immer noch schreien die Schweine.

Iris erzählt dem Alten von Nora, holt das Foto von ihrer Großmutter aus der Tasche und zeigt es ihm. Aber der Mann schüttelt den Kopf. Nein, er kenne sie nicht. Oder doch? Hat sie nicht in der Kubastraße gearbeitet? Im Schuhlabor? Da sei er viele Jahre Pförtner gewesen.

»Ja«, sagt Iris überrascht, »meine Großmutter hat tatsächlich im Schuhlabor gearbeitet.«

Aber mehr weiß der alte Mann nicht.

»Komm, Devil«, sagt er zu seinem Hund, »wir gehen.«

»Wie heißt der Hund?«, fragt Iris, weil sie das Gefühl hat, nicht richtig gehört zu haben.

»Devil«, wiederholt der Mann.

»Devil?«

»Ja, Devil, wie Teufel.«

Devil ist ein harmloser, in die Jahre gekommener Hund, denkt Iris. Die Wirklichkeit ist teuflischer als alles, was er sich vorstellen kann.

Nora

Nach dem Mittagsschlaf trinkt sie mit Marianne Kaffee unter einem Walnussbaum. Sie reden über Haselnusshecken und Wünschelruten. Marianne erzählt von den Tinkturen, die sie in den letzten Tagen angesetzt hat, von den Blüten, Blättern und Beeren, die sie mit hundert Gramm Zucker und einem Liter Korn in Flaschen füllt. Und dann ab in den Keller. Licht verdirbt die Wirkung. Wenn man an den Flaschen vorbeikommt, kräftig schütteln, nach drei Monaten sind die heilkräftigen Wirkstoffe in den Alkohol rübergewandert.

Viele schätzen Mariannes Tinkturen, auch Nora. Den Johanniskrautlikör hat sie immer dann gebraucht, wenn sich ihr Leben verfinstert hat. Als der *Banner des Friedens* zur *Saale Schuhfabrik* wurde, hat Nora sich bei Marianne ein Fläschchen geholt. Die Fließbänder liefen weiter, die Schuhe stapelten sich, aber keiner hat mehr Schuhe bestellt. Alle haben Westschuhe gekauft, *made in China, made in Vietnam*. Die Schuhe, die tagsüber produziert wurden, wurden nachts in Stollen eingemauert oder verbrannt. Tausende von Schuhen haben sich in Rauch und Asche aufgelöst, Tausende von Schuhen verschimmeln in Stollen, und mit ihnen der Sozialismus, und mit ihnen die Utopie einer gerechteren Welt.

Johanniskrautblüten sind gelb, werden aber rot, wenn man sie zerreibt oder einlegt. Der Likör, den sich Nora geholt hat, war leuchtend rot.

»Du weißt Bescheid«, hatte Marianne zu ihr gesagt. »Vor dem Frühstück ein Glas Wasser trinken, mit ein bis zwei Tropfen. Die Dosis langsam steigern, bis zu sechzehn Tropfen täglich. Johanniskraut ist ein Stimmungsaufheller, es bringt selbst das Grau zum Tanzen. Und beim Absetzen die Dosis langsam wieder senken.«

Nora gab auch Albert von der Wundertinktur.

Dass sie rot war, gefiel ihm, dass Schnaps drin war, auch. »Marianne ist eine alte Schnapsdrossel!«, sagte er. »Ich weiß nicht, was wirksamer ist, der Schnaps oder das Kraut.«

Vor dem Mauerfall hat Marianne im Naumburger Parteibüro der SED gearbeitet, nach dem Mauerfall hat sie sich Weisheiten zugewandt, die älter sind als jede Ideologie. Inzwischen besitzt sie viele Pflanzen- und Heilkräuterbücher, kennt Kräuter, die sich als Aphrodisiakum eignen, und Pilze, die Halluzinationen erzeugen.

Marianne und Nora reden über Pflanzen, Kinder und Männer. Mariannes Mann ist vor einem Jahr gestorben, Noras Mann schon länger tot, beide Frauen leben seitdem allein. Sie unterhalten sich angeregt, bis es kühler wird. Und weil Nora es so genießt, mit Marianne zu plaudern, und weil sie es nicht eilig hat, nimmt sie auch die Einladung an, bei ihr zu übernachten.

Iris

Die zweite Nacht in der Wohnung ihrer Großmutter ohne ihre Großmutter. Iris sitzt am Küchentisch und hört die Saale rauschen. Der Mond steht wie ein Zyklopenauge auf der Stirn der Nacht und sieht Iris eisig an.

Vor zwei Tagen ist sie aufgebrochen, arglos wie Rotkäppchen. Seitdem sie mit Monika beim Schlachthof war, weiß sie, wo der Wolf lebt und wie er aussieht. Er liegt im Saaletal und stopft Schweine in sich hinein, zwölftausend am Tag. Und wieder ist sie entsetzt. Und wieder trifft es sie unvorbereitet, als ob sie nicht wüsste, wie Tiere in Deutschland gehalten und geschlachtet werden. Ich bin, denkt sie, von einer sich ständig erneuernden Arglosigkeit. Es ist ja ganz schön, wenn man vertrauensvoll auf Menschen und Tiere zugeht, aber auch naiv, von einer unverantwortlichen Naivität.

»Das ist das Schlimme«, hat Monika gesagt, »dass sie im Akkord geschlachtet werden. Alle drei Sekunden ein Schwein. Es ist unmöglich, die Halsschlagader immer sauber zu treffen. Tierschützer wehren sich dagegen, Tiere im Akkord zu schlachten, das ist weder gut für die Tiere noch für die Menschen.«

Die Gämsen in den Schweizer Bergen hatten wenigstens ein angenehmes Leben, denkt Iris, sie sind von Fels zu Fels gesprungen, haben Wasser aus Bergbächen getrunken, die Sonne auf ihrem Fell gespürt und die klare Gebirgsluft eingeatmet.

Während die Schweine in Riesenmastanlagen geboren werden und sich weder im Schlamm suhlen noch an einem Baum kratzen können. Sie haben weder ein gutes Leben noch einen guten Tod, kein Enzian im Maul, kein letzter Biss.

Kurz ist Iris in Versuchung, alles, was schlimm ist, auf Gott zu schieben und mit Gott zu hadern. Kurz ist sie in Versuchung zu sagen: »Du, der du das Ohr gepflanzt hast, hörst du nicht das Schreien der Schweine? Du, der du das Auge gemacht hast, siehst du nicht, was mit den Schweinen geschieht?«

Sie wünscht sich Donner und Blitz auf Riesenmastanlagen und Schlachthof und weiß doch, dass sie eine derjenigen ist, in die Gott Ohren und Augen gepflanzt hat, und dass es ihre Aufgabe ist zu handeln. Sie kann ihre Verantwortung nicht auf andere abwälzen, sie kann nicht so tun, als würde sie schlecht hören und als wäre sie kurzsichtig. Und selbst wenn sie es wäre, es gibt Brillen und Hörgeräte.

Dann ist sie in Gedanken wieder bei ihrer Großmutter. Wo ist Nora? Immer noch bei ihrem Freund? Das stellt sich Iris am liebsten vor, doch glauben kann sie es nicht. Warum hat sie bei ihm übernachtet, wenn sie weiß, dass ich komme? Wenn sie aber keinen Freund hat, wo ist sie dann?

Die Nacht rückt näher, die Nacht reißt ihr Maul auf, die Nacht versucht sie zu fressen. Iris wehrt sich, aber die Nacht verschlingt sie. Sie sitzt im Bauch der Nacht, sie hockt im Bauch der Angst um ihre Großmutter, kein Licht weit und breit.

Arne

Er geht an den Fässern vorbei und klopft an der Tür. Er sagt, dass Lutz Winter sich neben das Bett stellen soll, mit dem Rücken zur Tür. Er schließt die Tür auf, stellt Winter einen Teller Suppe auf den Tisch, sieht, dass Lutz Winter einige weitere krumme und schiefe Karos geknüpft hat, und sagt: »Wie lange haben Sie an diesen paar Karos gearbeitet? Was machen Sie eigentlich die ganze Zeit? Sie haben Ihr Soll nicht erfüllt, Winter.«

Wer sein Soll nicht erfüllt hat, bekam Lohnabzug. Das bedeutete, dass man sich keinen Tabak kaufen konnte oder länger warten musste, bis man sich die Teile eines Transistors leisten konnte. Arne legt das Netz, das er begutachtet hat, ärgerlich zur Seite. Winter steht immer noch neben seinem Bett.

Arne sagt streng: »Ich möchte, dass Sie sich mehr anstrengen.«

»Das ist so eine blöde Fummelei«, sagt Winter ärgerlich. »Lassen Sie mich frei, dann überweise ich Ihnen Geld, sagen Sie eine Summe! Mit diesem Geld können Sie sich neue Netze kaufen. Und ein neues Auto.«

»Oh! Ein akuter Fall von Bestechung. Zieht bei mir leider überhaupt nicht. Denn es geht nicht um Netze oder Autos, sondern um Lebenszeit. Sie haben mir drei Jahre meines Lebens geklaut. Wenn Sie mir die zurückgeben können, lasse ich Sie frei. Aber weil Sie das nicht können, bleiben Sie hier, um ein Gefühl dafür zu bekommen, was Sie mir angetan haben, mir und vielen anderen.«

Arne geht, schließt die Tür, verlässt den Keller und geht ins Bad. Der Waschraum in Brandenburg hat sich jede Nacht in eine Werkstatt verwandelt. Über den Waschbecken lagen Bretter, an den Brettern saßen Männer, vor sich Drähte, Transistoren und Widerstände. Hier wurden einfache Empfänger gebaut.

Das war nicht erlaubt, wurde aber trotzdem gemacht. Wie will man einen bestrafen, der bereits lebenslänglich hat? Die Lebenslänglichen haben sich um nichts geschert. Diejenigen, die zum dritten oder vierten Mal saßen, hatten das Sagen. Wer nichts zu verlieren hat, hat auch nichts mehr zu befürchten. Lebenslänglich ist bei Doppelmord ein Leben lang. Wenn ein Lebenslänglicher zusätzlich drei Jahre bekommt wegen Körperverletzung eines Aufsehers, dann juckt ihn das wenig. Es gab einige unter den Flüchtern, die Angst hatten vor den Lebenslänglichen. Einer hat um sein Leben gefürchtet.

Aber es gab auch eine Ordnung, eine Hackordnung mit durchschaubaren Regeln. Eine Regel war: Mitgefangene bestiehlt man nicht. Das war eisernes Gesetz. Einmal wurde ein Mann zusammengeschlagen, der seine Zellenkameraden bestohlen hat. Und mit einem hat Arne sich geprügelt. Der war im Kinderheim. Er ist abgehauen, wurde aufgegriffen, kam in ein geschlossenes Kinderheim. Ist wieder abgehauen, wurde beim Klauen erwischt und landete im Jugendwerkhof. Prügeleien, Körperverletzung, anschließend geschlossener Jugendwerkhof. Mit sechzehn Jahren kam er in den Jugendknast. Als er draußen war, wurde er wieder straffällig und landete in Brandenburg. Sich prügeln war seine Art, die Aufmerksamkeit einzufordern, die jeder Mensch braucht. Arne hat verstanden, dass man so werden kann, wenn alles ganz mies läuft.

Nach einem Monat im Gefängnis hat auch Arne sich einen Transistor gebaut. Tagsüber versteckte er ihn unter der Matratze, abends holte er ihn raus, band den Antennendraht um das Heizungsrohr, setzte den Kopfhörer auf und tauchte ab. Er hat SFB gehört, Sender Freies Berlin.

Nora

Am nächsten Morgen steht sie früh auf, dankt Marianne für ihre Gastfreundschaft und wandert Richtung Neuhaus. Die Luft ist dunstig, ein morgendlicher Nebel wabert über den Wiesen. Nora mag feuchte Luft, das Jenseits stellt sie sich unangenehm trocken vor. Da sieht sie ein Schwein zwischen Brennnesseln und Pfaffenhütchen. Es schnüffelt und rüsselt, entrückt von dem Duft feuchter Erde.

In Noras Stimme ist ein kleines Lachen, als sie sagt: »Wo kommst du denn her?«

Das Schwein hebt den Kopf, erschrickt, nimmt aber nicht Reißaus. Es sieht sie an, die Augen wach, der Rüssel beweglich. Nora denkt an den Schlachthof, dahin sollte es vermutlich gebracht werden. Es ist entkommen, wie auch immer. Sie überlegt, was sie tun soll. Greift vorsichtig in ihre Tasche und holt den Apfel heraus, den Marianne ihr als Wegzehrung mitgegeben hat, senkt langsam die Hand und streckt sie vorsichtig Richtung Schnauze. Das Schwein schnuppert und sieht sie mit Äuglein an, deren helle Wimpern sie an die Augen eines Tennisspielers erinnern.

»Wie heißt du? Boris?«

Nora lässt den Apfel in seine Richtung rollen, und während das Schwein in den Apfel beißt, zieht Nora ihre Nylonstrumpfhose aus. Erst die Schuhe, dann die dünne Strumpfhose. Sie hat diese Strumpfhosen immer gemocht, das hauchdünne und doch elastische Material, Strumpfhosen, die früher sündhaft teuer waren und die man jetzt nachgeschmissen bekommt.

Nora braucht ziemlich lange, ihre Gelenke sind eingerostet, sie muss sich an dem Stamm eines Holunderbaums festhalten. Sie vermeidet abrupte Bewegungen, und während das Schwein mampft, grunzt und schmatzend den Apfel verputzt, legt Nora ihm die Strumpfhose, die ausgezogen wie ein dünnes hautfarbenes Seil aussieht, hinter die lappigen Ohren, kreuzt es unter dem Maul, führt die Enden wieder hoch und bindet sie so zusammen, dass ein Halsband entsteht. Eines, das dem Schwein Luft lässt, mit dem sie es aber doch wie an einer Leine führen kann.

»Ich nehm dich mit, Boris«, sagt sie. »Du kommst mit mir. Ich weiß einen guten Ort für dich. Glaub mir, das ist das Beste für dich.«

Und sie führt das Schwein, während sie ihm mit sanfter Stimme gut zuredet, an der Strumpfhose Richtung Blütengrund. Es ist, als hätte sie ihr ganzes Leben damit verbracht, Schweine einzufangen und mit ihnen spazieren zu gehen.

Sie erreichen die Henne. Bei der Henne führt eine Brücke über die Saale. Die Henne ist ein Gasthaus, das schon lange an der Brücke steht, jeder spricht nur von der Henne. Nora geht mit Boris an der Henne vorbei und an einer Sekt- und Weinmanufaktur.

Der Weg ist schmal, nicht geteert, das ist angenehm. Nora mag offene Wege lieber als geschlossene. Geschlossene sind mit Teer versiegelt, und wenn es heiß ist, ist es auf einer Teerstraße noch heißer. Der Weg, der von der Henne zum Blütengrund führt, atmet, auf ihm kann man atmend zwischen Wiesen mit Obstbäumen wandern. Äpfel liegen auf dem Boden, einige Sorten sind schon reif.

Boris folgt überraschend gut, auch wenn er immer wieder stehen bleibt, den Rüssel witternd in die Luft hält und sich über die Äpfel hermacht, die auf dem Weg liegen. Ein Radfahrer kommt ihnen entgegen. Als er Boris sieht, fallen ihm die Augen fast aus dem Kopf.

Nun ist es nicht mehr weit zu ihrem Häuschen. In den sechziger Jahren haben Nora und Albert das Grundstück im Blütengrund gepachtet und ein kleines Holzhaus darauf gebaut. Für die Außenarbeiten war Albert zuständig, für die Innenarbeiten sie, den Weinberg und den Garten haben sie zusammen angelegt.

Der Blütengrund war die Gegenwelt zum *Banner des Friedens*: Säen, Jäten, Gießen, Ernten. Salat, Tomaten, Gurken, Radieschen, Karotten, Kartoffeln, Zwiebeln, Lauch. Äpfel, Birnen, Kirschen und Trauben. Margeriten, Rosen, Dahlien, Astern.

Banner des Friedens bedeutete: an Maschinen stehen, Leder stanzen, Lederteile aneinandernähen, Sohlen kleben. Frühschicht, Spätschicht, Nachtschicht. Obwohl im Sozialismus der Mensch im Mittelpunkt stand, angeblich. Aber es waren die Maschinen, die im Mittelpunkt standen, und die Produktion, genauso wie im Kapitalismus. Auch Nora hat geschichtet, sie hat frühmorgens gearbeitet, spätabends und in der Nacht. Es gibt Berufe, da mag das Arbeiten in der Nacht unvermeidlich sein, aber beim Schuhemachen ist es nicht nötig. Sie war froh, als sie ins Schuhlabor in die Kubastraße kam, zu Albert und Johann.

Da ist die Gartentür mit dem gestiefelten Kater! Ein befreundeter Kunstschlosser hat die Tür gemacht, der Kater sieht sehr lebendig aus.

»Hallo Kater! Da bin ich wieder. Ich habe jemanden mitgebracht! Darf ich ihn dir vorstellen? Das ist Boris.« Sie deutet auf das Schwein und öffnet die Tür wie für einen lieben Gast.

Boris ist noch nie in einem Garten gewesen, er ist noch nie Stufen gestiegen, sie muss ihn locken und ziehen, damit er seine Beine hebt. Rechts und links der Treppe wachsen Reben, gelbe und dunkelblaue Trauben hängen im Laub. Deshalb ist sie da. Wegen der Trauben. Jetzt erinnert sie sich wieder. Sie wollte Trauben holen, Trauben für Iris. Während Nora mit der einen Hand die Leine hält, zupft sie mit der anderen eine Traube ab und schiebt sie in den Mund. Noch nicht ganz reif. Natürlich nicht. Wie ist sie auf den Gedanken gekommen, dass die Trauben schon reif sind?

Hinter dem Häuschen ist eine Wiese mit einem Birnbaum und einem Gewächshaus, in dem schon lange nichts mehr wächst, weil Nora sich nur noch mit Mühe bücken kann. Sie beschließt, Boris im Gewächshaus unterzubringen.

Iris

Es klingelt an der Tür. Sie schreckt hoch, weiß erst nicht, wo sie ist, denkt dann: Nora ist da!, springt aus dem Bett, läuft über den Flur, reißt die Tür auf und sieht Georg vor sich stehen.

Er fragt: »Ist sie zurück?«

»Nein, sie ist immer noch nicht da.«

Iris beginnt zu weinen. »Ich habe Angst um sie. Ich stelle mir schreckliche Szenen vor. Dass sie irgendwo liegt, ohnmächtig, hilflos. Wo kann sie sein? Ich weiß nicht, ob sie noch ganz klar im Kopf ist. Sie hat ihre Winterschuhe ins Gefrierfach gestellt. Vielleicht wird sie langsam dement? Wo sucht man demente Menschen?«

»Die findet man oft da, wo sie früher gelebt haben«, sagt Georg. »Die erinnern sich nicht mehr an das, was gerade eben war, aber ihr Langzeitgedächtnis funktioniert noch gut. Die erinnern sich, wo sie vor vierzig Jahren ein Streichholz verloren haben. Meine Mutter ist dement, ich weiß, wovon ich rede. Leider muss ich zur Arbeit. Ruf mich an, wenn du etwas Neues erfährst oder wenn Nora auftaucht.«

Ihr Langzeitgedächtnis. Iris schließt die Tür hinter Georg, geht ins Wohnzimmer und holt ein Album aus dem Regal. Sie blättert darin, sieht Schwarzweißfotos mit gezacktem Rand und darunter in Handschrift: *Unser Hof in Tilsit. Vater und seine Trakehner. Mein Bruder Hans. Todesnachricht von Hans. Bad Dürrenberg. Die orthopädische Schuhmacherwerkstatt. Gute Genossen: Albert und Lutz.*

Fotos von Nora im weißen Kittel, Nora umgeben von Kollegen im Forschungslabor in der Kubastraße. Dann kommt eine Serie mit Fotos von Antonia. Iris sieht ihre Mutter bei der Einschulung mit Schultüte, mit geflochtenen Zöpfen an der Ostsee, auf dem Marktplatz von Sahlen.

Iris blättert vor und zurück. *Das Gradierwerk.* Vor dem Gradierwerk stehen zwei Männer, *der gute Johann und Albert.* Albert ist lang und dünn, während der gute Johann klein ist und zart. Das muss Johann Görs sein. Iris greift zum Handy, ruft ihn an, sagt, dass Nora immer noch nicht wieder da sei und fragt, ob er mit ihr nach Bad Dürrenberg fahren könne. Er ist sofort einverstanden. Eine halbe Stunde später ist sie bei ihm. Johann sieht aus wie auf den Fotos, er ist immer noch klein und zart, aber älter geworden, die Haare sind nicht mehr braun, sondern weiß und schütter.

Er begrüßt sie freundlich und folgt ihr zum Auto. »Ich habe kein Auto. Und ich brauche auch keins. Aus beruflichen Gründen nicht und aus menschlichen Gründen schon gar nicht.«

Sie sieht ihn überrascht an.

»Am Wochenende am Auto rumbasteln, das hat mir nie gefallen. Und dann ... Ich möchte nicht Schuld sein an einem Unfall. Ich bin mal angefahren worden, als ich mit dem Rad unterwegs war. Ein Lastwagen hat mich gestreift, ich fiel vom Rad und lag achtundvierzig Stunden im Koma. Meine Beine haben sich weiterbewegt, sie fuhren weiter Rad, man musste sie festhalten ...«

Und dann erzählt er von Bad Dürrenberg. Als Nora kam, stand er kurz vor der Meisterprüfung. 1956 ging er zum *Banner des Friedens* nach Sahlen, ein Jahr später kam er ins Schuhlabor in die Kubastraße, wo er mit Albert und später dann auch mit Nora zusammengearbeitet hat.

»Füße sind so unterschiedlich wie Gesichter«, sagt Johann. »Es gibt den ägyptischen Fuß und den griechischen, den römischen und den Quadratfuß. Und den rechten und den linken. Albert sagte, dass er zwei linke Füße hätte, weil er die Rechten nicht mochte.« Johann lacht, Iris auch, obwohl ihr nicht nach Lachen zumute ist.

»Albert hat sich eingesetzt für die Vereinheitlichung der Schuhmaße. Der Westfuß wurde nach anderen Maßstäben gemessen als der Ostfuß. Der Ostfuß wurde nach Zentimetern gemessen, der Westfuß nach Stich und Inch, dem französischen und dem englischen Maß. 1970 wurde vom Osten die Messung in Zentimetern vorgeschlagen. Aber der Westen machte nicht mit. Der Versuch, eine internationale Vereinheitlichung durchzusetzen, scheiterte. Darüber hat sich Albert wahnsinnig geärgert. Albert hatte ein großes Talent, sich zu ärgern. Die mangelnde Bereitschaft des Westens, die Messung in Zentimetern zu übernehmen, war für ihn ein Zeichen der mangelnden Bereitschaft, sich für Gerechtigkeit und Solidarität einzusetzen.«

Sie erreichen Bad Dürrenberg, Iris fährt im Schritttempo. Wenn sie eine alte Frau sieht, fährt sie noch langsamer. Aber keine der alten Frauen, an denen sie vorbeifahren, ist Nora. Johann zeigt ihr das Haus, in dem die orthopädische Werkstatt war. Iris stellt das Auto ab.

In dem Haus ist ein Zeitungsladen. Aber der Laden ist kein Kunde, keine Nora. Iris verlässt den Laden wieder und geht mit Johann zum Gradierwerk. Aus einiger Entfernung erinnert die Mauer an eine mittelalterliche Verteidigungsanlage, aus der Nähe sieht man, dass sie aus Ästen besteht, die mit schmutzigweißen Krusten überzogen sind und an Korallen erinnern.

Ein warmer Wind streicht durch das Geäst, es riecht nach Tagen am Meer. Iris und Johann steigen auf die Mauer, um einen besseren Überblick zu haben. Keine Nora, stattdessen Sole, die durch Holzrinnen läuft und durch Metallröhrchen tröpfelt, runter aufs Geäst, während die Sonne vom wolkenlosen Himmel brennt.

Sie fahren zurück nach Sahlen. Iris ist niedergeschlagen. Sie dankt Johann, dass er sie begleitet hat, setzt ihn vor seinem Haus ab und fährt zur Wohnung ihrer Großmutter, wieder voller Hoffnung, dass Nora nun endlich da wäre. Aber Nora ist nicht da, die Wohnung ist leer.

Iris duscht, zieht sich ein anderes Kleid an und ist gerade dabei, ihre Haare hochzustecken, als das Handy klingelt. Ein hoffnungsvoller Schreck durchfährt sie. Es ist ihr Sohn.

»Ich suche das T-Shirt mit dem Vulkan. Hast du eine Ahnung, wo es sein könnte?«

»Nein, tut mir leid«, sagt sie, »aber du kannst ja mal im Schrank von Signe nachsehen, vielleicht hat sie es.«

»Und wie ist es in Sahlen?«

»Oma Nora ist nicht da. Ich mache mir große Sorgen. Sie hat ihre Winterschuhe in den Kühlschrank gestellt. Ins Eisfach.«

»Cool.«

»Ich finde das überhaupt nicht cool. Ich habe Angst um sie. Sie ist eine alte Frau.«

»Ein Freund von mir stellt seine Laufschuhe immer ins Eisfach. Weil er Schweißfüße hat. Die Kälte killt den Geruch.«

»Ehrlich?« Iris lacht kurz auf. »Das wäre ja fast schon wieder komisch. Aber ich kann mir nicht vorstellen, dass Nora ihre Winterschuhe deshalb ins Gefrierfach gesteckt hat.«

»Vielleicht macht sie Urlaub von Sahlen.«

»Wenn ich komme?«

»Vielleicht hat sie vergessen, dass du kommen wolltest.«

»Das habe ich auch schon gedacht. Hoffentlich.«

Nora

Nachdem sie Boris im Gewächshaus untergebracht hat, stellt sie die Schuhe vor die Haustür, zieht ihre Schlappen an, öffnet die Fensterläden und lässt frische Luft ins Haus. Sie war lange nicht mehr hier. Weil sie krank war. Weil sie sich nicht gut gefühlt hat.

Vor den zwei Fenstern in der Stube gibt es keine Läden, aber Vorhänge. Sie zieht die Vorhänge auf. Von hier aus hat man einen weiten Blick auf die Unstrut, die am Blütengrund in die Saale fließt. Auf der gegenüberliegenden Seite sieht man durch die Bäume Zelte, dort ist ein Campingplatz.

Die Fenster hat Albert eingetauscht gegen Schuhe. Ein Nachbar arbeitete beim Bau und besorgte alles, was sie brauchten: Bretter, Zement, Fenster. Albert wiederum versorgte ihn und seine Familie mit Schuhen.

Die Schlafkammer ist schmal, ein breites Bett steht drin, an beiden Seiten ist nur wenig Platz, gerade genug für zwei Nachtkästchen, eins rechts, eins links neben dem Bett, mit je einer Lampe. Am Fußende gleich neben der Tür ist ein Kleiderschrank und ein Stuhl. Albert war groß und dünn, Nora ist klein und rund. Sie mochte es, mit ihm in einer körperwarmen Nacht- und Atemwolke zu liegen, sie vermisst ihn immer noch.

Sie schüttelt das Kissen und das Federbett auf. Dann legt sie sich aufs Bett. Sie ist müde von dem langen Weg. Sie hat das Gefühl zu sinken, in die Matratze und durch die Matratze hindurch. Tief. Noch tiefer. In der letzten Zeit hat sie sich oft gewünscht, einzuschlafen und nicht mehr aufzuwachen. Sie hat sich gewünscht, aus ihrem

Körper zu schlüpfen wie aus einem alten Latschen. Sie würde gern einschlafen und sanft entschweben, Richtung Himmelsweg, auf dem die Menschen wandeln, die sie liebt. Vielleicht beugt sich Albert oder Antonia runter und zieht sie hoch, eine Berührung und sie hebt ab.

Johann hat ihr vor Jahren Schuhe zum Geburtstag geschenkt mit Entenflügeln an den hinteren Quartieren. »Mit denen kannst du abheben, wenn es dir hier zu eng wird.«

»Stifte sie nicht an zu Republikflucht«, sagte Albert.

Ein wunder Punkt. Die Flucht ihrer Tochter. Darunter hat sie immer wieder gelitten, dass Antonia im Westen war, mit Paul und der kleinen Iris.

»Ich stifte sie an«, sagte Johann, »mal wieder einen Ausflug zu machen. Auf den Blocksberg. Oder an die Ostsee. Nach Zingst. Allein oder mit dir. Und meiner Frau und mir. Zu viert. Was haltet ihr davon?«

Arne

Er isst einen Teller Suppe. Nach dem Mittagessen wird er in die Werkstatt gehen und anschließend nach Goseck fahren und ein Bier trinken. Arne muss fünfzig Zehnliterfässer machen für eine Spielzeugfabrik in Bad Kösen, Holzfass mit Braunbär, eine Werbeaktion für eine Messe, eine Spielerei, in den Fässern wird nie Wein sein.

Wenn er einen Wunsch frei hätte, würde er ein richtig großes Fass machen, mit Schnitzereien und allem Drum und Dran, ein Fass wie das alte Cuvéefass, das in der

Sektkellerei in Freyburg steht. Es wurde aus fünfundzwanzig Eichen gemacht und fasst hundertzwanzigtausend Liter.

Wenn er einen Wunsch frei hätte? Dann würde er sich wünschen, dass die Kinder zurückkommen. Mechthild hat sie nach Göttingen mitgenommen, die mächtige Mechthild, eine notorische Besserwisserin aus dem Westen. Anfangs hat ihn das nicht gestört, im Gegenteil, er war stolz, dass er eine Westfrau erobert hatte.

Sie hatte ihre eigenen Vorstellungen von einer Beziehung, sie wollte erst dann mit ihm schlafen, wenn sie sicher war, dass sie ihn liebte. Und er sie. Sie wollte erst dann mit ihm ins Bett, wenn sie verheiratet waren. Sie wollte Kinder und sie wollte einen Mann, der verlässlich ist. Das gefiel ihm. Das beeindruckte ihn. Er musste sich einsetzen, um sie zu bekommen, er musste um sie kämpfen und er hat um sie gekämpft. Und er hat sie bekommen.

Aber das Zusammenleben war nicht einfach. Als die Mauer fiel, wollte er zurück nach Sachsen-Anhalt, von Freiburg nach Freyburg. Sie kauften ein Haus, das mitten in einem Weinberg lag. Sie kauften es, weil Leipzig nicht weit weg ist und weil das Haus unglaublich billig war im Vergleich zu Häusern in Freiburg im Breisgau. Sie mussten das Haus komplett renovieren, aber es gab Zuschüsse vom Land.

Arne hat viel selbst gemacht, er hat den Weinberg auf Vordermann gebracht und sich in der Freyburger Winzergemeinschaft engagiert. Abends saß er am Computer und besuchte die Diskussionsforen der Verfolgten der DDR-Diktatur. Mit anderen ehemaligen Gefangenen forderte er eine Haftentschädigung. Wer länger als sechs Monate in Haft war, bekam eine Opferrente. Auch er. Trotzdem war er nicht zufrieden. Es wurmte ihn, dass diejenigen, die ihn ins Gefängnis gebracht hatten, nicht bestraft wurden. Dass diejenigen, die ihm drei Jahre seines Lebens geklaut hatten, nicht zur Rechenschaft gezogen wurden.

Nun zieht er einen von ihnen zur Rechenschaft. Jede Nacht muss Lutz Winter Rechenschaft ablegen über das, was er gemacht hat, was er jungen Menschen angetan hat, Menschen wie ihm, Arne Schütz. Lutz Winter ist das Ziel seiner Wut, aber er bekommt auch einiges ab, wofür er nichts kann. Dass Mechthild gegangen ist, dafür kann Lutz Winter nichts.

Iris

In der Mittelstraße sind lauter alte Menschen unterwegs, mit Stöcken und Gehwägen, toupierten, getürmten oder akkurat kurz geschnittenen Haaren, mit hellen Kleidern und Hosen. Nora ist nicht dabei. Aber Georg. Sie trifft ihn zufällig vor dem Stadtbrunnen und erzählt ihm von der Fahrt nach Bad Dürrenberg. Und von Noras Album.

»Ich will nach Goseck«, sagt sie, »und zum Blütengrund.«

»Goseck ist ein guter Ort«, sagt Georg, »Nora war immer ...« Er stockt und sagt dann: »Entschuldige, ich meinte, sie *ist* immer gern dort.« Dann sieht er sie prüfend an und fragt: »Hast du schon was gegessen? Du findest deine Großmutter nicht, wenn du vor Schwäche zusammenbrichst. Wir können zu den Fidschis gehen.«

»Fidschis?«

»Die Fidschis kommen aus Vietnam. Sie sind bienenfleißig. Bei ihnen gibt's die frischesten Früchte und die knusprigsten Enten …«

»Ich kann jetzt nichts essen«, sagt Iris. »Eine Tasse Kaffee reicht mir. Dann mach ich mich auf den Weg.«

Sie gehen zum Bäcker, holen zwei Tassen Kaffee, Selbstbedienung. Und während Iris mit dem Tablett zu einem Tisch geht, kauft Georg noch zwei Stück Pflaumenkuchen. Iris setzt sich so hin, dass sie die Menschen sehen kann, die vorbeigehen.

»Es gibt kaum noch junge Leute in Sahlen«, sagt Georg. »Man muss es leider sagen: Sahlen liegt am anus mundi. Hast du Latein gehabt? Anus mundi bedeutet …«

»Ich weiß.«

»Jena steht gut da, auch Weimar hat sich erholt. Aber Sahlen ist nicht wieder auf die Beine gekommen.«

Iris schnipst die Wespen von ihrem Kuchen. Sie fliegen eine Runde, setzen erneut zur Landung an und versenken ihre Rüssel in das süße Fleisch der Pflaumen. Wespen kommen immer wieder auf die Beine, sie saugen, schlucken und krabbeln verdauend weiter. Georg lässt sie mitessen, Iris wedelt sie weg.

»Ich muss los«, sagt sie und steht auf. Sie verabschiedet sich von Georg, geht in die Buchhandlung und sucht nach einer Karte. Nimmt eine Saale-Unstrut-Wanderkarte und klappt sie auf. Rechts liegt Sahlen, links Naumburg, dazwischen mäandert die Saale und an einer ihrer Schleifen liegt Goseck.

Als Iris an der Kasse steht, klingelt ihr Handy. Jemand von der örtlichen Polizei ist dran. Ein Mann namens Lutz Winter werde vermisst. In seinem Adressbuch stehe der Name von Nora Hard. Man müsse davon ausgehen, dass sie sich kannten und dass es einen Zusammenhang gebe zwischen ihrem Verschwinden.

Während Iris an der Saale entlangwandert, denkt sie an das Foto in Noras Album mit dem handschriftlichen Kommentar: *Gute Genossen: Albert und Lutz*. Das ist beunruhigend, dass auch dieser Lutz verschwunden ist.

Am Ufer der Saale stehen zwei Angler. Iris nähert sich vorsichtig, um die Fische nicht zu verscheuchen, und fragt: »Entschuldigen Sie, darf ich Sie stören?«

»Nur zu, junge Frau!«, sagt der kugelige Angler.

Sie zieht das Foto von Nora aus dem Geldbeutel und reicht es ihm. »Ich suche meine Großmutter.«

»Die kommt mir bekannt vor«, sagt er. »Steffen, schau mal! Ist das nicht die alte Frau, die vor Kurzem hier vorbeigelaufen ist? Wann war das? Vor zwei Tagen? Oder drei?«

Sein Kollege ist ein schlanker Mann mit einer Militärhose. Er legt seine Angel auf die Wiese, nähert sich, wirft einen Blick auf das Foto und sagt: »Ja, stimmt. Kann sein.«

»Nora lebt!« Iris würde die beiden am liebsten umarmen. »Und in welche Richtung ist sie gegangen?«

»Richtung Goseck«, sagt der runde Angler.

Ein Zeichen des Himmels. Geschickt vom himmlischen Verein der Angler und Fischer, deren Vorsitzender Petrus ist. Sie denkt an die Fotos, die sie im Album gesehen hat: *Albert beim Angeln. Albert mit einer Karau-*

sche. Und sie fragt: »Was ist eigentlich eine Karausche?«

Der kugelige Angler antwortet gutmütig: »Eine Art Barsch. Nur ohne Barten. Karauschen sind selten. Eine Karausche habe ich schon lange nicht mehr aus der Saale gezogen. Aber letzte Woche habe ich einen Hecht rausgeholt, der über einen Meter lang war. Der junge Mann hat ihn aufgenommen.«

Er nickt Steffen zu und der zieht sein Handy aus der Tasche, drückt einige Tasten und zeigt Iris das Display. Sie sieht den dicken Angler mit einem kindgroßen Fisch auf den Armen, stolz wie ein junger Vater.

»Wow!« ruft sie aus. »Das ist ja ein kapitaler Bursche!«

Ihre Anerkennung entspringt wirklicher Bewunderung und einem Gefühl der Dankbarkeit. Die beiden haben Nora gesehen, sich an sie erinnert und ihr gesagt, wo sie ist, wo sie sein könnte.

»An dem war wirklich was dran«, sagt der runde Angler zufrieden. Er wirft mit Schwung Haken und Köder erneut übers Wasser, dreht an der Kurbel, der Köder nähert sich, gelb und wabblig.

»Und Sie haben keine Probleme damit, die Fische zu töten?«

Da sagt er, immer noch kurbelnd: »Töten? Ich töte keine Tiere mehr. Das macht meine Frau. Ich war Metzger, ich habe in meinem Leben genug Tiere getötet. Zum Schluss habe ich am Schlachthof in Sahlen gearbeitet. Da wird im Akkord getötet. Da kann man nicht mal aufs Klo gehen, wenn das Band läuft. Da will kein Deutscher mehr arbeiten. Da arbeiten Rumänen, Polen, Ungarn. Die machen das mit. Aber sie arbeiten unter Bedingungen, die zum Kotzen sind.«

Er schiebt seinen Ärmel hoch, zeigt auf eine Narbe. »Ich bin Linkshänder.« Anscheinend hat die Tatsache, dass er Linkshänder ist, zu der Verletzung geführt. Er spricht von Schmerzen in der Schulter und im Arm. »Ich bin froh, dass ich draußen bin. Tausend Menschen arbeiten da, in zwei Schichten. Am Vormittag wird zerlegt, am Nachmittag geschlachtet. Die Stundenlöhne sind mies. Zehn Euro die Stunde. Keine Zuschläge. Du wirst nicht gefragt, ob du an Feiertagen arbeiten willst, du wirst einfach eingeteilt. Aber die mucken nicht auf, die Ostdeutschen, die sind dran gewöhnt zu gehorchen.«

»Sie sind nicht von hier?«

»Nein«, sagt er, »ich bin nach der Wende hergekommen. Habe eine Frau gefunden und bin geblieben.«

Wieder wirft er Haken und Köder aus, der gelbe Plastikfisch fliegt fast bis zum anderen Ufer. Dann dreht er mit einer so unglaublichen Geschwindigkeit die Kurbel, dass es aussieht, als würde sich seine Hand verselbstständigen. Sie wird zu einem Teil der Kurbel, der Köder schlängelt sich, hüpft, fliegt über die Wellen der Saale, während Iris sich verabschiedet und weitergeht nach Goseck, beflügelt von neuer Hoffnung.

Zehn Minuten später betritt sie den Innenhof des Schlosses und hält Ausschau nach Nora. Sie mustert die Männer und Frauen, die in einer Traube vor einem riesigen Ginkgo stehen. Vor der Schlossschenke steht ein weiterer großer Baum, die blühenden Dolden werden umschwärmt von Bienen. Dahinter liegt eine Terrasse. Menschen sitzen an den Tischen, auf den Stühlen. Aber Nora ist nicht unter ihnen. Iris betritt den Gastraum der Schenke und legt das Foto ihrer Großmutter auf die Theke.

»Nora Hard!«, sagt ein Mann, der gerade dabei ist, ein Bier zu zapfen. »Was ist mit ihr?«

Iris sagt: »Ich bin ihre Enkelin. Ich suche sie. Haben Sie eine Ahnung, wo Nora sein könnte?«

»Nein. Leider nicht. Ich bin vorhin aus dem Urlaub zurückgekommen. Ich kann Ihnen leider nicht sagen, ob sie in der letzten Zeit hier war. Aber vielleicht hat Arne sie gesehen.«

Er geht auf die Terrasse und ruft: »Arne! Hast du Nora gesehen?«

Der Mann, der Arne heißt, hebt den Kopf. Wache Augen mustern sie. Seine Haare sind mit Holzmehl bepudert. Seine Nase erinnert sie an den Schnabel eines Spechts.

»Nora? Die Frau von Albert Hard? Nein. Ich habe sie schon länger nicht mehr gesehen. Beim letzten Schenkenkonzert war sie da. Aber das ist ja auch schon wieder ein paar Wochen her.«

»Sie ist nach Goseck gegangen«, sagt Iris. »Angler haben sie gesehen, vor zwei Tagen.«

»Vor zwei Tagen! Dann ist sie wohl kaum noch hier. Aber wir können ja mal eine Runde drehen.« Arne steht auf. »Sie haben es ja schon gehört: Ich bin Arne, Arne Schütz, Böttcher von Beruf.«

»Ich bin Iris Perswall.«

»Perswall? Klingt französisch.«

»Stimmt. Kommt von Perceval. Ich bin eine entfernte Verwandte Parzivals.«

»Wirklich?«

»Sagt mein Vater. Kann sein, dass wir tatsächlich mit ihm verwandt sind. Ist schon einige Zeit her, die Sache mit Parzival ...«

»Parzival«, sagt Arne nachdenklich. «War der nicht Ritter?«
»Ja, er war ein Ritter von König Artus. Er hat den Gral gesucht. Und ich suche meine Großmutter.«
»Hat er den Gral gefunden?«
»Ja.«
»Dann werden Sie hoffentlich auch Ihre Großmutter finden.«
»Hoffentlich.«
Arne sieht sie nachdenklich an. «Und wie hat er den Gral gefunden?«
»Indem er die richtige Frage gestellt hat.«
»Klingt gut. Philosophisch.«
»Mir fällt gerade nur eine Frage ein: Wo ist Nora?«

Arne

Gemeinsam gehen sie über den Innenhof, an tonnenförmigen Zelten vorbei. Im Schatten gelber Plastikplanen sind Männer und Frauen dabei, Erde abzutragen, Schicht um Schicht. Andere rütteln die Erde durch Siebe und fahren das, was nicht brauchbar ist, mit Schubkarren weg.
»Die Archäologen der Uni Halle suchen hier nach Schätzen aus der Zeit Parzivals«, sagt Arne.
Er öffnet die Tür zur Schlosskapelle. Ein Strauß blauer und weißer Blumen steht am Eingang, Lilien und Rittersporn, eine Duftwolke empfängt sie. Der Raum ist hoch, die Fenster bogenförmig, an beiden Seiten befinden sich

Galerien, die man über einfache Holztreppen erreichen kann.

Die Decke ist mit Brettern vernagelt, ebenso die Seitenwand. Hinter den Brettern sind Teile geschwärzter barocker Figuren. Vor dem Altar stehen weitere Blumensträuße, anscheinend ist hier vor wenigen Stunden eine Hochzeit gefeiert worden. Aber es ist niemand mehr da, Nora nicht und keiner von der Hochzeitsgesellschaft.

Iris setzt sich auf eine Bank, als wollte sie warten, bis sich eins der Fenster öffnet und Nora hereingeschwebt kommt. Arne setzt sich neben sie. Sie gefällt ihm, Iris Perswall, eine Nachfahrin Parzivals.

»Vielleicht ist sie oben auf der Galerie«, sagt Iris, steht auf, geht zur Holztreppe und steigt die Stufen hoch zur Galerie. Arne folgt ihr. Aber natürlich ist Nora nicht auf der Galerie. Iris lehnt an der Brüstung, Arne stellt sich neben sie. Gemeinsam sehen sie hinunter in den Raum, der mal eine Kirche war. Über dem Eingang ist eine Orgel, verkommen und verstaubt, die Pfeifen befleckt mit Taubendreck.

Die Blumen duften.

Als sie die Kirche verlassen und den Schlosshof überqueren, kommt eine Frau auf sie zu. Ihr Gesicht ist gerötet, die Haut trocken und schuppig. Iris zeigt der Frau ein Foto von Nora und fragt sie, ob sie Nora hier in Goseck gesehen habe.

»Ja«, sagt die Frau, »ich habe sie gesehen. Sie saß vor der Schenke und hat was getrunken.«

Iris sagt freudig überrascht: »Sie haben meine Großmutter gesehen? Hier in Goseck? Wann? Um wieviel Uhr?«

»Vor zwei Tagen. Ich glaube, es war am Nachmittag. Sie hat uns beim Graben zugesehen und mich gefragt, was wir in der letzten Zeit gefunden haben.«

»Und dann? Hat sie gesagt, wo sie hinwill? Sie war zwei Nächte nicht zu Hause. Ich bin die Enkelin und mache mir große Sorgen um sie.«

»Nein, tut mir leid. Ich habe keine Ahnung, wo Nora anschließend hingegangen ist.«

Iris schaut ihr nach und sagt dann zu Arne: »Ich muss zum Blütengrund. Meine Großeltern haben da ein Häuschen.«

»Ich kann dich hinfahren.« Er räuspert sich. »Entschuldigung, jetzt habe ich Sie geduzt.«

»Macht nichts. Ich bin Iris.«

»Und ich bin Arne.«

Sie gehen zusammen zum Parkplatz.

»Ich mache Fässer und habe einen Weinberg. Deshalb der große Wagen. Ich muss immer wieder Holz transportieren und Fässer.«

Er öffnet die Tür zum Beifahrersitz, sie steigt ein.

Und dann sitzt sie neben ihm. Er sieht sie von der Seite an. Ihre dunklen Haare locken sich leicht, sie sind durchzogen von silbernen Fäden. Ihre Augen sind dunkelblau, sie hat schöne geschwungene Lippen. Das Herz geht ihm auf, das Herz, das er nicht mehr gespürt hat, seitdem Mechthild ihn verlassen hat. Es war nur noch zuständig dafür, Blut durch seinen Körper zu pumpen.

Gelbe Felder bis zum Horizont. Mähdrescher, die sich vorwärts fressen, hinein in die hektargroßen Felder, hinein ins Getreide. Vor den bulligen Fahrzeugen drehen sich Rollen, die mit Sicheln besetzt sind. Sie schneiden

Ähre um Ähre, Halm um Halm, die Sicheln sind scharf, der Schnitt präzis.

Iris spricht von Nora, von ihrem Verschwinden und von dem Überfall in der Ruine der Schuhfabrik. Sie sagt, dass ein weiterer Mann vermisst werde, und dass die Polizei sie heute Vormittag angerufen habe, weil ein Zusammenhang vermutet werde zwischen dem Verschwinden ihrer Großmutter und dem Verschwinden dieses Mannes.

»Er heißt Lutz Winter.«

»Lutz Winter!«

Sein Name aus ihrem Mund trifft ihn wie ein Schlag.

»Sie kennen ihn?«

»Leider.«

»Warum leider?«

Er antwortet nicht. Sein Inneres verfinstert sich. Das Herz, das sich gerade geöffnet hat, schließt sich wieder. Er sieht den jungen Lutz Winter vor sich, der ihn verurteilt hat, und den alten Lutz Winter, der in seinem Keller sitzt, endlich. Und da soll er auch bleiben.

Wie lange? Bis er sich entschuldigt.

Arne biegt ab, fährt Richtung Großjena und stellt den Transporter auf einen geschotterten Parkplatz. Sie steigen aus. Auf Hinweisschildern steht: *Saale-Unstrut-Radwanderweg. Im Blütengrund. Max-Klinger-Haus. Zum Steinernen Album.*

»Ich bin nicht sicher«, sagt Iris, »ob ich das Haus meiner Großeltern finde. Ich habe keine Adresse, nur dieses Foto.«

Sie kramt in ihrem Rucksack, findet das Foto, zeigt es Arne.

»Einmal war ich kurz nach dem Mauerfall im Blütengrund. Ich erinnere mich an Reben und Rosen, Kaffee und Kuchen, dunkles Brot und Knackwürste. Aber das ist alles.«

»Ich komme mit. Wenn ich darf. Ich kenne mich hier ein bisschen aus.«

»Ja, gern.«

Sie geht neben ihm und vergleicht die Häuser am Hang mit dem Haus auf dem Foto. Es ist heiß. Er schwitzt. Das T-Shirt klebt an seinem Körper. Er schwitzt auch, weil sie neben ihm geht. Aus einem Hanggrundstück kommen zwei Männer in Badehose, der Ältere hat einen Frosch in der Hand, er hält ihn mit einem sicheren und doch vorsichtigen Griff. Der jüngere Mann verschwindet durch eine schmale Lücke im Gebüsch, der Ältere folgt. Stufen führen hinunter zum Fluss. Der ältere Mann setzt den Frosch auf einen Stein, während der jüngere sofort ins Wasser hechtet. Der Frosch hockt da, hockt und atmet, nimmt Witterung auf, dann dreht er sich um, zum Wasser hin und springt.

Platsch! Weg ist er.

Auch Arne würde gern ins Wasser springen. Später, denkt er, später, wenn wir Nora gefunden haben, dann gehen wir baden, sie und ich. Für einen Augenblick hat er Lutz Winter vergessen, einen Augenblick lang ist Sommer und eine Frau geht neben ihm. Er wird mit ihr Baden gehen und alles wird von ihm abfallen, es wird sich im Wasser auflösen wie Schweiß: seine Vergangenheit, die Zeit im Gefängnis, der Mann in seinem Keller.

Iris

Sie ist erleichtert, dass Arne sie zum Blütengrund begleitet, auch wenn er vorhin im Auto plötzlich so ungehalten war. Warum dieser Stimmungswechsel, als von Lutz Winter die Rede war? Wieder denkt sie an das Foto in Noras Album. *Alte Genossen: Lutz und Albert.* Beide sind weg, Nora und Lutz Winter. Gibt es tatsächlich einen Zusammenhang, wie die Polizei vermutet?

Sie geht neben Arne am Steinernen Album vorbei, an Szenen, die in den Sandstein des Hochufers gehauen sind: Ein Mann schlägt mit einem Stab gegen einen Felsen, Jäger jagen einen Fuchs, nackte Jungen tanzen um einen Harfe spielenden Mann, ein herrschaftlich aussehender Mann reitet auf einem Pferd, ein Mann steht in einem Fass mit Trauben. Über den Steinbildern liegen Weinberge mit Häuschen, aber keins gleicht dem Haus auf dem Foto. Dann sieht Iris plötzlich den gestiefelten Kater, der grinsend seinen Hut schwenkt und sie zu begrüßen scheint. Wie konnte sie den Kater vergessen mit seinen prächtigen Stiefeln!

»Hier ist es! Hier ist das Haus meiner Großeltern!«

Die Gartentür ist nicht abgeschlossen, sie lässt sich aufklinken. Eine Treppe aus grob behauenen Steinen führt den Hang hoch zu einem hellblau lackierten Holzhäuschen. Da wird sie sein, Iris ist sich plötzlich ganz sicher, sie läuft die Treppe hoch, sieht Schuhe vor der Haustür, die Schuhe von Nora! Drückt die Klinke herunter, die Tür geht auf, jetzt werden sie sich gleich in die Arme fallen …

Aber Nora sitzt nicht am Tisch. Sie liegt auch nicht auf dem Sofa. Der Raum ist leer. Es gibt noch einen zweiten, kleineren Raum, mit einem Doppelbett, und kurz hat Iris Angst, Nora könnte tot auf dem Bett liegen, aber auch hier ist sie nicht, weder tot noch lebendig. Wo kann sie sein? Warum stehen die Schuhe vor der Tür, wenn sie nicht da ist, hier, im Häuschen? Iris ist so enttäuscht, dass ihr Tränen in die Augen schießen. Arne legt einen Arm um ihre Schultern, kurz lehnt sie sich an ihn.

Er sagt: »Das Bett sieht aus, als wäre es noch vor Kurzem benützt worden.«

»Stimmt.«

Sie gehen um das Haus herum.

»Oma!«, ruft Iris. Und dann: »Nora!«

Keine Antwort.

Trauben hängen zwischen dem Laub der Weinstöcke, Rosen stehen am Anfang jeder Reihe Reben. Iris setzt sich auf eine Stufe und sieht hinunter auf die Saale und die Unstrut, die sich hier, am Blütengrund, vereinen. Rechts ist ein Gartenlokal und links davon die Fähre. Sie hört Kinderstimmen vom gegenüberliegenden Zeltplatz. Vor zwei Tagen war Nora noch in Goseck. Und dann? Ist sie zu Fuß zum Blütengrund gegangen und hat hier übernachtet. Ja, das macht Sinn.

Telefon, Papa, Telefon!

»Meine Kinder«, erklärt Arne und zieht das Handy aus der Hosentasche. »Ich bin im Blütengrund. In einer Viertelstunde kann ich bei Ihnen sein.«

Nach dem Telefonat sagt er zu Iris: »Ich muss los. Ein wichtiger Kunde hat sich überraschend gemeldet. Das tut mir wirklich leid. Ich würde dir jetzt gern bei der Suche helfen. Aber es scheint ja doch, als wäre Nora irgendwo in der Nähe, sonst wäre die Haustür nicht offen.

Kannst du mich anrufen, wenn es Neuigkeiten gibt?«

Er gibt ihr seine Handynummer, verabschiedet sich und geht. Iris sieht ihm nach. Es ist schwül. Der Himmel bezieht sich. Erst wird er grau, dann graugelb. Ein Windstoß fährt in die Weiden am Ufer der Saale. Und ein zweiter in die Eiche, die neben dem Weinberghäuschen steht. Eicheln prasseln auf die Terrasse. Die Saale scheint schneller zu fließen, der Wind treibt die Wellen vor sich her. Tropfen lösen sich aus den Wolken, die Äste der Eiche bewegen sich auf und ab, das Eichenlaub wird vom Wind zusammengeschoben, heftig nach rechts gedrückt, dann wieder nach links.

Iris geht ins Haus.

Sie stellt sich ans Fenster, sieht die sich bewegenden Zweige der Eiche, sieht die zwei Flüsse, rechts die Unstrut, links die Saale, sieht ihre Vereinigung. Ein Mann sitzt in einem roten Kajak und paddelt. Er trägt eine Regenjacke und lässt sich von dem Wolkenbruch nicht stören, er paddelt in aller Ruhe weiter, paddelt durch den strömenden Regen.

Nach einer halben Stunde hört der Regen auf. Und die Wolkendecke löst sich auf in einzelne Wolken, zwischen denen das Blau des Himmels wieder sichtbar wird. Und dann sieht Iris, dass sich der gestiefelte Kater bewegt. Die Gartentür wird geöffnet und eine Frau kommt die Stufen hoch. Sie sieht aus wie eine alte Amsel, zerzaust von Regen und Wind, aber mit blanken Augen. Es ist Nora.

Nora

»Iris! Was machst du im Blütengrund?«
»Oma! Ich hab mir solche Sorgen gemacht!«
Iris umarmt sie und lacht und weint vor Erleichterung.
»Aber Kind! Warum denn!?«
»Wir waren verabredet! Ich bin seit drei Tagen in Sahlen.«
»Tatsächlich? Ich habe gedacht, dass du erst in einer Woche kommst.«
Nora holt zwei Gläser aus dem kleinen Schrank im Wohnzimmer, öffnet eine Flasche Silvaner, füllt zwei Gläser und sagt: »Ich bin an der Saale entlang zum Blütengrund gewandert. Ich habe mir Zeit gelassen. Ich habe in Goseck übernachtet und bei Marianne in Eulau. Das habe ich schon lange nicht mehr gemacht, eine Wanderung von Sahlen zum Blütengrund, in aller Ruhe. Heute Morgen ist mir Boris über den Weg gelaufen.«
»Wer ist Boris?«
»Ein Schwein. Es ist im Gewächshaus.«
»Im Gewächshaus?«
»Ja«, sagt Nora. »Er war ziemlich erschöpft von unserem Marsch. Auch ich musste mich erst mal hinlegen. Dann bin ich zu Cindy rübergegangen. Kennst du sie? Sie hat eine Straußwirtschaft mit Terrasse, einen Katzensprung entfernt. Gemeinsam haben wir einen Riesling getrunken. Im Hintergrund lief das Radio und da hörte ich, dass ein Tiertransporter von der Straße abgekommen ist. Die Schweine, die im Transporter waren, sind alle entkommen. Wer ein Schwein findet, soll es am Schlachthof abliefern. Boris ist bestimmt eins dieser armen Schweine, die zu Kröntein sollten. Aber ich werde ihn

nicht ausliefern. Boris ist ein Schwein, das Glück gehabt hat, und ein Glücksschwein bringt man nicht um. Wenn ein anderer Boris gefunden hätte, würde es ihm vermutlich an den Kragen gehen, aber bei mir ist er in Sicherheit.«

»Ein Schwein!«, wiederholt Iris amüsiert, steht auf und geht zum Gewächshaus. Durch die Glasfenster sieht sie das Schwein schlafend zwischen leeren Töpfen liegen. Auf dem Weg zurück zur Terrasse biegt Iris den Kopf einer Rose zu sich und atmet den samtigen Duft tief ein. Dann atmet sie aus, und mit dem Ausatmen löst sich die Angst um Nora und die Anspannung der letzten Tage. Die Wolken haben sich verzogen, die Sonne sinkt, wärmt aber noch. Sie setzt sich wieder zu Nora, nimmt ihre Hand und küsst sie, erleichtert über ihre Rückkehr. Dann erzählt Iris von ihrer Fahrt nach Sahlen und von ihrer Suche nach Nora, von Georg und Johann Görs, von Carmen Müller und Monika Liebig, und von dem Überfall in der Ruine der ehemaligen Schuhfabrik.

»Ein Riese?«, sagt Nora nachdenklich. »Und ein schmaler Mann mit Zopf? Vielleicht hatte er Locken. Das war Novalis. Er hat mich, gemeinsam mit dem Riesen, ein Stück begleitet, als ich von Goseck nach Eulau gegangen bin.«

»Novalis ist tot, Oma.«

»Wirklich? Aber er sah aus wie Novalis. Er war ein freundlicher junger Mann. Als ich Marianne getroffen habe, waren die beiden plötzlich weg.«

»Dann hast du Glück gehabt. Die beiden sind gefährlich.«

»Warum bist du mitten in der Nacht in die Ruine gegangen?«

»Weil ich dich gesucht habe. Ich dachte, dass du da vielleicht irgendwo liegst. Ich dachte, du bist gestolpert und liegst ohnmächtig im Gebüsch. Ich fand es sehr merkwürdig, dass du nicht da warst, als ich kam.«

»Tut mir leid, Liebes. Das war ein Missverständnis ...«

»Ich bin zur Polizei gegangen und habe eine Vermisstenanzeige aufgegeben. Georg hat mich begleitet. Ich muss ihn unbedingt anrufen und ihm sagen, dass du wieder da bist.«

Iris steht auf, holt ihr Handy.

»Du bist übrigens nicht die Einzige, die polizeilich gesucht wird. Ein Mann wird vermisst. Er heißt Lutz Winter. Zwischen deinem Verschwinden und seinem hat die Polizei einen Zusammenhang vermutet.«

»Aber ich bin doch gar nicht verschwunden.«

»Zum Glück bist du wieder aufgetaucht. Und? Kennst du Lutz Winter? Er steht in deinem Adressbuch.«

»Natürlich kenne ich Lutz. Er war ein Freund von Albert, ein Genosse, ein Hochprozentiger. Sagt man so? Nein, falsch, das macht der Silvaner! Und der Riesling, den ich mit Cindy getrunken habe. Wunderbare, charmante Cindy! Mit ihr macht das Trinken Spaß. Sie ist so gesellig. Was hast du gefragt? Richtig. Lutz Winter. Und er soll verschwunden sein? Wie merkwürdig. Ich habe ihn doch erst neulich gesehen. Wann war das? Als ich zum Blütengrund aufgebrochen bin. Beim Radladen. Als ich mich mit Frieder unterhalten habe.«

»Das musst du unbedingt der Polizei erzählen.«

Iris ruft Georg und Carmen an, Monika und Johann. Und dann die Polizei in Sahlen. Sie sagt, dass Nora wieder aufgetaucht sei, dass die Suche abgeblasen werden könne, und dass Nora vor drei Tagen Lutz Winter gesehen habe. Der Polizist will mit Nora reden, Iris gibt ihr das Handy.

Danach wählt sie Arnes Nummer.

Er geht sofort dran.

»Hier ist Iris.«

»Iris!« Seine Stimme klingt erfreut. »Neuigkeiten?«

»Ja, Neuigkeiten! Nora ist wieder da.«

»Zum Glück!«

»Sie ist quicklebendig. Sie hat in Cindys Straußwirtschaft ein Glas Riesling getrunken. Danke, dass du mit mir zum Blütengrund gefahren bist.«

»Hab ich gern getan.«

Er räuspert sich. Dann sagt er: »Ich würde dich gern wiedersehen. Ich bin übermorgen in der Sektkellerei in Freyburg. Wollen wir uns da treffen? Um vier vor dem Eingang?«

Arne

Seitdem Lutz Winter in seinem Keller sitzt, führt Arne zwei Leben, ein überirdisches und ein unterirdisches, ein Tagleben und ein Nachtleben. Am Tag geht er seiner Arbeit nach, nachts kümmert er sich um Lutz Winter.

Arne hat ihm Berichte gegeben von Männern und Frauen, die ohne Grund verhaftet und zu hohen Haftstrafen verurteilt wurden, obwohl sie kein Unrecht begangen hatten. Winter weiß, warum er bei Arne im Keller sitzt. Es gibt Gründe. Er hat ein Unrecht begangen. Und nicht nur eins. Das muss er endlich büßen, unter vergleichsweise luxuriösen Bedingungen. Er wird nicht angemacht von anderen Gefangenen, er hat seine Ruhe, er kann Netze flicken und lesen.

Wenn Arne in den Keller geht, findet eine Verwandlung statt, wenn er den Keller betritt, wird er zum Richter. Es ist, als müsste er alle rächen, die in der DDR zu Unrecht im Knast gesessen haben.

Er nähert sich der Tür, hinter der Lutz Winter sitzt oder liegt, klopft an der Tür und befiehlt, dass er sich neben das Bett stellen soll, mit dem Rücken zur Tür. Arne sagt jeden Abend das Gleiche. Auch an diesem Abend. Ob er verstanden habe!?

»Ja«, sagt Lutz Winter.

Arne schließt die Tür auf.

Winter steht mit dem Rücken zu ihm.

Arne sagt kühl: »Mitkommen!«

Winter nimmt den Eimer, geht an Arne vorbei und vor ihm die Treppe hoch, schüttet die Scheiße ins Klo und spült. Dann gehen sie in das Zimmer, in dem die Verhöre stattfinden. In dieser Nacht setzt sich Winter sehr aufrecht auf den Hocker. Er wirkt entschlossen. Und tatsächlich ergreift er das Wort, noch bevor Arne etwas sagen kann.

»Niemand hat das Recht«, sagt er giftig, »mich oder irgendeinen anderen Bürger der DDR wegen Handlungen anzuklagen, die der Erfüllung staatlicher Aufgaben gedient haben.«

»Doch«, sagt Arne, »doch, genau dieses Recht nehme ich mir. Ich nehme mir das Recht, Sie anzuklagen. Sie haben mir und anderen die Freiheit genommen. Ich habe drei Jahre im Knast gesessen. Obwohl ich kein Verbrechen begangen habe. Mein einziges Verbrechen war, dass ich die DDR verlassen wollte. Damit war ich schon ein Verbrecher. Weil ich von einem Menschenrecht Gebrauch gemacht habe, wurde ich eingesperrt.«

»Aber warum wollen Sie das nicht verstehen? Sie konnten doch nicht einfach gehen! Wir mussten die Mauer bauen, sonst wären die Russen gekommen. Sie wissen doch, was im Juni 1953 geschah. Und 1956 in Ungarn. Und 1968 in Prag. Auch da sind die Russen einmarschiert. Der Bau der Mauer wurde weder von mir noch von Honecker beschlossen, sondern auf einer Sitzung der Staaten des Warschauer Paktes im August 1961 in Moskau. Das war eine politische Entscheidung angesichts der Konfrontation zwischen Amerika und Russland. Wenn wir die Mauer nicht gebaut hätten, hätte es wieder Krieg gegeben, den dritten Weltkrieg. Dieses Risiko wollten und durften wir nicht eingehen. Die Grenze war ja nicht nur bei uns dicht, sondern auch in den anderen kommunistischen Ländern.«

Winter macht eine kleine Pause und fährt dann fort: »Wir mussten aber auch die Mauer bauen, um uns vor den imperialistischen Machenschaften der USA zu schützen. Schauen Sie sich doch an, wo die CIA ihre Finger überall drin hatte und hat. Was da für Verbrechen begangen wurden und werden. Die USA sorgte dafür, dass demokratisch gewählte Präsidenten wie Allende und Mossadegh gestürzt wurden. Sie haben Diktatoren unterstützt: Pinochet in Chile, den Schah im Iran, Somoza in Nicaragua. Die Liste ist lang. Wenn die Menschen dagegen aufbegehren, werden sie niedergemetzelt.«

»Und was ist mit Stalin? War Stalin einen Deut besser? Was ist mit den Lagern? Was ist mit Sibirien? Davon schweigt ihr. Das Schweigen ist der wichtigste Kitt jeder Diktatur. In Stalins Lagern sind Millionen von Menschen umgekommen und an der Mauer wurden sie erschossen.«

»Das wird immer so dramatisiert«, sagt Lutz Winter, »so viele waren es auch nicht. Die Zahl der Menschen, die ihr Leben an der Mauer verloren haben, ist überschaubar.«

Seine Miene ist verächtlich. Und er fährt in gehässigem Tonfall fort: »Wer spricht von den Menschen, die auf den Straßen zu Tode kommen? Die Autobahnen der BRD sind die Todesstreifen des Kapitalismus. In einem Jahr sterben zehn Mal mehr Menschen auf bundesdeutschen Autobahnen als an der Mauer in vierzig Jahren DDR. Und keiner regt sich darüber auf. Hunderttausende Menschen werden jedes Jahr im Straßenverkehr verletzt. Man stelle sich vor, eine Stadt von der Größe Halles, bewohnt von Unfallopfern, Versehrten, Verkrüppelten, Behinderten. Und Sie regen sich über die Mauer auf und über ein paar Mauertote. Das ist doch ein Witz.«

»Ein schlechter Witz«, sagt Arne.

»Kein Wort wird verloren über die vielen, die im Verkehr sterben«, sagt Winter, er kommt so richtig in Fahrt. »Die Verantwortlichen werden nicht zur Rechenschaft gezogen, weil die Auto-Lobby so mächtig ist und weil es einen Filz gibt zwischen Wirtschaft und Politik. Die Regierenden sind doch alle Marionetten der Wirtschaft. Und das Geld, das in den letzten Jahren in den Osten geflossen ist, hat sich in breite Teerbetten ergossen, für viele wurden und werden sie zu Todesbetten.«

»Sie fahren doch auch Auto«, sagt Arne. »Und bestimmt keinen Trabbi.«

»Nein«, sagt Winter, »nein. Ich habe keinen Trabant. Ich ... laufe.«

»Und wenn Sie nicht laufen?«

»Ja, ich gebe es zu«, sagt Lutz Winter mit einem kleinen Seufzer, »auch ich habe ein Westauto. Aber nur, weil unsere Autos nicht mehr produziert werden.«

»Sie sind von den bösen Kapitalisten gezwungen worden«, sagt Arne höhnisch, »einen Mercedes zu fahren.«

»Ich fahre keinen Mercedes«, sagt Winter. »Ich fahre einen BMW.«

Auf seinem Gesicht breitet sich ein zufriedenes Lächeln aus und kurz wirkt es, als wolle er gleich anfangen, von seinem Auto zu schwärmen.

Nora

Sie schlafen im Blütengrund: Nora im Doppelbett, Iris auf dem Sofa im Wohnzimmer. Sie füttern das Schwein mit Resten aus der Küche von Cindy, schneiden Reben und Rosen, pflücken Erdbeeren, Johannisbeeren und Stachelbeeren. Der Garten ist verwildert, am Rand der kleinen Wiese wachsen Brennesseln und Giersch.

»Aus Brennnesseln kann man Tee machen«, sagt Nora.

»Hast du das schon mal gemacht?«

»Ich nicht, aber Marianne.«

»Wer ist noch mal Marianne?«

»Bei Marianne habe ich übernachtet. Eine Nacht war

ich in Goseck, eine Nacht bei Marianne. Sie hat mir einiges erzählt, von Brennnesseln und Giersch, von Rauke und Natternkopf. Natternkopf hat hübsche blaue Blüten, Marianne hat sie mir gezeigt. Man kann sie zum Dekorieren von Salaten verwenden, allerdings sollte man sie nicht zu großzügig über den Salat verteilen, weil sie zu Lähmungen führen.« Nora kichert belustigt.

»Lähmungen?«, wiederholt Iris fassungslos. »Wie kann man Salate mit Blüten dekorieren, die zu Lähmungen führen?«

Nora zuckt mit den Achseln. »Nicht lebensgefährlich, nur vorübergehend. Wenn du deinen Mann mal außer Gefecht setzen willst, dann ist Natternkopf genau das Richtige, sagte Marianne. Wir haben uns prächtig amüsiert, während wir gemeinsam nach Eulau gegangen sind und Eisenkraut, Natternkopf und Rauke gepflückt haben.«

»Wie viele Leichen hast du im Keller, Oma?«

»Hier gibt es keinen Keller.«

»Nur ein Gewächshaus.«

»Ja, und da wächst gerade nur Boris.«

»Soll er weiter im Gewächshaus bleiben?«

»Vielleicht kann er ab und zu mal eine Runde auf der Wiese drehen.«

»Dann müssen wir die Wiese einzäunen. Vielleicht kennt Arne jemanden, der Zäune macht.«

»Gute Idee.«

Ein Auto hält am Rand der schmalen, geteerten Straße vor dem Häuschen im Blütengrund. Eine Frau steigt aus dem Auto, winkt und ruft: »Nora!«

Nora steht auf und ruft ebenfalls: »Carmen! Komm hoch!«

Carmen Müller geht die Treppen hoch zum Häuschen, umarmt Nora und sagt: »Du Ausreißerin! Deine Enkelin hat sich Sorgen gemacht! Sie hat die ganze Nachbarschaft abgeklappert.«

»Ich habe nur einen kleinen Spaziergang gemacht.«

»Einen *kleinen* Spaziergang? Der drei Tage dauert? Das ist nicht unbedingt das, was ich einen kleinen Spaziergang nennen würde.«

Nora lacht. »Und, was machen die schwangeren Frauen? Wie viele Kinder hast du auf die Welt gebracht, während ich meinen kleinen Spaziergang gemacht habe?«

»Nur eins. Das ist nicht viel. Das ist eindeutig zu wenig. Es ist gerade nichts los. Deshalb habe ich gedacht, dass ich mal nach dir schaue. Wenn ich keine Kinder auf die Welt bringen kann, dann kann ich eine alte Frau begrüßen, die zur Welt zurückgefunden hat.«

Carmen trägt ein T-Shirt mit dem Aufdruck: *Jeder Weg beginnt mit dem ersten Schritt.* Sie setzt sich zu Nora und Iris an den Holztisch.

Nora sagt: »Zurückgefunden? Ich habe die Welt doch noch gar nicht verlassen. Manchmal würde ich den Ausgang gern finden. Mein Weg war lang genug.«

»Ich hoffe, er ist noch ein Stück länger«, sagt Iris.

»Mein Weg ist gerade sehr steinig«, sagt Carmen. »Einiges läuft ganz schlecht. Viele Krankenhäuser sind nach der Wende privatisiert worden, auch das Krankenhaus in Sahlen. Die Hebammen wurden rausgesourct. So sagt man heute. Man kann auch sagen: Sie wurden rausgeworfen. Früher war klar, dass zu einer Geburtsstation Hebammen gehören. Wir waren Teil des Krankenhauses, wir waren angestellt, genauso wie Ärzte und Krankenschwestern. Nach der Wende nicht mehr. Da sind die westdeutschen Kaufleute gekommen und auf einmal war dauernd von Optimierung die Rede. Optimierung für wen? Was ist da für wen optimiert worden? Jetzt muss ich mich durchlavieren von einem Monat zum nächsten. Die Versicherungsbeiträge sind der Wahnsinn. Viele Hebammen müssen deshalb aufhören. Und auch ich habe schon daran gedacht.«

»Aufhören?«, wiederholt Nora erschrocken. »Bitte nicht! Wir brauchen dich! Sahlen braucht dich! Und die Frauen, die in Sahlen geblieben sind.«

Carmen sagt nachdenklich: »Im Frühling 1990 habe ich mich wie eine Trümmerfrau gefühlt, die aus den Trümmern des Alten etwas Neues bauen will. Aber wie sehr das Alte zertrümmert wird, habe ich nicht geahnt. Schaut euch Sahlen an! Immer noch ziehen Menschen weg, vor allem junge Leute. So viele Häuser, die leerstehen! Ich bin ein optimistischer Mensch, deshalb bin ich Hebamme geworden, ich helfe der Zukunft, auf die Welt zu kommen. Aber gerade sehe ich wenig Zukunft in Sahlen. Sahlen ist Schlachthof. Sonst nichts mehr.«

Iris

Polster Pohl steht auf dem Bus, der auf dem Parkplatz vor der historischen Sektkellerei hält. Ausschließlich gut gepolsterte Menschen verlassen den Bus und strömen zur Kasse. Als alle gezahlt haben, kommt eine Frau und sagt: »Ich bin Rosemarie und zeige Ihnen in der kommenden

Stunde unser Haus. *Rotkäppchen* ist keine Erfindung der DDR, *Rotkäppchen* gibt es schon wesentlich länger. Der Betrieb wurde zu Kaisers Zeiten gegründet, nach dem Zweiten Weltkrieg verstaatlicht und nach der Wende privatisiert. Inzwischen gehören noch andere Marken zu uns. Irgendwann standen wir vor der Entscheidung: Fressen oder gefressen werden.«

Sie reißt ihre Augen auf, fletscht die Zähne, greift mit den Händen in die Luft und schnappt nach einem imaginären Opfer – kleine theatralische Einlage, um zu zeigen, wie Rotkäppchen zum Wolf geworden ist, ja werden musste, weil es sonst gefressen worden wäre. Iris zahlt und schließt sich der Führung an, sie trifft Arne erst in einer halben Stunde.

Rosemarie führt die Gruppe in eine Halle und sagt: »Hier ist der Lichthof. Früher wurden hier Flaschen gelagert, aber die Halle ist im Sommer zu warm.« Sie deutet an die gläserne Deckenkonstruktion. »Die Flaschen platzten. Deshalb bewahren wir hier keine Flaschen mehr auf.«

Sie gehen eine Etage tiefer in die Kellerräume mit den Holzfässern. Vor einem großen Fass bleibt Rosemarie stehen. »In diesem Fass ist die Cuvée. Die Cuvée sorgt für die Wiedererkennbarkeit einer Marke. Die Herstellung der Cuvée ist eine Kunst, sie besteht darin, verschiedene Weine gekonnt zu vermählen. Dieses Fass ist übrigens das größte Cuvée-Fass Deutschlands. Riechen Sie mal! Die Herstellung der Cuvée ist die Aufgabe der *Nasen*, einem Gremium von Männern und Frauen. Ein guter Wein hat Charakter. Ein guter Sekt auch.«

Iris schaut auf die Uhr und zieht sich zurück. Sie geht

die Treppe wieder hoch, durchquert den Lichthof und verlässt die historische Sektkellerei. Sie sieht Arne auf sich zukommen, quer über den Parkplatz. Er breitet die Arme aus, und kurz hat sie den Impuls, auf ihn zuzulaufen und sich von ihm durch die Luft wirbeln zu lassen. Aber da senkt er seine Arme auch schon wieder und begrüßt sie.

»Die historische Sektkellerei ist für die Touristen. Wenn du willst, zeige ich dir die Tanks, in denen heute der Sekt gebraut wird.«

»Wenn wir anschließend baden gehen ...«

»Wir können auch gleich zum Baden gehen.«

»Nein, nein. Zeig mir erst mal die Tanks.«

Er geht neben ihr auf einer Straße, die in einem Bogen zu einem kastenförmigen Gebäude führt. Es ist sehr heiß. Iris beeilt sich, in den Schatten zu kommen, den das Gebäude wirft. Neben dem Eingang liegen rote Schläuche.

»Hier werden die Tankwagen entleert«, sagt Arne. »Wenn die Qualität stimmt, wird der Wein durch diese Schläuche in die Tanks gepumpt.«

In der Halle ist die Temperatur angenehm kühl. Iris und Arne gehen durch einen Wald hellgelb emaillierter Tanks.

»Die Weinfässer der Winzer sind offen«, sagt Arne. »Im Gegensatz zu den Tanks, in denen der Sekt gemacht wird.«

Er spricht von der ersten Gärung und der zweiten, er spricht von Hefepilzen, die auf der Haut der Trauben sitzen und die Gärung in Gang bringen, er spricht von kontrollierter Gärung und von stürmischer Gärung.

»Weil die Tanks geschlossen sind, kann das Kohlendioxid, das durch die zweite Gärung entsteht, nicht entweichen, und das erzeugt das Perlen des Sekts.«

Von der Halle mit den großen Tanks kommen sie durch eine Tür in die Abfüllhalle. Grüne Flaschen tanzen auf Fließbändern an ihnen vorbei, werden gereinigt, gefüllt, zugekorkt, mit Agraffen versehen und mit roten Alucapes ummantelt. Schilder werden angesaugt, mit Klebstoff versehen und auf den Bauch der Flaschen geklebt. Auf einem anderen Band werden Kartons gefaltet, je sechs Flaschen mit Saugern hochgehoben und in die Kartons gelassen. Die Kartons werden anschließend auf Paletten geschoben, eingeschweißt und an die Tore transportiert. Hier docken die LKWs an, laden die Paletten ein und fahren sie zu den Lagerhallen des Gewerbegebiets. Es sind nicht viele Menschen nötig, um einen reibungslosen Ablauf zu garantieren.

Als Iris und Arne die Halle verlassen, kommen sie an einem Mann vorbei, der den Boden fegt. Er hält inne und lächelt sie breit an.

»Das ist Klausi«, sagt Arne, »unser guter Geist. Er kommt aus einer Behinderteneinrichtung. Er hat immer gute Laune.«

Iris lächelt und winkt Klausi zu. Er winkt zurück.

Dann laufen sie zum Parkplatz.

Arne sagt: »Und jetzt fahren wir zum Baden.«

Er öffnet die Beifahrertür und Iris steigt ein.

»Wir müssen allerdings noch kurz bei mir zu Hause vorbeifahren. Weil ich eine Badehose und ein Handtuch brauche.«

Arne

Er fährt den Waldweg entlang und hält vor seinem Tor. Rechts und links liegen terrassierte Weinberge mit Häusern unterschiedlicher Größe, unten fließt die Unstrut.
»Hier bin ich zuhause.«
»Das ist ja traumhaft.«
»Das ist der Schweigenberg.«
»Schweigenberg! Heißt der wirklich so?«
Arne nickt. Er hat noch nie über die Bedeutung des Namens nachgedacht. Warum heißt der Schweigenberg Schweigenberg? Weil Lutz Winter in seinem Keller sitzt und niemand von ihm erfahren darf? Niemand! Vor allem sie nicht, Iris. Wie ist er bloß auf die Idee gekommen, sie mitzunehmen, hierher in sein Haus? Was, wenn Lutz Winter laut wird, klopft, hämmert, schreit? Würde man ihn hören? Würde sie ihn hören? Dann wäre er sie los. Sie, die er ja noch gar nicht hat. Aber haben will. Er würde sie verlieren, obwohl er bereit ist, alles zu tun, um sie zu gewinnen. Fast alles. Der Weg zum Haus führt durch einen Laubengang. Links wachsen gelbe Trauben, rechts blaue, in der Mitte treffen sie sich.
»Ich mag keine Tunnel«, sagt Iris, »aber dieser gefällt mir.«
»Du kannst dir von den Trauben nehmen«, sagt Arne und schließt die Tür auf. »Das Haus habe ich mit meiner Frau gekauft. Im Januar ist sie ausgezogen. Mit den Kindern. Seitdem lebe ich allein hier. Du kannst dich auf die Bank setzen. Ich bin gleich wieder da.«
»Gut«, sagt sie und setzt sich auf die Bank vor das Haus. Er schließt die Tür auf und ist zwei Minuten später wie-

der bei ihr, mit einer Badehose in der einen Hand und einem Handtuch in der anderen.

»Wohin sollen wir fahren?«

»Dahin, wo die Männer den Frosch freigelassen haben.«

»Gut, von mir aus.«

Als sie wieder im Auto sitzen, schiebt Arne eine CD ins Radio. »Ich spiel dir das Lied vor, das in dem Sommer erschien, in dem ich versucht habe, die DDR zu verlassen.«

Und während er den Transporter durch Freyburg an der Unstrut entlang Richtung Großjena lenkt, hören sie *Albatros*, ein Lied von der Gruppe Karat, das lange sein Lieblingslied war: *Es gibt einen Vogel, den haben Matrosen zum Herrscher gekrönt; er fliegt um die Erde vom Südpol nach Norden. Kein Ziel ist zu weit: Der Albatros kennt keine Grenzen …*

Arne hält wieder auf dem Parkplatz mit den Schildern, dann gehen sie die schmale Teerstraße an der Unstrut entlang. Sie finden die Lücke im Gebüsch, drei Steinstufen führen hinunter zum Fluss. Iris streift den Rock ab, zieht die Bluse aus und legt beides auf einen großen Stein. Arne legt seine Sachen auf den Stein daneben. Die Unstrutnixe fährt vorbei, ein Vergnügungsdampfer, die Passagiere werfen ihnen interessierte Blicke zu. Das Wasser ist lehmgelb, der Grund nicht zu sehen. Iris lässt sich vorsichtig ins Wasser gleiten, Arne platscht hinter ihr in den Fluss und geht mit großen Schritten neben ihr her. Das Wasser reicht ihm bis zur Brust.

Da stößt Iris einen spitzen Schrei aus und streckt hilfesuchend eine Hand nach ihm aus. Er sieht, dass eine Grasinsel an ihrem Rücken angedockt hat und schiebt die Insel weg. »Ausnahmsweise kein Krokodil.«

Sie, verlegen: »Tut mir leid, dass ich gerade so geschrien habe.«

»Macht nichts. Auch Männer haben Angst. Aber sie zeigen sie nicht.«

Die Strömung ist stark, durchsetzt mit Strudeln, die Böschung steil und fast durchgängig bewachsen.

»Hast du eine Ahnung«, fragt sie, »ob man hier irgendwo gut wieder rauskommt?«

»Nein.«

»Hier ist es flacher«, sagt Iris. »Hier können wir raus.«

»Ich würde gern noch weiter schwimmen«, sagt Arne, »bis zur Mündung der Unstrut in die Saale.«

»Das ist mir nicht geheuer. Ich möchte lieber früher raus.«

Aber schon hat die Unstrut sie weitergezogen, schon liegt die flache Uferstelle hinter ihnen.

»Ich habe immer Angst, wenn ich einen Fluss nicht kenne«, sagt Iris, ihr Gesicht ist angespannt.

Dann ruft sie: »Hier! Hier kommt man raus!«

Sie steuert eine schmale Badestelle am rechten Uferrand an, krault die letzten paar Meter, greift nach der Wurzel eines Buschs, hält sich daran fest und zieht sich hoch. Arne klettert hinter ihr ans Ufer. Ein Pfad führt durch Brennnesseln die Böschung hoch und dann stehen sie am Rand eines ausgedehnten Feldes. Die Halme sind gelb, die Ähren gut gefüllt. Arne spürt die Sonne warm auf seiner Haut, warm das Gras unter seinen Sohlen. Der monotone Gesang von Heuschrecken bewegt die Luft. Sie folgen dem Pfad am Rand des Feldes flussaufwärts.

Iris geht neben ihm. Ja, sie gefällt ihm. Was ihm nicht gefällt: Dass ihr Großvater Albert Hard war, SED-Mitglied und überzeugter Kommunist, Freund von Lutz Winter.

Iris bleibt stehen und deutet auf die andere Uferseite: »Da sind unsere Kleider.«

»Stimmt.«

Arne durchquert das Gebüsch, ist in wenigen Schritten am Fluss, springt ins Wasser und durchquert den Fluss gehend, während sie schwimmt. Dann sitzen sie nebeneinander auf den zwei großen Steinen und sehen auf das rasch vorbeifließende Wasser. Ihre nackten Arme berühren sich.

Telefon, Papa, Telefon! Telefon, Papa, Telefon!

Arne greift nach seinem Rucksack, durchwühlt ihn, holt sein Handy raus, spricht von Dauben und Eisenbändern, nennt einen Termin und verabschiedet sich.

Iris sieht ihn fragend an.

»Geschäftlich.«

Er rückt wieder näher an sie heran, so nah, dass ihre Arme sich erneut berühren.

»Ich habe einen Sohn und eine Tochter. Moritz und Tabea. Ich höre sie immer, wenn sich das Telefon meldet. Statt Klingelton.«

»Mein Sohn heißt auch Moritz«, sagt Iris überrascht, »und meine Tochter Signe.«

Dann schauen sie wieder auf die wandernden Wellen der Unstrut.

Georg

Er steht am Fenster, als Iris aus dem Auto steigt. Hinter ihr hält ein Kleintransporter. Arne Schütz! Was macht Arne in Sahlen? Arne ist Böttcher und hat einen Weinberg in Freyburg. Er ist einer der *Nasen* in der Freyburger Sektkellerei und vergibt Gütesiegel für Weine. Ein schönes Paar, denkt Georg, als er Iris und Arne zum Haus gehen sieht. Und ist doch sauer und kann nicht verhindern, dass er sich im Stich gelassen fühlt. Als wäre Iris ihm untreu geworden, als hätte er ein Anrecht auf sie, als wäre sie ihm zugedacht.

Es gibt Sammler und Jäger. Arne ist Jäger, er selbst ein Sammler. Seitdem Georg in Sahlen ist, hat er jeden Tag die Mitteldeutsche Zeitung gekauft. Immer steht etwas drin, was ihn interessiert. Die Mitteldeutsche Zeitung stapelt sich an den Wänden seiner Wohnung, Schicht um Schicht. So liegt die Geschichte da, das, was sich gerade ereignet, und das, was sich gestern ereignet hat, und das, was sich vorgestern ereignet hat – geschichtete Geschichte.

An den Rändern knabbert das Chaos. Das Chaos ist ein Maul, das sich öffnet, ein gähnendes Maul, und auch Georg gähnt, manchmal muss er gähnen, wenn er die hohen Stapel Zeitungen sieht. Aber dann ist er wieder hellwach und liest, was gerade geschehen ist, er kombiniert und zieht Schlüsse und versteht und überlegt und legt die Zeitung anschließend auf die Zeitung von gestern.

Ist es beruhigend oder beunruhigend, dass wir nicht die Ersten sind? Kurze Zeit gehören wir zur obersten

Schicht, dann werden auch wir von weiteren Schichten bedeckt. Es gibt Menschen, die sammeln, und es gibt Menschen, die werfen weg. Es gibt Menschen, die halten fest, und es gibt Menschen, die lassen los. Georg hält fest, weil er fast losgelassen worden ist vom Leben. Er lebt in einem engen Verhältnis mit Worten, diesen zeichenhaften und doch leuchtenden Absonderungen anderer Menschen, die ihn erreichen, obwohl sie nicht körperlich anwesend sind.

Seine Zimmer haben doppelte Wände, eine Wand besteht aus Ziegelsteinen, Mörtel und Tapete, eine Wand aus Büchern und Stapeln von Zeitungen. Er liest mit Anteilnahme. Er hat ein merkfähiges Gedächtnis. Sein Gedächtnis ist wie ein ungestilltes Verlangen. Vielleicht macht sein ungestilltes Verlangen ihn zu einem so aufmerksamen Leser und Beobachter. Er nimmt Anteil am Schicksal seiner Mitmenschen, an ihren Freuden und Leiden. Er erlebt, wie glückliche Ehen auseinandergehen. Er versteht nicht, dass Menschen, die gesund sind und gerade Glieder haben, das Glück, das ihnen in den Schoß fällt, leichtfertig verspielen. Er würde es hüten wie seinen Augapfel. Er fängt jedes Glück auf in seinem empfangsbereiten Gemüt. Aber auch jedes Unglück.

Er sieht Verbindungen und mögliche Beziehungen, er weiß, dass Arne sich von seiner Frau getrennt hat, oder sie sich von ihm. Er kennt Arne von Goseck, einen Abend haben sie in der Schlossschenke am gleichen Tisch gesessen, da hatte seine Frau ihn gerade verlassen. Und nun wirbt Arne um Iris, so sieht es aus. Lieber Gott, lass mich nicht neidisch sein. Und doch wünscht er sich einen Augenblick lang an Arnes Stelle.

Er hat sich verliebt, nicht nur ein Mal, aber die Frauen haben ihn nicht wahrgenommen als möglichen Partner, und wenn, dann nur vorübergehend. Keine ist geblieben. Seitdem er den Tumor im Kopf hatte, ist er behindert, eine Hälfte ist vierzehnjähriger Junge, eine Hälfte erwachsener Mann, äußerlich ein Mängelexemplar, innerlich ein Lilienkönig.

Immer noch stehen Arne und Iris vor dem Haus. Dann dreht sich Arne um, geht zum Transporter, steigt ein und fährt los. Iris hebt eine Hand und winkt.

Iris

Das Leben ist ein Fluss. Die Liebe auch. Man springt hinein und weiß nicht, was im Wasser ist, Blüten oder Gestrüpp, Schatzkisten oder Bäumstämme, schwimmende Grasinseln oder Betonpfeiler, alte Räder oder zerbrochene Flaschen, einiges sieht man, anderes nicht.

Iris und Arne baden in der Unstrut, sie baden in der Saale, sie baden in einem Baggersee, der wie ein dunkles Auge zwischen Birken liegt. Im Wasser steht eine mehrstöckige Tunnelrutsche für Kinder und Jugendliche, heller Sand ist an den Strand gekarrt worden, die Spuren der Planierraupe sind noch zu sehen. Der See gehört zu den ehemaligen Braunkohlegruben, die vor Jahren geflutet worden sind. Die Sonne lässt das Wasser glitzern.

Arne sagt: »Nach dem Mauerfall kamen die Wessis hierher mit dem Gefühl: Wir sind das Licht, wir bringen jetzt mal ein wenig Helligkeit in die Finsternis.«

»Und dann stellt man überrascht fest«, sagt Iris, »dass die Sonne auch hier scheint, dass das Getreide auch hier wächst und dass es auch hier Menschen gibt.«

»Und einen Mann.« Er deutet mit dem Zeigefinger auf sich.

Sie lacht, steht auf und sagt: »Komm, Mann, wir gehen baden!«

Das Wasser hat die Farbe flüssiger Braunkohle.

Dann liegen sie wieder unter dem rieselnden Schatten der Birke. Ameisen krabbeln im Gras. Iris schnippt eine, die ihr Handtuch entert, zurück in die Wiese.

»Ich bin so froh«, sagt Iris, »dass meine Großmutter wieder da ist. Aber Lutz Winter ist immer noch verschwunden ...«

»Lutz Winter!«

Wieder liegt Verachtung und Abwehr in Arnes Stimme.

Er sagt: »Winter war Richter. Er hat dafür gesorgt, dass ich ins Gefängnis kam. Weil ich keine Lust hatte, in einem Staat zu leben, der von einer Mauer umgeben ist. Mit neunzehn habe ich versucht, über die ungarische Grenze zu gehen, bei Szeged. Ich wollte nach Jugoslawien und von da in die Bundesrepublik. Ist mir aber leider nicht gelungen. Grenzpolizisten haben mich entdeckt und Gulasch aus mir gemacht. Dann haben sie mich zurückgeschickt in die DDR.«

»Oh!«, sagt sie betroffen. »Das tut mir leid. Jetzt verstehe ich ...«

»Erst war ich im Gefängnis in Brandenburg«, sagt Arne, »dann in Cottbus, nach meinem zweiten Fluchtversuch. Insgesamt war ich drei Jahre lang im Gefängnis. Bis ich freigekauft worden bin.«

»Freigekauft!«, wiederholt Iris. »Das klingt wie ein Wort aus einer anderen Zeit.«

»Stimmt«, sagt Arne. »Einige Sklaven hatten das Glück, freigekauft zu werden. Cervantes geriet auf einer seiner Reisen übers Meer in die Hände von Piraten. Fünf Jahre lang war er Sklave, bis er freigekauft wurde, von einem katholischen Orden, den Trinitariern. Die Bundesrepublik hat nach dem Mauerbau ebenfalls angefangen, Menschen freizukaufen, Menschen, die aus politischen Gründen in DDR-Gefängnissen saßen. Die DDR hat richtig Kohle gemacht mit solchen wie mir.«

»Und dann?«

»Bin ich nach Freiburg gegangen, in den Süden Deutschlands.«

»Weil das genauso klingt wie Freyburg?«

»Nein. Ich wollte möglichst weit weg von der DDR. Und Freiburg ist der Ort, der am weitesten weg ist von Sachsen-Anhalt. In Freiburg habe ich einige Semester Weinbau studiert, ich war in Frankreich und in Spanien. Der Winzer, bei dem ich gearbeitet habe, hat Cervantes bewundert und bei jeder Gelegenheit aus dem Don Quijote zitiert. Als die Mauer fiel, bin ich zurückgegangen nach Sachsen-Anhalt.«

Iris lehnt sich zurück. Durch die Blätter der Birke sieht sie den Sommerhimmel. Sie hat demonstriert gegen die Stationierung von Mittelstreckenraketen, sie hat demonstriert gegen den Bau von Atomkraftwerken und der Wiederaufbereitungsanlage in Wackersdorf, sie hat demonstriert gegen das Versenken von Atommüll in Salzstollen, aber nicht gegen die Mauer. Ein Mann aus ihrem Bekanntenkreis ist vom Rad gestürzt, als die Mauer fiel.

Er hat sich lange nicht davon erholt. Es hat ihn verwirrt, dass diejenigen, die im Sozialismus lebten, gegen den Sozialismus demonstrierten und sich nach dem Kapitalismus sehnten, während er sich nach dem Sozialismus sehnte und in warmen Worten von ihm sprach. Er war nicht dumm, er sah die Mauer und den Todesstreifen und schwärmte doch vom Sozialismus, von einer anderen, offeneren, freieren Form des Sozialismus.

Auf der einen Seite der Mauer sind die Menschen vom Rad gefallen und haben ihre roten Kappen in die Faschingskisten geworfen, denkt Iris, auf der anderen Seite haben sie den Bauch des Wolfs aufgeschnitten und den Wald verlassen. Sie haben sich vom Wolf befreit, der früher mal ein Rotkäppchen war.

Wie ist aus Rotkäppchen eigentlich ein Wolf geworden?

Tatsache ist, dass der Wolf viele gefressen hat, die ihm über den Weg gelaufen sind. Lange saßen sie bewegungslos in seinem Bauch. Aber eines Tages fingen sie an zu rumoren und schließlich haben sie dem Wolf den Bauch aufgeschnitten. Von innen. Das ist das Besondere, sie haben es selbst getan, ohne die Hilfe eines Jägers. Und alle, die im Bauch waren, purzelten heraus, ausgebleicht von den Magensäften des Wolfs.

»Aber ich war doch so ein gutes Rotkäppchen«, sagt der Wolf heute, dreißig Jahre nach dem Mauerfall, »was habt ihr nur getan, was habt ihr mir nur angetan? Wisst ihr nicht, dass die wahren Wölfe ganz woanders lauern?«

Und er hat sogar Recht, denkt Iris, und sieht wieder den Schlachthof vor sich, die weißen Kästen, die unübersehbar im Saaletal stehen, während ein Lastwagen nach dem anderen durchs Tor fährt, um Nachschub zu bringen für den maßlosen Appetit des Wolfs.

Da sagt Arne: »Alle hacken auf der Stasi herum. Aber die Spitzel waren doch nur Befehlsempfänger. Diejenigen, die Befehle erteilt haben, sind aus dem Blickfeld gerutscht, Männer wie Lutz Winter. Sie haben die DDR getragen. Sie sind verantwortlich dafür, dass siebzehn Millionen Menschen achtundzwanzig Jahre lang eingemauert waren.«

Wie viel Groll in Arnes Stimme ist, als er von Lutz Winter spricht. Einen Augenblick lang hat Iris den Verdacht, dass er etwas mit dem Verschwinden des Mannes zu tun haben könnte.

Arne

In der Pfanne brutzelt ein Steak. Er schneidet eine breite Scheibe vom Brot und bestreicht sie dick mit Butter. Mechthild und er haben sich die Küche nach ihren Bedürfnissen eingerichtet.

Mechthild ist eine große Frau, fast so groß wie er, und deshalb sind alle Arbeitsflächen höher als in anderen Küchen. Die mächtige Mechthild hat eines Tages gemeutert. Arne im Weinberg, Arne in der Werkstatt, Arne in der Winzergemeinschaft, Arne bei *Rotkäppchen*, Arne bei Weinproben, Arne vor dem Computer, Arne solidarisch mit den Opfern des SED-Regimes – eines Tages hatte sie genug. Er sei für alle da, nur nicht für sie. Sie wasche die Wäsche, sie putze, sie koche, sie räume auf, sie versorge die Kinder und er sei sonstwo. Sie habe nichts von ihm und sie habe kein eigenes Leben mehr. Im Süden Deutschlands hätte sie Aussicht auf Arbeit, aber nicht hier, nicht in Sachsen-Anhalt.

Er verstand ihre Unzufriedenheit. Aber er konnte nichts dafür, dass sie keine Arbeit fand. Und sie hatte ja eigentlich auch genug zu tun mit den Kindern. Außerdem war sie umgeben von Wein, da hätte sie helfen können, es gibt genug zu tun in einem Weinberg. Doch sie war gegen das Spritzen, sie behauptete, dass Moritz Asthma bekommen habe, weil die Weinstöcke zwanzigmal im Jahr gespritzt werden.

»Das *muss* anders gehen«, sagte sie. »Früher ist es doch auch ohne Chemie gegangen!«

Eines Tages kam ein Brief vom Rechtsanwalt, in dem von Scheidung die Rede war. Mechthild ist hinter seinem Rücken zum Anwalt gegangen und hat die Scheidung eingereicht. Das hat er ihr übel genommen. Er hat ihr sofort das Geld gestrichen, keinen Cent hat sie mehr von ihm bekommen. Er hat zu ihr gesagt: »Du willst dich von mir scheiden lassen, aber auf meine Kosten leben! Da kannst du dir einen anderen Dummen suchen!«

Er hat das Geld als Druckmittel eingesetzt, aber das hat nicht funktioniert, im Gegenteil, Mechthild hat lieber die Klos anderer Leute geputzt, als ihn um Geld zu bitten. Die Tatsache, dass er ihr kein Geld mehr gegeben hat, hat nicht zu einem Sinneswandel geführt, sie ist nicht zu ihm gekommen und hat um Vergebung gebeten. Im Gegenteil, sie hat beschlossen, nach Göttingen zu gehen und eine Ausbildung als Krankenschwester zu machen. Sie hat die Kinder mitgenommen. Seit Januar sind sie weg. Seitdem ist Winter in seinem Herzen. Winter? Vorhin hat er Lutz Winter etwas zu Essen gebracht. Winter ist alt geworden. Ein alter Mann sitzt in seinem Keller. Und draußen ist Sommer. Aber es ist nicht kalt im Keller, nein, es ist kein kalter Keller.

Arne nimmt das Steak aus der Pfanne, legt es auf den Teller, schneidet sich ein Stück ab, schiebt es in den Mund, kaut. Als er Iris zum ersten Mal in Goseck gesehen hat, ist etwas mit ihm passiert. Eine warme Welle hat ihn durchrauscht und hat den Eisblock, zu dem sein Herz geworden ist, umspült. Iris. Was macht sie? Bricht Betonbetten auf. Von Flüssen. Während er im Knast saß, hat sie studiert. Während er gelernt hat, Fässer zu machen, hat sie ihre Abschlussarbeit über Paradiesgärten gemacht.

Lebt sie allein?

Sie hat Kinder, aber keinen Mann. So scheint es.

Wenn sie diese rote Kappe trägt, sieht sie aus wie Rotkäppchen. Und ich bin der Wolf, denkt Arne, denkt etwas in ihm, ein flüchtiger Gedanke, weniger ein Gedanke als ein kleiner, beißender Geruch, ein Luftzug, ein Begehren, das sich wie ein zitternder, feuriger Rand um die Lampe legt, die über dem Tisch hängt.

Iris

Die Saale ist grün und Arnes Hintern schmal, er springt nackt ins Wasser, weil er den Rucksack mit seiner Badehose vergessen hat. *Das Glück tritt nur punktuell auf,* hat ihre Mutter oft gesagt, *aber wenn man alle Punkte sam-*

melt, hat man einen Sternenhimmel über sich. Arne ist einer der Punkte. Ein schöner Zufall, dass sie sich in Goseck kennengelernt haben, diesem traumhaften Ort an der Saale, mit dem Ginkgo in der Mitte des Schlosshofs. Goethe hat den Ginkgo im Westöstlichen Diwan besungen, die Blätter des Ginkgos, die geteilt sind und doch eins. Ihr Leben nimmt eine Wendung, eine Ost-West-Wendung.

Arne hat Kinder. Er ist ein Familienmensch. Er leidet darunter, von seinen Kindern getrennt zu sein, so wie sie darunter leidet, dass Moritz zu Oliver gezogen ist. Iris sieht sich mit ihm und einer Schar von Kindern und Kindeskindern in der Unstrut schwimmen und in anderen begradigten und unbegradigten Flüssen.

»Wollen wir noch etwas trinken?«, fragt Arne.

»In Goseck?«, fragt Iris.

»Ja«, sagt Arne, »lass uns nach Goseck gehen.«

Iris schlüpft in die Flipflops mit den Pailletten. Während sie Richtung Goseck gehen, erzählt Arne, dass er im Gefängnis zwei Bücher gehabt habe, die Bibel und ein Buch über Kirchengeschichte.

»Da habe ich zum ersten Mal von den Katharern gelesen. Der Name kommt aus dem Griechischen, *katharos* bedeutet rein. Die Katharer bemühten sich um Reinheit und lebten in Armut. Sie kritisierten die Habgier der Mächtigen und der kirchlichen Würdenträger. Deshalb hatten sie großen Zulauf. Sie wiesen auf den Widerspruch hin zwischen dem einfachen Leben, das Jesus geführt hat, und dem Papst, der in Saus und Braus lebte, feinste Stoffe trug und eine dreistöckige Krone auf dem Kopf hatte. Die Kirche hat die Katharer gnadenlos verfolgt. Der Begriff *Ketzer* kommt übrigens von den Katharern, die Katharer waren die ersten, die verketzert wurden.«

Arne hat sich warm geredet, er doziert. Es gibt Männer, denkt Iris, die fangen an zu reden, sobald eine Frau ihnen ihr Ohr schenkt. Und dann reden sie und reden und hören nicht wieder auf. Sie stellen keine Fragen, sie achten nicht darauf, dass das Gespräch im Gleichgewicht ist, ein Geben und Nehmen, ein Austausch.

Und doch hört sie ihm gern zu. Er hat die Gabe der Rede, und das, was er sagt, interessiert sie, etwa die Frage, ob es möglich ist, rein zu bleiben, rein wie die Katharer, ohne Schuld. Morgens um drei Uhr ist sie oft wach und irrt durch ihre Innenwelt wie Rotkäppchen durch den Wald. Tagsüber sammelt sie Blumen, nachts ist sie dem Wolf ausgeliefert, einem Über-Ich-Wolf mit scharfen Zähnen, und immer geht es um die Trennung von Oliver. Tagsüber weiß sie, warum sie sich von ihm getrennt hat, nachts geht es nur um die Kinder. Vor sechs Monaten ist Moritz zu Oliver gezogen, weil Oliver der Ansicht ist: »Moritz braucht einen Lebensmittelpunkt. Es ist nicht gut, wenn ein Kind zwei Lebensmittelpunkte hat: ein Zimmer bei der Mutter, eins beim Vater. Es ist nicht gut, wenn Moritz drei Tage hier ist und vier Tage da.«

Das war genau die Lösung, die Iris befürwortet hat, aber Oliver war dagegen. Er weiß, denkt sie, dass er mich am schmerzhaftesten treffen kann, wenn er meinen Kontakt zu Moritz erschwert. Seitdem ihr Sohn bei Oliver wohnt, kommt er einmal in der Woche zum Essen, bleibt zwei Stunden und geht dann wieder. Er hat noch ein Zimmer bei ihr, einen Schrank und ein Bett, nutzt es aber kaum noch.

»Das Weltbild der Katharer war streng dualistisch«, sagt Arne, »auf der einen Seite war Gott, auf der anderen Satan. Auf der einen Seite die Seele, auf der anderen der Körper. Alles, was mit dem Körper zu tun hatte, war für die Katharer des Teufels. Die Kirche hat den Dualismus der Katharer kritisiert, ihn aber übernommen.«

Sie gehen nebeneinander über die Wiesen der Saale-Aue. Das Gras streicht um ihre nackten Waden, Heuschrecken zirpen. Mit der Saale im Rücken gehen sie auf Goseck zu, das Schloss zeichnet sich gegen den Abendhimmel ab.

Wie dualistisch ist Olivers Weltsicht? Und wie dualistisch ihre eigene? Immer wieder hat sie sich den Schuldschuh angezogen, den Oliver ihr zugeschoben hat. Sie ist die Böse, weil sie gegangen ist, er selbst der Gute, der keinerlei Mitschuld an der Trennung hat. Wie schön! Wie einfach! Wie bequem! Wie falsch! Während sie weiter neben Arne Richtung Goseck läuft, fragt sie sich, ob sie nicht endlich den Schuh von sich weisen soll, den Oliver ihr immer wieder zuschiebt.

»Erst Franziskus löste eine ernst zu nehmende Gegenbewegung zu den Katharern aus«, sagt Arne, »mit Franziskus kam das Lob der Schöpfung. Und deshalb war er für die Menschen schließlich anziehender als die Katharer. Aber das hat die katholische Kirche nicht daran gehindert, sich das Weltbild der Katharer einzuverleiben, ihre Lust- und Leibfeindlichkeit.«

Sie betreten den Innenhof von Goseck, gehen an dem Ginkgo vorbei und steuern die Terrasse der Burgschenke an.

»Das ist ja alles sehr interessant«, sagt Iris. »Die Frage, ob man rein bleiben kann, hat mich immer interessiert.

Oder ob man nicht immer schuldig wird, auf die eine oder andere Weise. Aber ich verstehe nicht, was dich an den Katharern interessiert, warum sie so wichtig für dich sind.«

Die Terrasse ist umgrenzt von großen Holzbottichen mit blühendem Oleander. Sie nehmen Platz an einem runden Tisch mit zwei Stühlen. Es ist immer noch warm.

Der Wirt bringt Wein und einen Korb mit frisch gebackenem Brot. Er fragt Iris: »Haben Sie nicht nach Ihrer Großmutter gesucht? Und? Haben Sie sie gefunden?«

Iris antwortet, dankbar für seine freundliche Anteilnahme: »Ja, Gott sei Dank.«

Als der Wirt gegangen ist, sagt Arne: »Mit neunzehn hatte ich auch ein katharisches Weltbild. Ich saß im Gefängnis und dachte: Draußen wird geprasst und geschlemmt und ich sitze hier drinnen und darbe. Die SED war für mich das, was für die Katharer die Amtskirche war. Im Gefängnis habe ich die Fratze des Sozialismus kennengelernt. Ich war drei Jahre im Gefängnis, also sechsunddreißig Monate. Ich wurde tausendzweihundert Mal in rüdem Ton geweckt, musste dünnen Muckefuck trinken, an völlig veralteten Maschinen arbeiten, hatte kein Privatleben. Einige haben geglaubt, dass man die DDR verändern kann, aber als ich im Gefängnis war, wusste ich, diesen Staat kannst du nicht verändern, den kannst du nur abschaffen. Die Mauer ist gefallen, aber die Katharsis ist ausgeblieben. Kein Kopf ist gerollt. Diejenigen, die die DDR mitgetragen und gerechtfertigt haben, wurden nicht zur Rechenschaft gezogen. Es war eine Samtrevolution, wie die Tschechen sagen. Das bedeutet: Die Verantwortlichen wurden mit Samthandschuhen angefasst. Das ist nicht in Ordnung, das ist überhaupt nicht in Ordnung.«

Georg

Er fährt mit seinem Rad an der Straße vorbei, die zum Schlachthof führt. Er ist kein Anhänger des Prinzips Groß-Groß: riesige Felder, riesige Mastanlagen, gigantische Schlachthöfe. Georg ist ein Anhänger überschaubarer Betriebsgrößen. Erst wird rationalisiert auf Teufel komm raus und dann wundert man sich, wenn der Teufel rauskommt in Form von Arbeitslosigkeit und Sinnentleerung.

Sein Vater war Metzger. Neben dem Bild, das den Kampf des Heiligen Georg mit dem Drachen zeigt, hat Georg ein Foto der Metzgerei seines Vaters aufgehängt. Im Türrahmen steht sein Vater und schaut auf eine mit Blumen geschmückte Kuh, die von einer Frau gehalten wird. Neben der Frau steht ein Junge. Das ist er, Georg.

Als er klein war, hat ihn sein Vater mitgenommen aufs Land. Georg streichelte die Tiere, während sein Vater mit den Bauern über die Preise verhandelte. Der Vater schlachtete und machte Wurst, die Mutter stand im Laden. Sie hatten Angestellte und Lehrlinge, mittags saßen zehn Leute am Tisch.

Das ist vorbei.

Kleine Metzgereien haben es schwer. Der Preiskampf ist gnadenlos. Viele Metzgereien sind eingegangen. Als Georg 1991 nach Sahlen zog, fand er eine Wohnung in einem Haus, das dem Leiter des Schlachthofs gehörte.

Zufällig. Es gibt verrückte Zufälle. Er kam aus einer Metzgerei und landete bei dem Leiter des Schlachthofs von Sahlen. Und deshalb hat Georg hautnah mitbekommen, wie das abgelaufen ist mit dem Verkauf des Schlachthofs.

Kurz vor der Wende sind neue Maschinen gekauft worden, technisch befand sich der Schlachthof auf dem neusten Stand, war aber hoch verschuldet. Als die Mauer fiel, öffneten die Großhandelsketten ihre Läden und die Leute rannten ihnen die Bude ein. Das Fleisch, das vom Schlachthof kam, war teurer als das Fleisch in den Supermarktketten. Der Leiter des Schlachthofs wusste nicht, was er anstellen sollte, um sein Unternehmen profitabel zu machen.

Da tauchte Kurt Kröntein auf. Er gehörte zu dem Heer geschäftstüchtiger Unternehmer, die den Osten eroberten. Politiker ebneten ihm den Weg. Er verhandelte am liebsten in Jagdhütten. Er beauftragte den Leiter des Sahlener Schlachthofs, alles für die Verhandlungen vorzubereiten. Es sollte an nichts mangeln, weder an Alkohol noch an Frauen.

Der Leiter des Sahlener Schlachthofs erzählte Georg von Abenden und Nächten in Hütten, die irgendwo auf dem Land stattfanden, er sprach davon, wie anmaßend Kurt Kröntein ihm gegenüber auftrat, und erzählte von seinem zynischen Umgang mit Frauen.

Vor Kurzem hat Georg gelesen, dass *Maison d'Abattage* nicht nur das französische Wort für Schlachthof ist, sondern auch für ein Bordell, in dem Prostituierte unter schrecklichen Bedingungen arbeiten. Er fragt sich, warum manche Menschen nicht genug bekommen können.

Er fragt sich, wann ein gesunder Geschäftssinn in Zynismus umschlägt, in Gier, Habsucht und Wollust. Früher waren das Todsünden, die direkt in die Hölle führten.

Nora

Sie greift nach Nadel und Faden, um einen Bundschuh auf die Decke zu sticken. *In memoriam Albert.* Der Bundschuh war das Zeichen der aufständischen Bauern. Die Menschen am Hof trugen feine Schühchen mit Absätzen. Je weniger jemand arbeitete, desto höher waren die Absätze. Bundschuhe hatten keine Absätze, sie wurden aus einem Stück Leder gemacht, das mit einem Band über dem Rist zusammengebunden wurde. Der Boden wurde mit einem zweiten, festeren Leder verstärkt, der Laufsohle.

Es läutet. Nora steht auf, öffnet die Tür.
Iris steht vor ihr.
»Oma!«
»Warst du beim Baden?«
»Ja. Mit Arne.«
»Wo?«
»In der Saale.«
»Kann man in der Saale schwimmen? Da geht doch einiges an Abwassern rein.«
»Wirklich?«
»Ja, leider. Vom Schlachthof. Die Kläranlage von Sahlen schafft nicht alles. Ein Teil des Wassers, das beim Schlachten anfällt, wird nach Naumburg gebracht und

da geklärt. Und angeblich wird auch einiges ungeklärt in die Saale geleitet.«

»Ih! Wie eklig!«

»Ja, schwimm lieber woanders. Und wenn du unbedingt in einem Fluss schwimmen willst, dann lieber in der Unstrut.«

Nora geht in die Küche, Iris folgt ihr und öffnet den Kühlschrank. »Ich hab Durst.«

»Nimm den Tee. Ich habe ihn vorhin gemacht und kalt gestellt.«

»Danke. Magst du auch ein Glas?«

»Ja, bitte.«

Iris nimmt zwei Gläser aus dem Regal, gießt Tee ein, gibt Nora ein Glas und sagt: »Was ich dich noch fragen wollte … Als ich nach Sahlen kam und du nicht da warst, habe ich deine Winterschuhe im Eisfach gefunden. Kannst du mir sagen, warum du sie in den Kühlschrank getan hast?«

»Meine Winterschuhe? Ich wollte … Du weißt, ich war im Schuhlabor. Da haben wir Material geprüft auf Kältebiegebeständigkeit. Aber … Nein, ich weiß, ich arbeite nicht mehr. Um ehrlich zu sein, kann ich dir auch nicht genau sagen, wie ich auf die Idee gekommen bin, die Winterschuhe in den Kühlschrank zu tun.«

Iris sagt großzügig: »Nicht schlimm. Und was machst du gerade? Kommt ein neuer Schuh auf die Decke?«

»Ja, ein Bundschuh.«

»Was sind Bundschuhe?«

»Schuhe der aufständischen Bauern. Ohne Absätze.«

»Neulich habe ich mich von meinen alten Bergschuhen getrennt. Die hatten auch keine Absätze. Mit ihnen war ich auf der Alm und habe Kühe gehütet.«

»Wie sahen sie aus? Die Schuhe, meine ich.«

»Sie waren aus Rindsleder, hatten dicke Profilsohlen und rote Schnürsenkel. Sie waren schön, aber schwer, wie für die Ewigkeit gemacht. Mit diesen Schuhen hätte man problemlos Spaziergänge auf dem Mond machen können. Irgendwann habe ich der Ewigkeit den Rücken zugekehrt und mir leichtere Bergschuhe gekauft.«

Nora nimmt die Nadel und während sie weiter am Bundschuh stickt, sagt sie: »Die ersten Schuhe, die ich auf die Decke gestickt habe, waren die Schuhe von Antonia, die sie anhatte, als wir übers Haff mussten. Da war sie drei. Und dann habe ich die Gummistiefel meines Vaters verewigt, die er getragen hat, wenn er im Stall war bei seinen Trakehnern.«

»Was sind Trakehner?«

»Pferde. Mein Vater hatte eine Pferdezucht in Tilsit.«

»Das wusste ich nicht.«

»Apropos Trakehner – wir müssen mal wieder zu Boris«, sagt Nora.

»Ja, unbedingt«, sagt Iris. »Ich hab ganz vergessen, Arne zu fragen, ob er jemanden kennt, der einen Zaun machen kann ...«

Iris

Sie duscht in der Badewanne ihrer Großmutter, das Fenster ist gekippt, beschlägt aber trotzdem. Durch die feine Schicht winziger Tropfen sieht sie die Krone eines Baums. Sie denkt an das Mäandern der Saale und an das

Baden und Wandern mit Arne. Zu Hause in ihrem Arbeitszimmer hängen Luftaufnahmen vom Ganges und vom Kongo, vom Nil und vom Jangtse, von der Donau und der Isar.

Sie wird ein Foto von der Saale dazuhängen. Das Saaletal ist eins der schönsten Flusstäler Deutschlands. Und Kröntein versaut mit den Abwässern des Schlachthofs den Fluss. Auf dem Logo von Kröntein sieht man eine Gruppe fröhlicher Tiere: ein Bulle, eine Kuh, ein Schwein. Der Schwanz der Kuh verbindet sich mit dem Schwanz des Bullen zu einem Herzen. Schwein, Kuh und Bulle lachen. Die drei Tiere sehen aus wie eine glückliche Familie, die in bester Laune einen Sonntagsausflug macht. Ihr Ziel: der Schlachthof.

Ich muss in den Schlachthof, denkt Iris, während sie sich die Haare wäscht, ich muss mit dem Geschäftsführer sprechen, ich muss hören, wie er die Tatsache begründet, dass mehr Schweine geschlachtet werden als genehmigt. Wenn Kröntein Subventionen von der EU, der Bundesrepublik und von Sachsen-Anhalt bekommen hat, dann sind sie auch mit meinen Steuern bezahlt worden, und deshalb ist Kröntein auch mir Rechenschaft schuldig, was er mit dem Geld gemacht hat.

Was hat Arne von den Katharern erzählt? Sie kritisierten die Habgier der Mächtigen und gerieten deshalb in Konflikt mit der Amtskirche, die selbst mächtig und habgierig geworden war. Ein Vorgang, der sich immer wiederholt: dass ein Unternehmen als Rotkäppchen beginnt und als Wolf endet.

Sie wäscht sich die Haare und massiert ihre Kopfhaut. Wir müssen uns das Hirn aufschneiden und nachsehen, was drin ist. Wo wir Wolf sind und wo Rotkäppchen. Wo wir dem Wolf auf den Leim gehen und wo uns selbst. Oder für andere zum Wolf werden.

Und dann?

Ändern wir uns.

Sie duscht Seife und Shampoo ab.

Ihre Kindheit hat sie an der Isar verbracht, im Süden Münchens. Wenn der Schnee im Gebirge schmilzt, schwillt die Isar an, entwurzelt Bäume, reißt mit, was sich mitreißen lässt, verschiebt tonnenweise Geröll, und wenn sie sich wieder beruhigt, ist das Flussbett wunderbar verwandelt.

Vor einigen Jahren hat die Stadt die Renaturierung der Isar beschlossen. Die Landschaftsarchitektin, mit der Iris zusammenarbeitet, gewann den Wettbewerb. Ein Auftrag, traumhaft und alptraumhaft zugleich. Der Entwurf hat die Jury überzeugt, aber kaum ging es an die Ausführung, gab es jede Menge Bedenken, Einspruch von Politikern, Bürgern, Beamten.

Erst kam die Zusage, dann ein Veto, dann sollten die Pläne von den Bürgern noch mal diskutiert werden. Ideologien prallten aufeinander. Es gibt fundamentalistische Naturschützer, die sich eine Natur ohne Menschen wünschen. Für die richten Menschen nur Schaden an, die wollen eine menschenfreie Natur.

Einer ihrer Kollegen sagte mal lakonisch: »Aber auch ein Mensch ist Natur.«

Es entbrannte eine heftige Diskussion über die Frage, ob der Mensch Teil der Natur ist und was es ihm ermöglicht, die Natur in sich und um sich herum zu übersehen, zu negieren und abzutöten.

»Haben wir überhaupt noch eine Ahnung davon, was Natur ist? Und was Natur sein kann?«, fragte eine andere Kollegin.

Es gab Kollegen, die das bezweifelten.

»Wir haben die Natur doch so gründlich domestiziert«, sagte einer, »dass nur noch Reste von ihr da sind. Und das, was als Renaturierung der Isar bezeichnet wird, ist, wenn wir ehrlich sind, inszenierte Wunschnatur.«

Iris steigt aus der Wanne, trocknet sich ab und wischt mit dem Zipfel des Handtuchs den Spiegel sauber. Bürstet ihre Haare und schminkt sich, um dem Wunschbild, das sie von sich hat, möglichst nahezukommen. Neben dem Spiegel hängt eine Postkarte mit blauen Kornblumen und einem Zitat von Novalis: *Nicht die Schätze sind es, die ein so unaussprechliches Verlangen in mir geweckt haben, sagte er zu sich selbst; fernab liegt mir alle Habsucht: aber die blaue Blume sehn ich mich zu erblicken. Sie liegt mir unaufhörlich im Sinn, und ich kann nichts anders dichten und denken.*

Fernab liegt mir alle Habsucht … Klaus Kröntein ist Milliardär. Kann man mit rechtschaffener Arbeit Milliarden verdienen? Inzwischen weiß Iris, was alles reinfließt in die Saale. Und warum die Hechte so dick sind.

Arne

Er macht sich auf den Weg zur Werkstatt. Wieder hört er Karat. *Er fliegt um die Erde, vom Südpol nach Norden, kein Ziel ist zu weit, der Albatros kennt keine Grenzen. Er segelt mit Würde, durchwandert die Lüfte, als wär er ein Gott; er folgt ihren Schiffen auf Hochsee, durch Klippen, berauschend sein Flug ...*

Als er das erste Mal aus dem Knast in Brandenburg kam, nach zwanzig Monaten, wollte er studieren. Aber die DDR ließ ihn nicht, weil er einen Fluchtversuch hinter sich hatte und seinen Ausreiseantrag nicht zurückzog. Er konnte nicht studieren, fand aber auch keine Arbeit. Wenn einer im Kollektiv einen Ausreiseantrag stellte, hatte das Auswirkungen auf die Kollegen. Sie bekamen weniger Prämien. Also wurde einer mit Ausreiseantrag nicht gern genommen.

Sein Onkel vermittelte ihm schließlich eine Lehrstelle bei einem befreundeten Böttcher. Die DDR hat versucht, Kleinholz aus ihm zu machen, aber das ist ihr nicht gelungen. Er hat sich nicht klein kriegen lassen. Im Gegenteil. Die DDR hat es versucht, aber er hat nur gelacht. Irgendwann hat Arne angefangen, innerlich darüber zu lachen. Er hat seine Macht erkannt, die Macht, die er hatte. Lutz Winter konnte ihn ins Gefängnis werfen lassen, er konnte ihn schikanieren lassen, aber Arne würde trotzdem nicht bleiben wollen. Gefängnis und Schläge sind keine guten Argumente.

Sein Onkel vermittelte ihm schließlich eine Lehrstelle bei einem befreundeten Böttcher, der die halbe DDR mit Fässern versorgt hat. Arne machte Fässer für die Winzervereinigung in Freyburg, er machte Fässer für die Winzervereinigung in Meißen, er machte Fässer für eine Wermutbude in Schwerin, er machte Fässer für kleine Mostkellereien. Die meisten Fässer blieben in der DDR, einige kamen in die sozialistischen Bruderländer, einige aber auch ins kapitalistische Ausland. Einmal erhielten sie einen Auftrag aus München. Bevor die Fässer rausgingen, kamen zwei Männer von der Stasi, um sie zu verplomben. Ihr Misstrauen brachte ihn auf den Gedanken, es noch mal zu versuchen. Arne bat einen Freund, ihm zu helfen.

In der Nacht trafen sie sich in der Werkstatt. Vorsichtig entfernten sie die Plombe an einem der Fässer, Arne schlüpfte hinein und der Freund verschloss das Fass mit einer anderen Plombe, die genauso aussah wie die alte. Er verabschiedete sich von Arne, wünschte ihm alles Gute, klopfte dreimal ans Holz, weil das Glück bringt, und Arne hörte, wie er ging und die Werkstatttür hinter sich zuzog.

Es roch gut in dem Fass, nach frischem Eichenholz. Arne saß Stunde um Stunde im Fass. Dann hörte er Schritte und Stimmen, die Fässer wurden mit Gabelstaplern auf einen Lastwagen gehoben. Er hörte, wie der Motor angelassen wurde, und dann fuhren sie Richtung Westen. Drei Stunden später wurde der Motor abgestellt, offenbar waren sie an der Grenze. Arnes Herz klopfte wie eine Trommel, und wenn die Eisenbänder nicht gewesen wären, hätte sein Herz das Fass gesprengt.

Arne hörte Stimmen und Schritte, er hörte ein Schnüffeln, er hörte das Bellen eines Hundes. Jemand klopfte an die Fässer, an sein Fass, wieder Geschnüffel, Arne hielt den Atem an, sein Herz schlug laut. Jemand begann, an dem Fass zu hantieren, in dem er saß, der Hund schnüffelte immer noch, kratzte aufgeregt mit der Pfote am Fass. Die Plombe wurde entfernt, das Türchen ging auf, der Kopf des Hundes erschien, er bellte wie ein Wahnsinniger und fletschte die Zähne. Wenn er nicht an der Leine gewesen wäre, wäre er ins Fass gekrochen und hätte Arne zerrissen. Dann sah Arne den Lauf einer Kalaschnikow und hörte die ebenfalls bellende Stimme eines Mannes, er solle die Waffen rauswerfen und sofort da rauskommen, Widerstand zwecklos.

Arne kroch aus dem Fass und entfaltete sich, er überragte die Grenzer um einen Kopf, aber das nützte ihm nichts. Noch am gleichen Abend war Arne wieder im Gefängnis. Diesmal kam er nach Halle, in den Roten Ochsen. Erst war er allein in der Zelle, dann bekam er einen Kumpel, weil er fast durchgedreht ist. Und von Halle wurde er nach Cottbus verlegt. Wenn er von anderen Gefangenen gefragt wurde, warum er da war, erzählte er von der Fassflucht, die leider nur eine Fastflucht war, er machte Witze, seine Verzweiflung verwandelte sich in Galgenhumor.

Auch bei der Gerichtsverhandlung nach dem zweiten Fluchtversuch hat ihn Lutz Winter verurteilt. Diesmal zu sechzehn Monaten Knast. Zwanzig Monate und sechzehn Monate macht zusammen sechsunddreißig Monate. Oder drei Jahre. Drei Jahre seines Lebens hat Arne im Gefängnis verbracht. Wegen Winter. Wie lange soll Winter im Keller sitzen und Netze flicken? Ebenfalls drei Jahre? Oder bis alle Netze geflickt sind? Bis er sich entschuldigt hat?

Arne stellt den Transporter vor seiner Werkstatt ab und schließt die Tür auf. Er muss sich an die Arbeit machen. Von den fünfzig Zehnliterfässer für Bad Kösen hat er erst zehn gemacht. Holzfass mit Braunbär. Was für ein Unsinn! Was für eine hirnrissige Idee! Aber sie wird bezahlt und deshalb macht er die Fässer. Denn von irgendwas muss der Mensch ja schließlich leben.

Georg

Auf der Wiese hinter dem Haus stehen zwei Tische, aneinandergestellt, drum herum Klappstühle. Die Rückkehr von Nora wird gefeiert, Georg hat ein kleines Fest organisiert, Grillen im Garten, alle Hausbewohner sind eingeladen, und alle, die bei der Suche nach Nora beteiligt waren. Diejenigen, die sich nicht kennen, stellt er einander vor.

»Das ist Thorsten«, sagt er zu Iris, »unser Mann am Grill. Thorsten, das ist Iris, die Enkelin von Nora.«

Thorsten wohnt im Hinterhaus, er stellt einen Grill auf die Wiese, schüttet Eierbriketts in die Metallschale, legt Anzünder dazu und schiebt den Grillrost in die richtige Etage. Er öffnet eine Packung mit marinierten Steaks vom Schweinerücken und eine Packung Thüringer Bratwürste.

Johann Görs kommt mit seiner Frau, die ebenfalls klein und zierlich ist, sie haben eine Schüssel mit Kartoffelsalat mitgebracht.

»Mit Johann habe ich viele Jahre zusammengearbeitet«, sagt Nora zu Iris. »Er ist ein guter Freund. Johann weiß alles über Schuhe. Es gibt nichts, was er nicht weiß.«

Johann sagt: »Du übertreibst.«

»Nein«, sagt Nora, »überhaupt nicht.«

»Wir kennen uns«, sagt Iris, »Herr Görs hat mich nach Bad Dürrenberg begleitet. Wir haben dich gesucht.«

»Das war doch nicht nötig!«.

»Doch«, sagt Iris, »das war nötig, denn ich wusste nicht, wo du bist. Ich habe mir Sorgen gemacht …«

Johann sagt: »Wir haben überall nach dir Ausschau gehalten, auch auf dem Gradierwerk. Das konntest du doch immer gut, gradieren ...«

Nora lacht. »Das ist lange her.«

»Wir sind alle eine Familie: Schuhmacher, Fleischer und Gerber«, sagt Johann. »Ohne Fleischer kein Leder. Ohne Gerber auch nicht. Allerdings durften sie früher nicht innerhalb der Stadtmauern arbeiten. In einer Gerberei hat es höllisch gestunken, deshalb waren die Gerbereien vor den Toren der Stadt.«

»Was für die Gerber galt, müsste auch für den Schlachthof von Kröntein gelten«, sagt Nora. »Er ist zu nah an der Stadt.«

»Und er ist zu groß«, sagt Carmen. »Entschuldige, Thorsten, aber ich bin der Meinung, der Schlachthof ist viel zu groß.«

»Es ist nicht mein Schlachthof«, sagt Thorsten, macht eine Flasche Bier auf und trinkt einen Schluck. »Ich arbeite im Schlachthof, weil ich von irgendwas leben muss.«

Carmen steht auf, legt eine aufgeschnittene Zucchini auf den Grill und sagt: »Ich bin nicht so scharf auf Fleisch.«

»Willst du auch ein Bier?«, fragt Georg Iris, die immer noch neben ihm am Grill steht.

»Lieber eine Limo«, sagt Iris.

Georg nimmt ein Bier und eine Flasche Limo aus dem Kasten, öffnet beide, reicht Iris die Limo, nimmt einen Schluck Bier und sagt zu ihr: »Thorsten arbeitet übrigens im Schlachthof.«

»Wirklich?«, sagt sie und wendet sich an Thorsten. »Seit wann?«

»Seit zwanzig Jahren. Am 2. Oktober 1990 war ich noch Teil der Nationalen Volksarmee, am 3. Oktober gab es sie nicht mehr. Der Wechsel hat um Mitternacht stattgefunden. Eine Minute nach Mitternacht habe ich die Uniform der NVA ausgezogen und die Uniform der Bundeswehr angezogen. Und wurde einen Grad zurückgestuft. Alle, die von der Volksarmee zur Bundeswehr wechselten, alle, die diesen Zwangswechsel mitgemacht haben, wurden zurückgestuft. Wer gekündigt hat, bekam den Dienstgrad, den er bei der NVA hatte, abgesprochen. So war das. So treten Sieger auf. So findet eine Übernahme statt. Das waren die Folgen des Mauerfalls. Bedingungslose Kapitulation.«

Er greift nach seiner Flasche und trinkt einen großen Schluck. »Ich habe mir das angeschaut, die Bundeswehr. Aber das war nichts für mich. Was soll denn das, habe ich gedacht. Da war kein Zug drin, keine Disziplin. Das ist ein Hobbyverein. Davon abgesehen war die Bundeswehr jahrelang unser Gegner und die BRD der Klassenfeind. Und dann soll ich plötzlich überwechseln und mit den Wölfen heulen? Nein danke. Das ging nicht. Ich hätte mir beim Rasieren nicht mehr in die Augen sehen können.«

Er dreht das Fleisch um und verschiebt einige Kohlen mit der Kohlenzange. »Als im Schlachthof Leute gesucht wurden, habe ich mich beworben und wurde sofort genommen. Ich habe miterlebt, wie aus einem kleinen Schlachthof ein großer Schlachthof wurde. Und aus einem großen Schlachthof ein gigantischer Schlachthof. Ich habe meinen Teil dazu beigetragen.«

Thorsten wischt sich mit einem Handtuch den Schweiß von der Stirn. »Grillen im Garten, das haben wir früher oft gemacht. Mindestens einmal in der Woche. Und wenn das Wetter schön war, jeden Abend. Jeder hat was mitgebracht, Salate, Brot, eine Nachspeise, ich habe für das Fleisch gesorgt.«

Thorsten nimmt noch einen Schluck Bier. »Verdammt heiß hier am Feuer. Aber vielleicht kommt mir das auch nur so vor, weil ich seit zwanzig Jahren im Kühlhaus arbeite. Bei zwei Grad plus.«

»Den ganzen Tag? Wie kann man das aushalten?« Iris sieht ihn entsetzt an.

»Ich trage zwei Haarnetze übereinander. Ich habe festgestellt, dass ich keine kalten Füße bekomme, wenn ich einen warmen Kopf habe.«

Er leert die Flasche.

»Ich habe neulich mit einer Frau gesprochen«, sagt Iris, »die meinte, dass Kröntein mehr Schweine schlachtet als offiziell erlaubt.«

»Das war bestimmt eine von der Bürgerinitiative«, sagt Thorsten. »Das ist ein zänkisches Völkchen. Es gefällt ihnen nicht, dass der Schlachthof ausgebaut wird. Aber die haben keine Chance. Kröntein ist eine Nummer zu groß. Schließlich geht es um Arbeitsplätze. Was zählt, sind die Arbeitsplätze, das allein zählt hier in Sahlen. Die Stadt kann nicht verzichten auf Unternehmer wie Kröntein. Weder auf die Arbeitsplätze noch auf die Gewerbesteuer. Die Stadt nicht und die Vereine auch nicht. Klaus Kröntein schiebt ihnen immer mal wieder einen großzügigen Scheck zu. Alle sind zufrieden. Bis auf ein kleines Nest Widerspenstiger. Aus diesem Nest schlüpfen immer neue Küken. Und picken gegen die Mauern des Schlachthofs. Verschwendete Energie. Die bekommen kein Bein auf den Boden. Der Schlachthof stand schon, bevor die Häuser gebaut wurden. Bevor sich in diesem Stadtviertel notorische Streithammel eingenistet haben. Die regen sich darüber auf, dass zu viele Schweine geschlachtet werden und dass die Kläranlage von Sahlen überfordert ist. Was ja auch stimmt. Deshalb fahren immer mal wieder ein paar Tanklaster rüber nach Naumburg, um das Abwasser in der Kläranlage von Naumburg zu entsorgen. Gegen Bares. Es ist nur eine Frage der Zeit, dass Klaus Kröntein auch hier zwanzigtausend Schweine am Tag schlachten lässt. Das ist zwar noch nicht genehmigt, aber die Kapazitäten sind da. Wenn die Leute nicht wollen, dass Tiere geschlachtet werden, dann sollen sie aufhören, Fleisch zu essen. Solange sie jeden Mittag ihr Stück Fleisch auf dem Teller haben wollen, dürfen sie nicht meckern. Das ist inkonsequent.«

Er dreht die marinierten Nackensteaks um und öffnet eine zweite Flasche Bier. »Es stimmt, dass Kröntein kein städtischer Schlachthof mehr ist. Aber letzlich ist das politische System verantwortlich dafür, dass hier in Sahlen eine Monopolindustrie dieser Größe entstehen konnte. Wir leben nun mal im tiefsten Kapitalismus. Auch wenn die Westpolitiker das nicht wahrhaben wollen. Ich frage mich, wo gucken die hin? Wo haben die ihre Augen? Sehen die überhaupt, was um sie herum passiert? Mit sozialer Marktwirtschaft hat das Ganze jedenfalls schon längst nichts mehr zu tun.«

Er setzt die Flasche an, sein Adamsapfel bewegt sich im Rhythmus seiner Schlucke.

»In der Zeitung stand«, sagt Georg, »dass es neulich im Schlachthof einen schrecklichen Unfall gegeben hat.«

»Richtig«, sagt Thorsten. »Ein Mann aus der Putzkolonne hat ein Fitzelchen Fleisch auf dem Boden des Fleischwolfs gesehen und wollte es entfernen. In dem Moment, in dem er in den Fleischwolf stieg, ist die Maschine angesprungen, so ist sie programmiert. Er konnte gerettet werden, er hatte Glück. Er hätte sterben können, er ist fast verblutet.«

»Wie fürchterlich!« Iris stößt einen Laut des Entsetzens aus und hält sich die Hand vor den Mund.

»Als ich am nächsten Morgen zur Arbeit gekommen bin, war die Polizei da und der Staatsanwalt, die Geräte standen still, einige Stunden konnte nicht geschlachtet werden. Es gab eine Betroffenheit, aber auch eine Abgebrühtheit. Das tägliche Töten brüht ab. Immer das Blut. Inzwischen sitzt der Mann im Rollstuhl und bekommt eine Rente. Klaus Kröntein hat alles dafür getan, dass der Unfall nicht an die große Glocke gehängt wurde. Aber die Medien haben sich natürlich trotzdem darauf gestürzt. So ist das. Ich würde auch lieber was anderes machen. Die meisten, die bei Kröntein arbeiten, würden lieber was anderes machen. Aber es gibt hier in der Gegend keine große Wahl. Und ich habe mein Geld pünktlich auf dem Konto. Das ist der entscheidende Punkt, das ist wichtig, das allein zählt.«

Er leert die Flasche, dann sagt er zu Georg und Iris und zu den bereits am Tisch Sitzenden: »Das Fleisch ist fertig! Und auch die Zucchini, soweit ich das beurteilen kann.«

Iris

Am nächsten Tag fährt sie nach Leipzig, um das Konzept der urbanen Wälder in der Stadtverwaltung vorzustellen. Sie verabschiedet sich von Nora mit den Worten: »Und wenn du wieder auf die Idee kommen solltest, einen kleinen Spaziergang zu machen, dann hinterlass doch bitte eine Nachricht.«

Daraufhin sagt Nora verschmitzt: »Eine Nachricht hinterlassen ist gut, vor allem, wenn es eine gute Nachricht ist!«

Macht sich Nora über sie lustig? Ab und zu hat Iris den Eindruck, als ob Nora mit Worten spielt wie mit Bocciakugeln. Sie küsst ihre Oma, geht die Treppe runter und öffnet die Haustür. Ihr Blick fällt auf die Ruine des Schuhlabors und wieder hat sie das Gefühl, sich in einem Kriegsgebiet zu befinden. Leere Fensterhöhlen, zerschmettertes Dach, Türen, die aus den Angeln gehoben sind. Das Gebäude sieht aus wie ein angeschossenes Tier, aufgebrochen und ausgeweidet.

Iris setzt sich ins Auto, rattert über das Kopfsteinpflaster der Kubastraße, biegt nach links ab und fährt Richtung Autobahn.

Sie hat von ihrer Mutter geträumt, vielleicht, weil in den Gesprächen mit Nora immer wieder von Antonia die Rede ist. Ihre Mutter sagte im Traum: »Papa hat ein Ledersofa bestellt. Es hat ihm gefallen!«

Ihre Stimme klang ironisch, sie schien nicht sehr begeistert zu sein von dem Ledersofa. Sie hatte einen Pinsel in der Hand und bemalte einen Schrank mit vielen Türen. Rechts drängten sich die Wolken aneinander wie eine verängstigte Herde Schafe, links verteilten sie sich locker auf dem Blau, mit dem Antonia die Türen grundiert hatte.

Iris griff nach der Hand ihrer Mutter und überlegte, ob sie nicht schon mal tot war. Ich werde nicht zulassen, dachte Iris im Traum, dass sie wieder verschwindet. Gemeinsam gingen sie ins Wohnzimmer, um das neue Sofa zu begutachten. Das Wohnzimmer war groß wie ein Vortragssaal, der Tisch neu, das Holz wurmstichig, das gehörte zum Konzept des Innenarchitekten, es ging ihm darum, einerseits die Standfestigkeit, aber auch die Vergänglichkeit zu thematisieren.

Im hinteren Teil des Raums bemerkte Iris einen Mann. Sie ging auf ihn zu, begrüßte ihn, stellte sich vor und sagte, dass sie in diesem Raum demnächst einen Vortrag halten werde. Über ein Tier, das in einem Fluss treibt und versucht, sich auf ein Boot zu retten. Nein, im Traum hat sie keinen Vortrag gehalten über urbane Wälder.

Als Iris zum ersten Mal von *urbanen Wäldern* hörte, dachte sie: Das gibt's nicht, das kann nicht sein. Deutschland ist eine Industrienation, unser Reichtum kommt von der Industrie, von Maschinen, Geräten, Autos. Die Industrie wandert aus und wir reißen die Hallen ab und pflanzen Bäume? Soll Deutschland wieder zu einem Wald- und Ackerland werden? Aber es traf nicht nur Deutschland, es traf alle westlichen Industrieländer. In England entstanden sogenannte *NeighbourWoods*, auch da wurden Industriebrachen renaturiert und mit Bäumen bepflanzt.

»Wälder sind seit jeher Bestandteile städtischer Grünsysteme«, wird Iris in Leipzig sagen. »Ein landschaftlich reizvolles und nutzbares Umfeld trägt dazu bei, Wohnsiedlungen aufzuwerten.«

Was ja auch stimmt. Die Frage, die sich aufdrängt, wird sie nicht stellen: Dient eine Grünanlage auch dann der Stabilisierung und Aufwertung von Wohngebieten, wenn Menschen in ihnen wohnen, die durch den Abzug der Industrie ihre Arbeitsplätze verloren haben?

Sie wird stattdessen sagen: »Wir verfolgen eine Mischstrategie von Aufwertung, Stabilisierung, Renaturierung und Aufforstung.« Sie wird sich ins Zeug legen, denn es geht darum, den Auftrag an Land zu ziehen. Sie wird Beispiele gelungener Renaturierung von Problemflächen nennen: die Aufforstung eines Militärfabrikgeländes in Manchester, die Entstehung von Community Forests im Nordwesten Englands, die Industriewälder im Ruhrgebiet.

»Die Waldstadt Silberhöhe in Halle ist ein wunderbares Beispiel für einen Landschaftspark als Rückgrat städtebaulicher Neuordnung«, wird sie sagen, »und die Vernetzung der Wohnquartiere mit dem angrenzenden Landschaftsraum Saale-Elster-Aue kann ~~man~~ nur als gelungen bezeichnet werden.«

Arne

Er sitzt hinter dem Steuer seines Transporters und döst. Er hat Lutz Winter das Abendbrot gebracht und ist dann nach Sahlen gefahren. Heute Morgen hat er Iris angerufen und ihr gesagt, dass er sie gern sehen würde. Doch da war sie schon auf dem Weg nach Leipzig.

Sie sagte: »Wir können uns morgen treffen.«

»Morgen?«, hat er gesagt. »Das halte ich nicht aus. Ich muss dich unbedingt heute noch sehen.«

»Aber es wird spät.«

»Dann spät. Ich komme nach Sahlen. Ich bin da.«

Er hat den Transporter in der Kubastraße geparkt, in einer Winzerzeitschrift geblättert, ein Bier getrunken und ist eingeschlafen. Als es am Fenster klopft, schreckt er hoch, er muss sich erst orientieren, wo er ist. Und wer klopft. Dann erkennt er Iris hinter der Scheibe, lächelt, kurbelt das Fenster runter und sagt: »Hallo, Rotkäppchen! Ich habe sehnsüchtig auf dich gewartet. Ich bin hier, weil ich einen Nachtspaziergang mit dir machen will. Kommst du mit?«

»Ich bin müde«, sagt sie.

»Nur einen kleinen Spaziergang. Eine Viertelstunde. Oder zehn Minuten. Oder fünf Minuten.«

Sie lacht und sagt: »Gut, lass uns eine Runde drehen!«

Die Nachtluft macht ihn munter. Und ihre Gegenwart. Sie laufen den Mühlberg runter, gehen am Radladen vorbei und an den ehemaligen Fabrikgebäuden des *VEB Banner des Friedens*, an der *Panther Schuh GmbH* und am Privatclub *LAMOUR*.

»Ich bin heute aus der katholischen Kirche ausgetreten«, sagt Arne. »Weil die katholische Kirche eine zweite Ehe nicht akzeptiert. Weil man sich in der katholischen Kirche nicht scheiden lassen kann. Wenn ich mich trennen will, dann muss das gelten. Ich möchte, dass meine Entscheidungen ernst genommen werden.«

»Du warst in der katholischen Kirche?«

»Ja. Im Gefängnis war ich sehr religiös.«

Er war ganz unten. Das Leben hat ihn erst erniedrigt und dann erhöht. Er stellt sich Gott immer als Vater vor. Als er ganz unten war, war Gott ihm ganz nah. Weil er ihn brauchte. Weil Gott alles war, was ihm blieb. Und Gott nahm ihn an, Gott zog ihn zu sich, Arne spürte seine Macht, seine Kraft, seine Liebe. Das Leben hat Arne beschenkt mit einer raschen Auffassungsgabe, es hat ihm aber auch Steine in den Weg gelegt, ziemlich viel Steine und ziemlich viel Beton, eine Mauer mit Stacheldraht und ein Grenzgelände mit tödlichen Minen.

Als er endlich im Westen war, wurde er katholisch, weil Mechthild katholisch war. Aber dann ist sie gegangen. Und Lutz Winter ist ihm über den Weg gelaufen. Und er hat Iris getroffen. Die jetzt neben ihm geht. Er legt seinen Arm um ihre Schulter. Sie lässt es geschehen und erzählt von Leipzig. Die Stadtverwaltung habe sich interessiert gezeigt an dem Projekt der urbanen Wälder, denn eine Aufforstung von großen Brachflächen sei billiger als die Anlage eines Parks.

»Schön«, sagt er, streicht Iris über den Kopf, zieht sie an sich und drückt ihr einen Kuss auf die Haare.

In der Dunkelheit schimmert ein weißer Tank.

Iris fragt: »Was steht da?«

Arne entziffert: »*Fan-Club Das Ruder.*«

Rechts und links ist ein weißer Wolfskopf.

»Nein, stimmt nicht«, sagt Iris. »Es heißt *Das Rudel*. Klingt nach Neonazis.«

»Sind aber keine. Ich glaube, es handelt sich um den Fanclub der Mitteldeutschen Basketballer.«

Er küsst sie, flüstert ihr ins Ohr, dass er sich in sie verliebt habe, dass er sie brauche und dass sie schön sei.

»Ich war übrigens noch Jungfrau, als ich ins Gefängnis kam.«

»Jungfrau?«

»So haben sie im Gefängnis gesagt. Der ist noch Jungfrau. Jungfrauen waren begehrt. Fünfzehn Männer in einem Raum von dreißig Quadratmetern … Ich weiß nicht, ob du weißt, was das bedeutet.«

»Ich kann es mir vorstellen.«

»Eine Auseinandersetzung und ich hatte meine Ruhe.«

»Und dann noch die Bibel …«

»Genau. Das wirkte wie ein Tschador oder wie die Dinger heißen. Drei Jahre war ich im Knast. Habe im eigenen Saft geschmort. Ohne Freundin. Ohne Frau. Wegen Winter.«

»Winter! Was ist eigentlich mit Lutz Winter? Wird der nicht immer noch vermisst?«

Arne schweigt. Er muss vorsichtiger sein.

»Du sprichst so viel vom Gefängnis«, sagt Iris, »dass man das Gefühl hat, du wärst noch immer drin, mit einem Bein.«

Nora

Sie stickt die Flipflops auf die Decke, die Iris in den letzten Tagen getragen hat. In der DDR gab es keine Flipflops, Sandalen mit Zehensteg nannte man *Dianette*. Ein Wort, das mit der DDR untergegangen ist.

Im Schuhlabor hat Nora Materialien geprüft, neue Schuhformen entwickelt und an einem Wörterbuch mitgearbeitet. *Teil Eins: Schuhwerk.* Sie haben alle Schuharten aufgelistet, die ihnen einfielen: Sommer- und Winterschuhwerk, Straßen- und Hausschuhwerk, Arbeits- und Sportschuhwerk, Bade- und Tanzschuhwerk.

05 Dianette

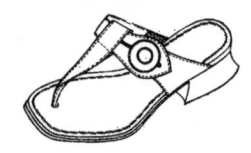

Sie führten zwanzig verschiedene Pantoffeln auf und vierundzwanzig verschiedene Sandalen, von der Autofahrersandale bis zur Strandsandale, von der Griechensandale bis zur Kneippsandale, Slipper, Pumps, Halbschuhe und Stiefel, eine Vielfalt, die in den Schuhläden der DDR nur selten zu finden war.

Neben die Flipflops stickt Nora die Wanderschuhe mit den roten Schnürsenkeln, von denen Iris erzählt hat. In der Nähe sind die Gummistiefel ihres Vaters, die er im Stall getragen hat. Ihr Vater konnte mit Tieren besser umgehen als mit Menschen. Als sie Tilsit verlassen mussten, wurde ihr Wagen von Trakehnern gezogen, prächtigen Tieren mit glänzendem Fell. Neben dem Fuhrwerk liefen zwei trächtige Stuten. Mit ihnen wollte ihr Vater seine Zucht fortsetzen, seine Trakehner waren berühmt in ganz Ostpreußen.

Ostpreußen.

Albert wollte nicht, dass Nora von Ostpreußen sprach. Alle, die von Ostpreußen sprachen, waren Revanchisten. Nora sprach nicht von Ostpreußen, er sprach nicht von Buchenwald. Sie sprach nicht von ihrem ersten Mann, er sprach nicht von seiner ersten Frau. Ihr Mann war in Stalingrad gefallen, seine Frau in einem KZ umgebracht worden.

Nora hat nicht von Ostpreußen gesprochen, aber manchmal hat sie an Ostpreußen gedacht. Das Haus war voller Gäste, kurz bevor sie gegangen sind. Ihre Eltern feierten silberne Hochzeit, überall lagerten Menschen, Flüchtlinge und Verwandte, Frauen und Mädchen machten die Betten, trugen die roten Inletts die Treppe hoch.

»Das sieht aus wie ein Ameisenzug«, sagte Antonia, die noch ein kleines Kind war und am Fuß der Treppe saß.

Während des Fests kamen Soldaten und drängten zum Aufbruch: »Die Russen sind im Vormarsch. Sie werden uns überrennen.«

Nora sah sich platt im Schnee liegen, überrannt von den Russen. Sie packten und brachen auf. Sie waren nicht die Einzigen, die Tilsit verließen. Vor ihnen Fuhrwerke, hinter ihnen Fuhrwerke. Als sie im Oktober 1944 gingen, waren sie sicher, dass sie bald zurückkommen würden. Ihre Eltern hatten einiges im Garten vergraben, Eingemachtes in Steinguttöpfen, Geschirr, Wertgegenstände. Sobald der Krieg vorbei wäre, würden sie wiederkommen und alles ausbuddeln.

Anfang November erreichten sie Bludau. Im Januar 1945 mussten sie weiter. Da war dann allen klar: Sie würden nicht mehr nach Tilsit zurückkommen. Es schneite. Die Räder des Wagens blieben im Schnee stecken. Noras Schwester besorgte einen Schlitten. Sie mussten übers *Frische Haff.* Warum heißt es Frisches Haff? Was ist frisch am Frischen Haff? Frisch geschneit hatte es. Antonia war drei Jahre alt, wimmerte und griff sich an den Kopf. Eine

Bewegung, die sie auch später noch gemacht hat, als erwachsene Frau, wenn etwas schwierig wurde oder unangenehm. Eiter lief aus ihren Ohren. Immer, wenn Nora Zugang hatte zu einer Küche, wärmte sie Tücher und legte sie Antonia um den Kopf.

Der Schlitten war überladen. Elf Menschen fuhren mit. Sie saßen auf Strohsäcken, dicht an dicht, zwischen Federbetten und Wolldecken. Die Nacht war sternenklar, der Schnee knirschte, das Holz des Schlittens ächzte, die Pferde schnaubten und trabten.

Am nächsten Tag erreichten sie das Frische Haff. Deutsche Soldaten waren dabei, das Eis aufzubrechen, um den Russen den Weg abzuschneiden. Nora bat sie, damit doch bitte so lange zu warten, bis die Flüchtlinge auf der anderen Seite wären. Planken wurden übers Eis gelegt, Fuhrwerke fuhren darüber, unter den Planen saßen Frauen und Kinder.

Einen Tag lang fuhren sie über das Frische Haff. Als Antonia aufs Klo musste, hielt Nora sie über den Rand des Schlittens. Antonia pinkelte, und die Puppe, die sie gerade noch fest an sich gedrückt hatte, rutschte aus ihrem Arm, fiel aufs Eis und wurde vom nächsten Schlitten überfahren. Antonia schrie, Antonia weinte, Antonia war untröstlich. Über ihnen Tiefflieger, hinter ihnen die russische Armee, unter ihnen das Eis, unter dem Eis das Wasser.

Sie hatten Glück, es gelang ihnen, über das Frische Haff zu kommen. Eine halbe Stunde, nachdem sie das Ufer erreicht hatten, brach das Eis, Fuhrwerke und Lastwagen verschwanden innerhalb von Sekunden. Aber sie waren gerettet. Und die Trakehner. Nora denkt an Boris.

Ihn besuchen. Ihn füttern. Mit ihm eine Runde drehen im Blütengrund. Sie legt die Decke beiseite, die Nadel und den Faden, und steht auf. Sie wird mit dem Bus zum Blütengrund fahren. Sie nimmt den Korb, in dem Apfelschalen, Brotrinden und Leckereien sind, die von den Bewohnern des Hauses gespendet wurden. Karotten sind dabei, Salat, ein Stück Käse, die Reste einer Wurst. Boris muss raus, er muss sich die Beine vertreten. Es tut ihm gut, wenn er mal rauskommt aus dem Gewächshaus, er ist schließlich keine Kartoffel.

Nora hat sich informiert, was Schweine gern mögen. Sie brauchen Platz, sind am liebsten in Wald und Feld. Und obwohl Schweine keine Einzelgänger sind, sondern Herdentiere, leiden sie darunter, wenn sie wenig Platz haben. Trotzdem ist es eng in den Ställen, in denen sie gemästet werden, und weil Schweine empfindliche Tiere sind, drehen sie durch, beißen sich gegenseitig in Ohren und Schwänze. Aber das nützt ihnen nichts, sie bekommen trotzdem nicht mehr Platz, nein, man schneidet ihnen die Schwänze ab. Das ist auch der Grund, warum Boris kein Ringelschwänzchen hat, sondern nur einen Stummel.

Iris

Als sie um acht Uhr an der Pforte des Schlachthofs steht, ist der Geschäftsführer in einem Kundengespräch. Er habe ihr Treffen für neun Uhr in seinem Terminkalender eingetragen, aber es werde wohl halb zehn. Sie ärgert sich, ist sicher, dass sie acht Uhr ausgemacht haben. Iris geht einmal die Schlachthofstraße rauf und einmal die Schlachthofstraße runter. Sie hat inzwischen so viel vom Schlachthof gehört, dass sie sich selbst ein Bild machen will. Sie möchte wissen, wie die Menschen sind, die bei Kröntein&Kröntein das Sagen haben.

Dann steht sie wieder vor dem Schlachthof. Um halb zehn wird sie von der Sekretärin in den Konferenzraum geführt mit den Worten: »Der Geschäftsführer kommt gleich.«

Iris setzt sich auf einen der Stühle, die rund um den Konferenztisch stehen. Durch die Glasscheibe sieht sie die Rezeption mit den Sekretärinnen. An der Wand hängt ein riesiges Foto von einem jungen Mann mit langen Haaren. Das ist Kurt Kröntein, das muss er sein. Etwas grob Sinnliches liegt in seinem Gesicht. Er sieht aus wie ein Mann, der mit einem VW-Bus um die Welt reist und kein Abenteuer auslässt.

Vielleicht hat er sich in Amerika die Schlachthöfe angesehen, in Chicago und in New York. Sie denkt an den Blutgeruch, der in der Luft lag, als sie durch Chelsea ging. Die Wohnungen waren hier lange Zeit billiger als in anderen Teilen der Stadt, deshalb zogen die Künstler nach Chelsea, Schriftsteller und Musiker. Chelsea wurde zu einem In-Viertel, die Mieten zogen an und die Künstler weg.

Wieder sieht sie Kurt Kröntein an. Er hat das Unternehmen Anfang der siebziger Jahre gegründet. Aus dieser Zeit stammt wahrscheinlich auch das Foto. Sein Plan war, Schweine und Rinder zu schlachten und zu zerlegen, die weitere Verarbeitung aber anderen zu überlassen.

Er besprach ihn mit seinem Bruder. Klaus war fünfzehn Jahre alt, er hatte gerade mit der Metzgerlehre begonnen. Eigentlich wollte er Fernsehtechniker werden, aber als er seinen Wunsch äußerte, bekam er von seinem Vater rechts und links eine Ohrfeige. Obwohl der Vater seine Kinder sonst nicht schlug, wie Klaus in Interviews immer wieder betont. Mit diesen zwei Ohrfeigen wurde Klaus auf Linie gebracht, auf die Elfmeterlinie vor dem Tor, das Tor war die väterliche Metzgerei. Er machte die Metzgerlehre und unterstützte die Vorschläge seines Bruders: K&K – das hörte sich gut an, saugut, Kurt&Klaus, Kröntein&Kröntein, das klang nach einem Unternehmen, das von Erfolg gekrönt sein würde, sie waren wie berauscht an diesem Nachmittag. Man findet viel im Internet über das K&K-Imperium, unter anderem den Satz von Kurt: »Wir werden es ihnen zeigen, allen!«

Und sie haben es allen gezeigt, längst sind sie die ungekrönten Herrscher in der Branche. Als Klaus seine Lehre beendete, hatte K&K bereits sechs Angestellte. Vorbei die Zeit, als Vater Kröntein sieben Schweine pro Woche zu Wurst verarbeitete. Vorbei die Zeit, als Kurt und Klaus Hand anlegen mussten, während ihre Schulkameraden Fußball spielten. Nun handelten sie und waren bald im Vorstand des heimischen Fußballvereins, der in der Bundesliga spielte, aber schon bessere Zeiten erlebt hatte. Als das Unternehmen Kröntein Umsätze in Millionenhöhe machte, sagte Kurt zu seinem Bruder: »Jetzt räumen wir den Laden auf.«

Klaus erzählt allen, die es wissen wollen, dass sein Bruder 145 Tage gebraucht habe, um den Verein wieder kreditwürdig zu machen – und das, ohne eigenes Geld zu investieren. Es war seine letzte Tat. Kurt starb an den Folgen eines Autounfalls. Auf dem Totenbett bat er Klaus, sich um den Fußballverein zu kümmern. Und Klaus kümmert sich um den Verein, seit 2001 ist er der Vorsitzende. Iris fragt sich, wie viel Geld die Spieler bekommen, die unter Vertrag genommen werden. Und wie viel die Männer und Frauen, die in den K&K-Schlachthöfen arbeiten. Sie sitzt immer noch im Konferenzraum, mit Blick auf Kurt Kröntein und seine halblangen strähnigen Haare. Die Tür des Konferenzraums öffnet sich, der Geschäftsführer kommt herein. Er begrüßt Iris und entschuldigt sich für die Verspätung, er habe noch einen wichtigen Termin gehabt. Er fragt, warum sie hier sei, es sei ihm nicht ganz klar, was sie eigentlich wolle.

»Meine Großmutter wohnt in Sahlen«, sagt sie, »und ich arbeite als Landschaftsarchitektin.« Sie überlegt fieberhaft, wie sie fortfahren soll, sagt dann und bemüht sich um einen sachlich-professionellen Tonfall: »Ein Schwerpunkt meiner Arbeit ist die Renaturierung von Flüssen. Und das Anlegen von Paradiesgärten. In diesem Zusammenhang geht es mir auch um unser Verhalten Tieren gegenüber.«

Der Geschäftsführer fragt, ob sie ein Mitglied der Bürgerinitiative sei, da habe es gestern eine Pressekonferenz gegeben. Er wirkt verärgert.

»Nein«, sagt sie, »ich bin kein Mitglied der Bürgerinitiative.«

»Was genau wollen Sie wissen?«, fragt er mit einer untergründigen Aggressivität.

»Ich möchte wissen«, sagt sie, »was für diesen Schlachthof spricht. Für die Größe. Für den Ausbau. Dafür, dass hier so wahnsinnig viele Schweine geschlachtet werden. Vielleicht können Sie mich von dem Sinn dieser Anlage überzeugen.«

Der Geschäftsführer bemüht sich, weiter höflich zu sein, aber sein Tonfall verrät, dass er gereizt und nervös ist. »Das ist eine Frage von Effektivität und der Rationalisierung von Arbeitsabläufen. Wir arbeiten mit dem Rohstoff Fleisch. Es geht uns um die Veredelung des Rohstoffs, immer unter Berücksichtigung von Tierschutz und Nachhaltigkeit.«

Sprachliche Floskeln. Iris sieht ihn an und fragt sich, ob er glaubt, was er sagt. Seine Gereiztheit zeigt, dass er etwas vertreten muss, hinter dem er nicht steht. Und doch macht er es. Er redet schön, was nicht schön ist.

»Unser Betrieb ist vorbildlich in jeder Hinsicht, unter anderem, was die Frauen anbetrifft, die bei uns arbeiten. Über vierzig Prozent der Belegschaft sind Frauen. Viele Frauen kommen aus der Schuhindustrie, die haben ihre Arbeit verloren und sind jetzt bei uns. Die sind froh, dass sie Arbeit haben. Und wir zahlen, was üblich ist.«

Der Mindestlohn ist nicht gerade viel für so einen Scheißjob, denkt Iris. Frauen arbeiten oft in Branchen, in denen verdammt schlecht gezahlt wird. Sie wehren sich nicht, sie nehmen es hin, sie nehmen mehr hin als Männer, weil sie sich neben der Arbeit noch um den Haushalt kümmern müssen und Kinder zu versorgen haben.

Ob sie weitere Fragen habe?

»Ich habe gehört«, sagt Iris, »dass bei Ihnen mehr Schweine geschlachtet werden, als offiziell genehmigt ist.«

Die Miene des Geschäftsführers verfinstert sich. Abwehrend sagt er: »Alles, was hier gemacht wird, ist genehmigt. In jedem Bereich gibt es Kontrollen, die Fleischbeschauer kommen, die Veterinäre ...«

Iris fragt, ob es sinnvoll sei, im Akkord zu schlachten? Ob die Halsschlagadern der Schweine immer getroffen werden?

»Aber natürlich«, sagt er, »was stellen Sie sich vor? Wir sind ein großes Unternehmen, wir können uns keine Unregelmäßigkeiten erlauben. Wir veredeln unsere Produkte, wir bedienen Handelsketten. Wir sind Zulieferer für die Wurstindustrie. Die Lage von Sahlen ist ideal. Ehemals lag Sahlen im Chemie-Dreieck, jetzt ist es das Zentrum der Lebensmittelindustrie. Durch die EU-Osterweiterung haben wir eine gute Infrastruktur. Wir haben neue Märkte erschlossen in Polen und Tschechien. Es geht uns um Nachhaltigkeit. Tierschutz wird in allen Punkten beachtet, wir sind sogar noch strenger. Wir setzen uns ein für geschlossene Systeme.«

»Was sind geschlossene Systeme?«

»Wir sind dafür, dass die Ferkel bei den Sauen bleiben, bis sie groß sind. Das heißt, dass die Einheiten zusammen bleiben.«

»Und was ist mit Antibiotika?«

»Antibiotika sind in unserem Fleisch nicht nachweisbar. So, wie jedes Kind geimpft wird, werden auch die Schweine geimpft. Wir halten die gesetzlichen Fristen ein zwischen letzter Medikamentenvergabe und Schlachttermin.« Er spricht von Lebensmitteloberfläche, von Standardfleisch und von Rohstoffstandard. »Wir sind Dienstleister. Wir schlachten tierschutzgerecht. Darüber wird mit Argusaugen gewacht. Veterinäre sind während des gesamten Schlachtprozesses dabei.«

Er steht auf, geht zu den Sekretärinnen im Vorzimmer des Konferenzraums und kommt mit einer Visitenkarte zurück, auf die er einen Termin geschrieben hat.

»Ab und zu machen wir öffentliche Führungen«, sagt er, »da können Sie dabei sein, wenn Sie wollen.« Leider habe er einen vollen Terminkalender, er habe ihr gern Auskunft gegeben, mehr könne er im Augenblick nicht für sie tun.

Iris geht das Treppenhaus hinunter. Die Wände sind weiß gekachelt, die Menschen, die ihr begegnen, tragen Haarnetze. Ein Mann lehnt vor dem Drehkreuz an der Pforte, er raucht, er hat ein müdes Gesicht, auf seinem weißen Kittel sind Blutspuren.

Nora

Boris freut sich, sie zu sehen. Er grunzt und schnüffelt und rüsselt. Er frisst, was sie ihm mitgebracht hat. Als er fertig ist, sieht er sie erwartungsvoll an. Sie hat ein Hundegeschirr dabei. Längst vergessene Fähigkeiten werden wach, als sie Boris das Geschirr anlegt. Nora war schon als Kind im Stall und hat früh gelernt, Pferde zu zäumen und zu satteln.

Während sie Boris gut zuredet, lässt er sich das Geschirr über den Kopf ziehen. Sie verstellt die Gurte, bis sie gut passen: Halsgurt, Brustgurt und Bauchgurt. Sie hakt die ausrollbare Leine in den dafür vorgesehenen Ring und dann verlassen sie das Gewächshaus.

Einträchtig gehen sie die Gartentreppe runter, beide vorsichtig, Nora, weil sie alt ist, Boris, weil er keine große Erfahrung mit Treppen hat. Sie wandern in aller Ruhe Richtung Henne. Boris tunkt seine Schnauze ins Gras und frisst die heruntergefallenen Äpfel. Nora schaut ihm dabei zu und denkt an die Pferde, mit denen sie von Tilsit geflohen sind übers Frische Haff.

In Danzig musste ihr Vater die Trakehner abgeben, die zwei, die den Schlitten gezogen hatten und die beiden trächtigen Stuten. Er strich über ihre Flanken, kraulte ihre Ohren und lehnte seinen Kopf an ihre Nasen. Sie schnaubten in sein Ohr, die Haut ihrer Mäuler war samtweich. Als er sich von ihnen verabschiedete, weinte er, und es sah aus, als würden auch sie weinen.

Boris zieht sie weiter, zum nächsten Apfel, er ist ganz aus dem Häuschen. Nora überlässt ihm die Führung, sie ist in Gedanken noch in Danzig, in dem Keller, in dem sie tagelang mit Antonia und ihren Eltern gesessen hat, als die Stadt Anfang 45 bombardiert wurde. Alle wollten raus aus Danzig, es gab nicht mehr viele Fluchtwege, nur noch den Weg übers Meer.

Das Haus, in dem sie untergebracht waren, lag in der Nähe der Werft. Sie ergatterten Karten für die Gustloff. Als sie dann mit Sack und Pack am Kai standen, hieß es: »Nur Frauen und Kinder kommen an Bord.« Es hieß: »Es ist das letzte Schiff, das Danzig verlassen wird.«

Da standen sie: Noras Vater, Noras Mutter, Noras Schwester, sie selbst und ihre Tochter Antonia.

Sollten sie ohne den Vater fahren?

»Nein, das ist unmöglich. Das machen wir nicht«, sagte Noras Mutter, »wir lassen uns nicht auseinanderreißen.«

Sie gaben ihre Karten anderen. Die Gustloff wurde torpediert, bei ihrem Untergang starben 9614 Menschen. Und dann gab es doch noch mal Schiffe, die im März 45 den Danziger Hafen verließen, alle drei völlig überfüllt mit Soldaten, Werftangehörigen und Flüchtlingen. Diesmal waren sie dabei: Nora und ihre Tochter Antonia, ihre Schwester und ihre Eltern.

Die Schiffe wurden bei Hela von U-Booten angegriffen, zwei Schiffe sanken innerhalb weniger Minuten. Sie hatten Glück, sie waren auf dem dritten Schiff. Sie fuhren acht Tage und Nächte. Die Fahrt wurde immer wieder unterbrochen wegen Minengefahr. Unter Deck lagen Menschen, dicht an dicht. Es stank nach Schweiß und Exrementen. Viele waren krank.

Nora war im Waschraum und wusch Hemden, als eine Mine detonierte. Sie wurde an die Decke geschleudert, die Lampe zerbrach. Als sie zu sich kam, war sie von Scherben übersät. Wieder eine Detonation, der Maschinenraum war getroffen, sie hörte das Wasser gurgeln, jetzt ist alles aus, dachte sie, jetzt werden wir ertrinken. Alle Menschen drängten in den Bug, während das Heck absoff. Wieder hatten sie Glück, sie waren nicht mehr weit von Warnemünde entfernt. Das Schiff wurden von zwei anderen Schiffen in den Hafen geschleppt. Über Leitern verließen sie das Schiff. Zehn Minuten später sank es.

In Gedanken geht sie... Welche Schuhe tragen ihre Gedanken? Erinnerungsschuhe. Ich werde, denkt Nora, Erinnerungsschuhe auf die Decke sticken. Welchen Faden soll ich nehmen? Einen durchsichtigen? Drachenschnur. Oder Angelschnur. Dünn, durchsichtig und reißfest. Und während sie Boris dabei zuschaut, wie er weitere Äpfel entdeckt und mit einem seligen Ausdruck frisst, denkt sie an Alberts Angel, die noch im Kämmerchen ist und die Rollen Anglersehne. Damit wird sie die Schuhe sticken, leichte, strapazierfähige Schuhe, mit Sohlen, die erinnerungstauglich sind.

Iris

Nora sitzt in der Küche, hat die Decke in der Hand und stickt. Die Abendsonne scheint herein und färbt die weißen Haare von Nora rosa.

»Du siehst aus wie ein Flamingo«, sagt Iris.

Nora lächelt. »Leider kann ich nicht fliegen.«

Iris schaut ihr über die Schulter und fragt: »Was wird das?«

»Ein Erinnerungsschuh.«

»Und wohin gehst du damit?«

»Ich gehe die Wege ab, die ich gegangen bin in meinem Leben. Und treffe die Menschen wieder, die ich geliebt habe. Einiges, was vergangen ist, geht noch, dreht seine Runden in mir, kommt immer wieder auf mich zu. Ich frage mich, wann etwas wirklich vergangen ist, so vergangen, dass es nicht wiederkehrt.«

Iris geht an den Kühlschrank, holt die Karaffe mit dem kalten Tee heraus und fragt: »Magst du auch ein Glas?«

»Ja, gern.«

Über dem Kühlschrank hängt immer noch das Plakat mit der Aufschrift: *Armes Schwein!* Iris erzählt Nora von ihrem Gespräch mit dem Geschäftsführer von Kröntein&Kröntein. »Er war weniger souverän, als ich dachte. Er machte den Eindruck eines Mannes, der sich hat kaufen lassen. Er war nervös, gereizt, ungehalten. Hat angenommen, dass ich Mitglied bei der Bürgerinitiative Sahlen bin.«

»Ich bin Mitglied bei der Bürgerinitiative«, sagt Nora.

»Ich weiß, Monika hat es mir erzählt.«

»Monika ist großartig. Sie schreibt Beschwerden, lässt das Wasser der Saale untersuchen, die Kapazitäten der Kläranlage prüfen, organisiert Proteste. Zum Glück hat sie die Musik. Sonst wäre das zuviel. Zu viele Schweinereien, die erlaubt und genehmigt werden. Das hält man kaum aus, wenn man sich damit mal richtig befasst. Da geht einem der Hut hoch.«

Iris denkt an das, was Schiller über die Verbindung von Menschen und Tieren gesagt hat, als sie träumend zwischen den Malven auf dem westöstlichen Diwan lag. Nach dem Wortwechsel über die rote Kappe, die Jakobinermütze und die Französische Revolution haben sich Goethe und Schiller über die merkwürdige Verbindung von Körper und Seele unterhalten. Schiller sagte, dass Körper und Seele zwei Instrumente seien, voneinander unabhängig und doch aufs engste miteinander verbunden. Wenn die fröhliche Saite des einen Instruments angeschlagen werde, ertöne auch die fröhliche Saite des anderen.

»Der Körper hat einen wichtigen Einfluss auf die Seele, das tierische Empfindungssystem auf das Geistige. Das muss noch genau untersucht werden.« Schiller machte eine Pause und sagte dann: »Ein kalter Nordwind, der durch seine baufällige Hütte streicht, bringt den Philosophen, der über Gott nachdenkt und sich weit von seinem irdischen Leben entfernt hat, wieder auf den Boden zurück und lehrt ihn, dass er das unselige Mittelding von Vieh und Engel ist.«

Da lachte Goethe und klatschte in die Hände: »Gut gesagt! Der Mensch: das unselige Mittelding von Vieh und Engel! Aber beides, da gebe ich dir recht, sorgt auch für unsere Seligkeit, das Vieh mindestens genauso wie der Engel in uns!«

Während Iris kalten Tee trinkt und Nora beim Sticken zusieht, denkt sie: Ja, wir sind irgendwas zwischen Tier und Engel. Das Körperliche verbindet uns mit den Tieren. Und deshalb fühlen wir mit ihnen und leiden, wenn sie in engen Ställen gehalten werden und im Akkord geschlachtet werden. Als wäre ein Tier ein Ding, als könnte man Tiere industriell aufziehen, umbringen und verarbeiten.

Arne

Während er neben ihr hergeht, erzählt Iris von Kröntein. Sie empört sich, warum das Kartellamt nicht einschreitet, fragt, warum der Bau dieser Riesenschlachthöfe erlaubt wird, warum die Behörden nicht eingreifen, wenn mehr Schweine geschlachtet werden, als erlaubt ist, und warum die Bürger für die Abwässer, die Kröntein in die Kläranlage einleitet, zahlen müssen.

»Das ist Kapitalismus.«, sagt Iris. »Ein Unternehmer darf alles, solange er Gewerbesteuer zahlt.«

»Das war im Sozialismus nicht anders«, antwortet Arne. »Da durften die SED-Genossen alles. Im Namen des Sozialismus wurde jede Schweinerei begangen. Der Unterschied ist nur, dass es keine freie Presse gab. Und kein Recht auf Meinungsfreiheit. Wenn du deine Meinung gesagt hast, bist du sofort in den Knast gewandert.«

»Jetzt kannst du den Mund zwar aufmachen«, sagt Iris, »aber keiner hört zu. Die Mächtigen machen, was sie wollen, egal wie viele protestieren. Sie verlagern Arbeitsplätze ins Ausland, schließen Fabriken, leiten Abwässer in Kläranlagen. Sie halten sich nicht an die Richtlinien, an die sich jeder normale Bürger halten muss.«

»Ja, Rotkäppchen«, sagt Arne.

Er hört nur mit einem halben Ohr zu. Er will sie küssen. Sie trägt einen dunklen BH, der durch das leichte weiße Baumwollhemd schimmert. Ihre Haare kringeln sich auf ihren Schultern. Sie riecht gut, ihr Körper ist umgeben von einer Duftwolke, die er begierig einatmet. Hand in Hand laufen sie über eine Wiese zu einer Gruppe Birken. Das Gras steht hoch, hinter den Birken ist ein Bach. Der Bund Naturschutz hat eine Tafel aufgestellt mit Fotos von Flussmuscheln.

Iris bleibt stehen und liest: »In diesem Bach gibt es sie noch, ihr Bestand ist aber stark gefährdet. Sie heißen Najaden, nach den griechischen Quellgöttinnen. Sie leben nur da, wo das Wasser sauber ist.«

Arne stellt sich neben sie und hat schon wieder einen Ständer. Sie liest vor, wie viele verschiedene Arten von Flussmuscheln es gibt. Erbsen- und Kugelmuscheln, Malermuscheln, Wander- und Venusmuscheln. Was ihn noch mehr erregt. Sie gehen weiter, am Bach entlang, der von Muscheln bevölkert ist. Sie kommen zu den Birken, zwischen ihnen ist das Gras länger, dünner und weicher. Ein Grasbett, wie gemacht für sie und ihn. Er öffnet seinen Rucksack, zieht eine Decke heraus und breitet sie aus.

Sie legt sich auf die Decke. Arne legt sich neben sie und zieht ihren Kopf auf seinen Arm. Sie wendet sich ihm zu, ihre Augen leuchten blau wie der Himmel über ihnen. Ihre Lippen sind rot und feucht. Hinter ihnen murmelt der Bach, umspielt Erbsen-, Kugel- und Wandermuscheln, während Arne seine Lippen den Lippen von Iris nähert und sie küsst. Er nimmt ihren Kopf in seine Hände und küsst sie wieder. Sie vertiefen sich ins Küssen.

Heuschrecken zirpen, die Sonne scheint, die Birken werfen kleine, runde Blätterschatten über sie. Die Decke wird zu einer Fähre, die von Graswellen umgeben ist. Kein Mensch weit und breit. Er schiebt seine Hände unter ihr Hemd, unter ihren BH, küsst ihre Brüste. Er hat große Hände mit langen, kräftigen Fingern. Er hat die Hände eines Böttchers, er hat die Hände eines Winzers, er hat Hände, die Reben ziehen und Trauben lesen, Hände, die über die Maserung von Holz streichen, Hände, die Dauben zuschneiden, Hände, die Fugen aufgeilen und mit Blattschilf stramm einbinden, Hände, die Eisenbänder zuschneiden, löschen und nieten, Hände, die Fässer machen, die hundert Jahre halten, Fässer, die sie und ihn überleben. Er hat die Hände eines Handwerkers, er spürt die feine Textur ihrer Haut und die Fülle ihres Haars. Und sie überlässt sich seinen Händen.

Iris

Arne steht auf der Leiter. Holzbrösel und winzige Rindenstückchen bedecken seine Haare, sein Gesicht und das T-Shirt. Er macht Licht auf der Nordseite des Hauses in der Kubastraße, Nora hat ihn darum gebeten. Büsche wuchern, einiges muss beschnitten werden. Arne greift zum elektrischen Fuchsschwanz und schneidet und sägt. Ast um Ast fällt. Iris trägt die Äste weg.

Arne singt das Lied von Peter Fox: »Ich habe zwanzig Kinder, meine Frau ist schön ...« Er lacht Iris an, offenbar meint er sie, die nach weiteren Ästen greift, um sie in eine Ecke des Gartens zu tragen, in der sie nicht stören. Er macht einen Kussmund, sagt: »Du bist schön.«

»Danke.«

Zehn Minuten später wiederholt er: »Du bist schön!«

Das ist sein Lied, sein Refrain. Es ist einige Zeit her, dass ihr jemand gesagt hat, dass sie schön sei. Als Arne es zum dritten Mal sagt, erwidert Iris: »Du bist auch schön!«

Er ist geschmeichelt: »Wirklich?«

Und als er wieder sagt, dass sie schön sei, antwortet sie: »Ich habe keine Übung darin, so angeschwärmt zu werden.«

Da gesteht Arne mit einer überraschenden Naivität und Zutraulichkeit: »Ich habe das auch zu meiner Frau gesagt. Sie brauchte es, es tat ihr gut. Mechthild ist keine Frau, die im gängigen Sinn schön ist, deshalb hat es ihr gutgetan, wenn ich sagte, dass sie schön ist.«

»Oh«, sagt Iris belustigt und gleichzeitig ernüchtert, »jetzt verstehe ich. So wie du ihr gutgetan hast, willst du auch mir guttun. Lieber wäre mir allerdings, du würdest es sagen, weil es stimmt, und nicht, weil du mir guttun willst.«

»Es stimmt«, antwortet er lachend, »und ich will dir guttun.«

Nora kommt und sagt: »Ich habe noch eine Bitte, Arne. Kannst du auch Zäune machen? Einen Zaun um die Wiese im Blütengrund? Boris braucht Auslauf. Er kann nicht die ganze Zeit im Gewächshaus sein.«

»Ja, klar«, sagt Arne aufgeräumt. »Aber dafür brauche ich Holz. Und Werkzeug. Ein Zaun ist keine große Sache. Wir können das gleich machen. Du fährst mit Iris schon mal zum Blütengrund, ich komm nach. Ich fahr zur Werkstatt und hole alles, was ich brauche.«

Seine Tatkraft gefällt Iris. Und er hat Kinder. Sie sieht sich mit ihm und mit seinen und ihren Kindern im Garten sitzen, rund um einen großen Tisch, Signe und Tabea unterhalten sich, ihr Moritz und sein Moritz. Ihr Moritz beschließt, wieder öfter bei ihr zu sein, in seinem alten Zimmer, und das Wochenende im Haus bei ihr und Arne und seinen Kindern zu verbringen. Und alles wird gut. Oder jedenfalls besser, als es jetzt ist.

Nora und Iris fahren schon mal zum Blütengrund. Arne kommt eine halbe Stunde später. Er trägt Holzlatten durch den Garten, bohrt Löcher in die Erde, rührt Beton an, setzt Eckpfeiler und befestigt an ihnen einen Jägerzaun, der sich aufziehen lässt wie eine Ziehharmonika. Dann legt Arne einen alten Holzzuber auf die Wiese und füllt ihn mit Wasser. Nun hat Boris Auslauf. Er kann im Gewächshaus schlafen, er kann seinen Durst löschen, er kann sich in den Schatten des kleinen Birnbaums legen, der in der Mitte der Wiese steht. Nun geht es ihm gut, denkt Iris, vermutlich zum ersten Mal in seinem Leben.

Arne

Sie laufen zu einem Weiher. Der Grund ist dunkel, das Wasser warm, Pappelsamen liegen auf der Haut des Sees, helle, luftige Flecken. Sie ziehen sich aus, gehen ins Wasser, teilen schwimmend die Flocken, ihre Bewegungen erzeugen ein sanftes Plätschern. Es ist, als wäre der See ein atmender Körper, der sie mit seiner Ruhe umfängt. Es gibt noch andere Schwimmer, sie sind nicht allein, sie teilen die atmende Ruhe des Sees.

Als sie aus dem Wasser kommen, sind Arnes Schuhe verschwunden. Arne und Iris suchen die Wiese ab, inspizieren die Deckenränder der anderen Liegenden. Hat einer die Schuhe mitgenommen, aus Versehen oder absichtlich?

»Sie waren nicht teuer«, sagt Arne, »das ist kein großer Verlust.«

»Merkwürdig«, sagt Iris. »Als Nora verschwunden war, bin ich in die Ruine der Schuhfabrik gegangen, um sie zu suchen, und wurde Zeugin eines Überfalls.«

Sie erzählt, dass zwei Männer einen Mann zusammengeschlagen haben, während sie sich in einem Schuppen versteckt hatte. »Sie haben ihm die Schuh geklaut. Das kann doch nicht der Grund des Überfalls gewesen sein, dass sie seine Schuhe haben wollten!«

»Komisch«, pflichtet ihr Arne bei.

»Ich muss mal bei der Polizei nachfragen«, sagt Iris, »ob die beiden inzwischen geschnappt worden sind. Und was mit Lutz Winter ist. Soweit ich weiß, ist er immer noch verschwunden.«

»Lutz Winter!«

Warum muss sie von ihm reden! Gerade war alles noch so friedlich! Iris hatte sich mit ihrem Rücken an seinen Bauch gelehnt, er hielt sie in den Armen, die Sonne wärmte ihre Gesichter, Fliegen bewegten sich in Säulen auf und ab, in einem pulsierenden, abendlichen Schwärmen. Kurz war er glücklich. Kurz hatte er Lutz Winter vergessen. Er hatte die Zeit im Gefängnis vergessen, er hatte Winter vergessen.

Aber jetzt denkt er wieder an ihn. Nachher wird er ihm das Abendbrot bringen und ihn dann später, in der Nacht, verhören. Das ist inzwischen zu einem Ritual geworden, die nächtlichen Verhöre. Sind es Verhöre? Will er etwas hören von Winter?

Eine Entschuldigung will er hören. Er will, dass sich Winter entschuldigt.

Arne steht auf. »Es wird kühl. Ich muss zurück.«

»Es ist überhaupt nicht kühl«, sagt Iris. »Im Gegenteil. Es ist noch sehr warm. Was ist los mit dir? Kaum spricht man von Lutz Winter, wird es kalt. Entschuldige«, sagt sie dann sanft, »ich weiß, er hat dich ins Gefängnis gebracht. Aber das ist lange her. Jedes Verbrechen verjährt irgendwann.«

»Das nicht«, sagt Arne. »Weil es noch nicht als Verbrechen gewertet wird. Aber das muss sich ändern. Ich will, dass sich das ändert.«

Dann sagt er noch mal: »Lass uns gehen.«

»Barfuß?«

»Geht wohl nicht anders. Ich werde nicht der Erste sein, der barfuß geht. Im Mittelalter gab es Armutsorden, deren Mitglieder immer barfuß gegangen sind, auch im Winter.«

»Auch im Winter?«

»Auch im Winter.«

»Uh! Stell ich mir ungemütlich vor. Haben sie nicht gefroren?«

»Doch, bestimmt. Aber das wollten sie so. Der heilige Franziskus ist barfuß gelaufen. Und die heilige Teresa von Avila. Und die Trinitarier.«

»Die Trinitarier? Muss ich die kennen?«

»Die Trinitarier haben Cervantes freigekauft.«

»Bist du auch ein Trinitarier?«

»Nein, aber ich bin auch freigekauft worden.«

»Weiß ich.«

Sie gehen Richtung Auto, Iris geht aus Solidarität ebenfalls barfuß. Ihre Fußsohlen sind empfindlich, sie spürt jedes Steinchen.

»In meiner Stasi-Akte habe ich gesehen«, sagt Arne, »wie viele Spitzel auf mich angesetzt waren. Auch der Böttcher wurde befragt, bei dem ich in die Lehre gegangen bin. Mein Meister sagte, dass er nicht der Richtige sei, um die Fragen zu beantworten, er sage grundsätzlich nichts über seine Mitarbeiter, er mache Fässer, alles andere interessiere ihn nicht. Es gibt die Treuen und die Verräter. Der Naumburger Fassmeister hat den Mund gehalten und das rechne ich ihm hoch an. Vielleicht würde mich das alles weniger beschäftigen, wenn ich schon nach dem ersten Gefängnisaufenthalt freigekauft worden wäre. Aber sie ließen mich nicht gehen, weil mein Bruder Gewichtheber war und Medaillen holte für die DDR. Die dachten, wenn ich im Westen bin, dann bleibt auch er. Was unsinnig war, denn mein Bruder kam ja raus, wenn er bei internationalen Wettkämpfen für die DDR antrat. Er war auf meine Hilfe gar nicht angewiesen. Er hätte im Westen bleiben können, wenn er das gewollt hätte. In dem Moment, in dem er mit dem Leistungssport aufhörte, konnte ich gehen, da haben sie mich verkauft. Aber erst dann.«

Nora

Vor ihr liegt die Decke mit den Schuhen, und während sie einen Faden einfädelt, was sie blind kann und auch können muss, weil das Nadelöhr mit den Jahren immer kleiner geworden ist, so kommt es ihr jedenfalls vor, denkt sie an Iris. Sie haben sich in den letzten Tagen viel unterhalten, das hat gutgetan. Überhaupt tut es ihr gut, ihre Enkelin mal wieder länger bei sich zu haben. Iris hat von Oliver erzählt. Und von ihren Schuhträumen, als sie mit ihm zusammen war.
»Entweder hatte ich einen Schuh verloren oder ich hatte Schmerzen beim Gehen, ein Stein war in einem meiner Schuhe und ich konnte ihn nicht entfernen. Diese Träume haben aufgehört nach der Trennung von Oliver.«
Sie erzählte von ihren Kindern, davon, dass Moritz vor einem halben Jahr zu seinem Vater gezogen ist und dass

sie ihn vermisst. Und sie haben wieder von Antonia gesprochen, Mutter von Iris, Tochter von Nora. Von der Schuhmacherlehre, die Antonia im *Banner des Friedens* gemacht hat, und von dem Schuhladen, mit dem Paul und Antonia nach der Flucht ihr Geld verdient haben.

Iris ist groß geworden zwischen Schuhkartons und Seidenpapier, Stöckelschuhen und Sandalen, Stiefeln und Badelatschen. Beim Essen wurde von Leder und Lieferfristen gesprochen, von Absätzen und Umsätzen. Nora erinnert sich, wie vehement Paul die Marktwirtschaft verteidigt hat.

»Marktwirtschaft ist etwas grundsätzlich anderes als Planwirtschaft«, sagte er in einem belehrenden Tonfall. »In der Planwirtschaft wird die Zahl der Abnehmer ermittelt, dann wird genau so viel produziert, wie gebraucht wird. Die Schuhe gehen alle weg, die müssen gar nicht besonders gut sein. Die Leute müssen nehmen, was da ist. In der Marktwirtschaft ist das Angebot größer als der Bedarf, man kämpft um die Kunden und das wirkt sich positiv auf die Qualität aus.«

Paul ist nach der Wende rübergefahren, er sprach immer noch von *rüber* und *drüben*. Er hat auch in Sahlen Schuhe bestellt, in einem Anfall von Sentimentalität, wie er sagte, in einer Aufwallung diffuser Heimatgefühle, aber die Lieferfristen sind nicht eingehalten worden und er stellte ärgerlich fest: »Da herrscht immer noch der alte sozialistische Schlendrian.«

Er sagte aber auch: »Die sind über den Tisch gezogen worden. Die haben die falschen Prioritäten gesetzt. Sie haben sich mehr um die EDV gekümmert als um die Schuhe. Sie haben Schuhe gemacht, die nicht marktgerecht waren. Schaut euch die Schuhe italienischer Hersteller an«, sagte er zu Nora, Iris und Antonia. »Dann wisst ihr, wovon ich spreche. In Italien wird Wert gelegt auf gute Schuhe, aber in Deutschland haben die Menschen die Einstellung: Die Füße sind weit weg vom Kopf, was gehen mich meine Füße an! Ein unverzeihlicher Fehler! Gibt es etwas Wichtigeres als gute Schuhe? Wir haben zwei Füße, die uns durchs Leben tragen, und es liegt in unserer Hand, wie sie das tun.«

»Es hätte den DDR-Schuhmachern doch nichts genützt, wenn sie auf Qualität gesetzt hätten«, sagte Antonia, »das weißt du genau. Die Schuhe kommen aus Ländern, in denen der Monatslohn bei vierzig Euro liegt. Bei vierzig Euro im *Monat!* Und die Arbeiter arbeiten sechs Tage die Woche, bis zu zehn Stunden am Tag. Das ist doch nicht in Ordnung!«

»Das klingt nach deinem Stiefvater, dem SED-Genossen Albert Hard«, sagte Paul schlecht gelaunt. »Fehlt nur noch, dass du von internationaler Solidarität sprichst.«

»Ich bin für gleiche Löhne überall auf der Welt«, sagte Antonia. »Dann werden auch hier wieder Schuhe produziert. Das hat nichts mit sozialistischem Dogmatismus zu tun.«

Iris hat viel von ihrer Mutter. Und von Albert. Jede Form von Ungerechtigkeit empört sie. Arne wirbt um sie. Vorhin hat er sie abgeholt. Sie sah glücklich aus, als sie ging.

Arne

Er geht vor Iris die Steintreppe hoch. Er pflückt eine Traube, dreht sich um zu ihr und sagt: »Mund auf, Augen zu!«
Er steckt ihr die Traube in den geöffneten Mund.

Sie öffnet die Augen wieder, lacht, spuckt die Kerne aus und sagt: »Die Haut ist weich, das Fleisch süß, die Kerne lästig.«

»Die Kerne gehören dazu«, sagt Arne. »Kerne müssen sein. Der Kern ist die Seele der Traube.«

»Meine Seele ist weniger hart.«

»Meine Seele ist hart, gerade.« Er flüstert ihr ins Ohr: »Sie will sich in dein süßes Fruchtfleisch versenken ...«

Am nächsten Morgen ist er früh wach. Während Iris noch schläft, geht er in den Keller und versorgt Lutz Winter. Das ist riskant. Aber er wollte es so. Sie sollte bei ihm sein, in seinem Haus. Er wollte nicht ins Hotel mit ihr, hätte das auch schlecht begründen können. Er bringt Lutz Winter das Frühstück und stellt dann Iris eine Tasse Kaffee auf das Nachtkästchen.

»Good morning, sun, good morning, birds«, singt Dean Martin im Radio, als sie beim Frühstück in der Küche sitzen. Arne lächelt Iris an: »Good morning, love!«

In diesem Augenblick meldet sich sein Handy: *Telefon, Papa, Telefon!* Arne nimmt es, spricht, steht auf, geht ans Fenster, sieht hinaus, beendet das Telefonat, kehrt zurück zu Iris und sagt: »Die Handwerker sind da. Ich muss ihnen zeigen, an welchen Stellen die alten Sandsteinmauern in meinem Weinberg zerbröseln. Kann ich dich vorher nach Sahlen bringen zu deiner Großmutter?«

»Ist nicht nötig«, sagt sie, »ich fahre heute Nachmittag zu ihr.«

Es ist ihm nicht recht, dass sie bleibt. Allein im Haus. Mit Winter im Keller. Aber das kann er schlecht sagen. Er schiebt die Mitteldeutsche Zeitung über den Tisch und sagt: »Du kannst ja mal einen Blick reinwerfen. Damit du weißt, was bei uns so los ist.«

Iris

Die Sonne schiebt sich hinter der Neuenburg hoch. Nebel liegt im Unstruttal und als die Sonne den Nebel bescheint, leuchtet er wie materialisiertes Licht. Auch in Iris ist dieses Licht, jeder Abgrund gefüllt mit einem lichten Liebesnebel.
Sie geht auf die Terrasse, Schwalben fliegen über ihr und durch das Tal der Unstrut, jagen einander, fangen Mücken. Sie stellt sich auf einen Hocker, um ihnen näher zu sein, um sich anstecken zu lassen von ihrer Fluglust.
Links unten liegt das Freibad von Freyburg, die türkisfarbenen Becken leuchten, die rote Rutsche auch. Kleine Fliegen bewegen sich in Säulen auf und ab, Zitronenfalter schaukeln über den Weinstöcken, sie loben mit ihrem Fliegen das Leben.
Iris breitet die Arme aus. Sie würde gern mit ihnen fliegen, hochsteigen in den Himmel, das Blau einatmen, leicht werden und alles, was sie jemals beschwert hat, unter sich zurücklassen. Sie würde gern über den Schweigenberg

fliegen und über die Unstrut, über die Sandsteinhäuser von Freyburg und die hellgrünen Kupferdächer der Kirchtürme.

In der Nacht hat es geregnet, Tropfen hängen an den Trauben. Wolken ziehen auf. Gerade war der Himmel noch blau, jetzt fallen Schatten auf die Steinfliesen der Terrasse. Die Wolken sind dick, rund, gepolstert, oben weiß, unten grau, sie sehen aus wie eine Herde wandernder Elefanten.

Arne hat gestern Abend eine Flasche Wein geöffnet, sie trank ein Glas, er den Rest. In der Nacht schlief er unruhig, stand zweimal auf. Auch sie hat nicht gut geschlafen. Gegen Morgen träumte sie, dass sie in eine neue Wohnung einziehen sollte. Der Mann, mit dem sie zusammen war, hatte sie gemietet. Die Wohnung befand sich in einem Haus, das in einen Innenhof gebaut worden war, an die Stelle eines Kinderspielplatzes. Die Fenster der anderen Häuser waren nur eine Armlänge von den Fenstern ihrer Wohnung entfernt.

Sie ging in das Zimmer, das sie von nun an bewohnen würde. Der Boden war mit hellem Laminat belegt, er vibrierte bei jedem Schritt. Die Etage, in der die Wohnung war, schwebte wie eine herausgezogene Schublade halb in der Luft. Der Boden wippte so stark, dass Iris nicht sicher war, ob er auf Dauer tragen würde.

Sie steht immer noch auf dem Hocker, über ihr fliegen kreuz und quer die Schwalben, wilde Stiefmütterchen wachsen zwischen den Reben, mit winzig kleinen Blütenköpfen. Sie würde sich gern an ihnen freuen, aber sie fühlt eine Unruhe, der Traum beunruhigt sie, sie denkt an den vibrierenden, wippenden Boden und fragt sich, wie verlässlich die neue Liebe ist. Arne. Der Blick seiner Augen war von einem schattigen Blau, gestern Abend. Hat er Probleme? Heute Morgen war er heiter. *Good morning, life, good morning, love ...* Nein, es gibt keinen Grund, sich Sorgen zu machen. Sie stehen am Anfang ihrer Liebe, aber sie fangen nicht bei Null an. Er hat eine Vorgeschichte, sie hat eine Vorgeschichte. Vielleicht liegt es daran, denkt sie, dass Arne gestern Abend so in sich gekehrt war.

In diesem Augenblick läutet es an der Tür.

Hat Arne seinen Schlüssel vergessen? Iris steigt vom Hocker, überquert die Terrasse, geht durch den Flur und öffnet lächelnd die Tür. Ein Mann steht vor ihr, mustert sie mit freundlicher Neugier und sagt: »Ich bin der Nachbar von Arne, ich wohne schräg gegenüber. Ich muss das Wasser abstellen, weil es eine undichte Stelle in der Leitung gibt. Am besten füllen Sie ein paar Eimer mit Wasser, damit Sie versorgt sind für die nächsten Stunden. Ich hoffe, dass die Reparatur nicht zu lange dauert.«

Er verabschiedet sich und geht.

Wo hat Arne Eimer? Im Bad ist keiner. In der Küche auch nicht. Vielleicht im Keller. Iris hasst Keller. Wenn es nach ihr ginge, würde es keine Keller geben. Ein beliebtes Spiel in der Siedlung, in der sie ihre Kindheit verbracht hat, war *Gruselkabinett*. Die anderen Kinder bekamen schnell heraus, dass Iris sich vor Kellern fürchtete.

Einmal führten sie Iris mit verbundenen Augen in den Keller, rannten weg und versteckten sich. Iris hatte wahnsinnig Angst, traute sich aber nicht zu schreien und schrie dann doch. Die Kinder kamen aus ihren Verstecken, lachten und riefen: »Angsthase, Pfeffernase!«

Der Tunnel, durch den ihre Mutter mit Iris geflohen ist, mündete im Keller eines Ostberliner Wohnhauses. Am Boden war das Loch, in das sie hineinmusste. Sie hat sich mit Händen und Füßen dagegen gewehrt. Iris hat eine Therapie hinter sich, in der sie Keller, Tunnel und Flucht ausführlich thematisiert hat, und deshalb geht sie jetzt in den Keller und gibt sich Mühe, keine Angst zu haben. Rechts und links lagern Fässer, Iris sieht Gestelle mit Flaschen, aber keinen Eimer. Sie geht zwischen den Gestellen und Fässern bis zum Ende des Kellers, kommt an eine weitere Tür und erleidet, trotz Therapie, eine Panikattacke. Sie sagt sich, dass es dafür überhaupt keinen Grund gibt, und drückt die Klinke runter, aber die Tür ist verschlossen. In diesem Augenblick hört sie ein Geräusch. Jemand stöhnt. Sie hält den Atem an, lauscht, hört etwas, das wie das Scharren eines Stuhls klingt.

»Herr Schütz?«

Ein Mann ist im Keller. Arne hat einen Mann im Keller. Lutz Winter, denkt sie, sofort denkt sie an Lutz Winter, an den Mann, der immer noch vermisst wird.

»Nein …«

Ihre Stimme ist ebenso leise und tonlos wie die Stimme des Mannes.

»Hier ist nicht … Herr Schütz.«

»Bitte helfen Sie mir!«

Sie rüttelt an der Klinke, aber die Tür öffnet sich nicht.

»Es geht mir nicht gut«, sagt der Mann. »Ich … Lassen Sie mich raus, bitte!«

»Ich habe keinen Schlüssel«, sagt sie. »Aber ich werde Hilfe holen. Bitte haben Sie noch etwas Geduld. Ich werde mich bemühen …«

Arne

Als er wiederkommt, sitzt Iris in der Küche und sagt, statt einer Begrüßung: »Lutz Winter ist in deinem Keller. Ich war unten.«

Da faucht er sie böse an: »Bist du von der Stasi? Bist du hier, um zu spitzeln? Um mich auszuspionieren?«

»Arne! Was soll das! Was denkst du! Ein Nachbar ist gekommen, er hat das Wasser abgedreht. Und ...«

»Lutz Winter war Richter. Er hat mich verurteilt. Drei Jahre lang war ich im Gefängnis. Verlorene Jahre. Man sollte mal die Frage stellen, warum die DDR so lange funktioniert hat. Wer das alles mitgetragen und gerechtfertigt hat: die Gefängnisse, die Mauer, den Todesstreifen, die ganzen Schikanen. Diese Architektur der Schikanen. Nach der Wende wurde Jagd gemacht auf Stasi-Mitarbeiter, aber die SED-Funktionäre haben die Befehle erteilt, sie hatten die Verantwortung, sie waren die eigentlichen Strippenzieher.«

»Das hast du schon oft genug erzählt«, sagt Iris. »Das ist nicht neu. Und schon einige Zeit her. Wer gibt dir das Recht, Lutz Winter in den Keller zu sperren?«

»Du hast keine Ahnung! Du warst nie im Gefängnis. Als ich Lutz Winter im Wald getroffen habe, dachte ich: Jetzt bist du dran. Wenn es keine offiziellen Stellen gibt, die sich deiner annehmen, werde ich mich um dich kümmern. Jetzt sollst du mal eine Ahnung davon bekommen, wie es ist, wenn man eingesperrt wird. Du sollst eine Ahnung davon bekommen, wie ich mich gefühlt habe in Brandenburg, Cottbus, Bautzen.«

»Aber das nimmt doch nie ein Ende«, sagt Iris, »immer noch geschieht Unrecht. Es ist so viel Mist passiert im

Zusammenhang mit der Wiedervereinigung. Schau dir doch mal an, wie die Betriebe platt gemacht wurden. Was die Banker in den letzten Jahren alles gemacht haben. Sie haben andere abgezockt, und zwar gründlich. Es gibt einige, die es verdient hätten, in deinem Keller zu landen.«

»Du hast Recht, es müssten noch einige dazu«, sagt Arne. »Vielleicht baue ich meinen Weinkeller um in ein privates Gefängnis ...«

Er lacht, aber es ist kein fröhliches Lachen. Dann wird er wieder ernst, lässt sich auf einen Stuhl fallen und sitzt nun gegenüber von Iris.

»Ich finde es gut, dass wenigstens dieser eine bei mir im Keller gelandet ist und ein Gefühl dafür bekommt, wie es ist, eingesperrt zu sein. Du verstehst die Lage eines Menschen doch erst dann, wenn du dich in derselben Lage befindest. Alles andere ist Theorie. Man kann sich vieles vorstellen, es bleibt ein Hirngespinst, fünf Minuten mitgefühlt, hineingedacht, aber das war's dann auch schon. Es ist ein Unterschied, ob du dir etwas vorstellst oder ob du am eigenen Leib erfährst, wie es ist, im Gefängnis zu sein. Und nicht weißt, wie es weitergeht.«

»Winter ist alt«, sagt Iris.

»Ja«, sagt Arne, »umso schlimmer. Er ist alt, aber er hat nichts kapiert. Er hat sich nicht entschuldigt, er hat so viele Männer und Frauen ins Gefängnis gebracht, unnachgiebig. Und heute? Trifft er sich immer noch mit den ehemaligen Genossen. Sie schwärmen von den alten Zeiten und schaffen in Gedanken die Bundesrepublik ab.«

»Was ist«, fragt Iris, »wenn er sich etwas antut? Vielleicht braucht er Medikamente? Was ist, wenn er in deinem Keller stirbt?«

»Der stirbt nicht. Überzeugte Sozialisten sind zäh, ich weiß das aus eigener leidvoller Erfahrung. Die fühlen sich im Recht, die haben null Unrechtsbewusstsein und sind immer auf der richtigen Seite der Menschheit. Außerdem ist er noch nicht so alt. Ich habe ihm ein Feldbett in den Keller gestellt, er hat alles, was er braucht. Es geht ihm besser, als es mir damals gegangen ist. Und ich habe ihm die Bibel gegeben für die dunklen Stunden.«

»Die Bibel ... Und was ist mit Vergebung?«

»Ich bin nicht Jesus. Jesus war übrigens nicht so friedfertig, wie viele ihn gern hätten. Er hat die Händler aus dem Tempel geworfen und klare Worte gefunden für diejenigen, die einer Ideologie folgen statt ihrem Herzen. Solange wir hier gemeinsam auf der Erde leben, gibt es Regeln, an die man sich halten muss. Eine der Regeln lautet: Was du nicht willst, dass man dir tu, das füg auch keinem andern zu. Winter hat anderen zugefügt, worunter er jetzt leidet. Ihm ist die Freiheit entzogen worden zu gehen, wohin er will. Das scheint mir nur gerecht zu sein. Winter war Richter, er kennt die Menschenrechte. Er hat mich verurteilt, weil ich von meinem Recht auf Freizügigkeit Gebrauch gemacht habe, und damit hat er das Recht gebeugt. Er hat Unrecht getan. Dafür soll er büßen. Und sich entschuldigen.«

Arne zündet sich eine Zigarette an. Er atmet den Rauch tief ein, und als er die Zigarette zu Ende geraucht hat, drückt er sie mit Nachdruck im Aschenbecher aus, drückt sie in Grund und Boden. Iris steht auf, öffnet das Fenster, setzt sich wieder und fragt: »Was ist, wenn er es nicht tut? Wenn er sich nicht entschuldigt? Wie lange muss er dann noch in deinem Keller bleiben?«

»Das ist meine Sache«, sagt Arne. »Zerbrich dir darüber nicht den Kopf. Du hast deinen eigenen Keller. Wer weiß, wer oder was da alles liegt. Meiner Meinung nach sollte sich jeder um seinen eigenen Keller kümmern.«

»Ach, Arne«, sagt sie, »das klingt so grimmig ...«

Sie schaut aus dem Fenster. Die Sonne geht hinter Zscheiplitz unter, der Himmel sieht aus wie ein Fächer, von glühendem Rot über heller werdendes Gelb zu einem klaren Hellblau, das in tiefes, dunkler werdendes Blau übergeht. Arne steht auf, holt eine Flasche Gewürztraminer und zwei Gläser, schenkt ein, gibt Iris ein Glas und will sie an sich ziehen. Sie weicht zurück.

»Nein. Nicht jetzt.«

»Ich will dich«, flüstert er.

»Arne ...«

Sie entzieht sich seiner Umarmung, stellt sich ans geöffnete Fenster. Er nimmt sein Glas, trinkt und stellt sich zu ihr. Es riecht nach Trauben, Weinlaub, warmen Steinen und würziger Waldluft. Die Unstrut spiegelt das Abendlicht, rot glühend fließt sie Richtung Neuenburg.

»Hat der Mann in deinem Keller genug zu trinken?«

»Klar. Was denkst du!«

Ärgerlich wendet er sich ab, stellt das Glas auf den Küchentisch und tigert hin und her, hin und her. Es knirscht, er ist auf seine Brille getreten. Warum lag sie auf dem Boden? Arne braucht eine Brille, trägt sie aber nicht gern. Nun ist sie kaputt, das Gestell verbogen, ein Glas zerbrochen. Er hebt die Einzelteile auf, legt sie auf einen Teller und sagt: »Macht nichts. Die Brille ist versichert.«

Er verlässt die Küche, geht in sein Arbeitszimmer und sucht nach seiner Ersatzbrille, weil er etwas tun will, tun muss, weil er von einer ziellosen Unruhe und Rastlosigkeit ergriffen ist. Er zieht Schubladen auf, öffnet Schränke, kramt in Schachteln. Schließlich kehrt er mit einem Etui zurück, nimmt eine Nickelbrille mit runden Gläsern heraus und setzt sie auf.

»Die Brille habe ich mir gekauft, als ich endlich im Westen war«, sagt er, »endlich frei.«

Er schweigt.

Dann sagt er: »Als ich in Untersuchungshaft war, nach meiner gescheiterten Fassflucht, musste ich die Brille am Abend immer abgeben, denn mit einem Glas kann man sich die Pulsadern aufschneiden. Davor hatten sie Angst, dass ich mir die Pulsadern aufschneide. Ich war allein auf Zelle. Ich war verzweifelt. Jede Nacht Verhöre wegen angeblicher Verbindungsaufnahme, wegen Westkontakten. Das, wonach sie sich sehnten, unterstellten sie mir. Ich bin fast verrückt geworden. Dann habe ich mich an einen Trick erinnert, den ein Kumpel in Brandenburg erzählt hat. Also habe ich ein Glas aus meiner Brille entfernt und sie am Abend ohne das Glas abgegeben. Drei Beamte haben meine Zelle durchsucht, ohne Erfolg.«

»Und wo hattest du das Glas versteckt?«, fragt Iris.

»Ich habe es mit Zahnpasta an die Wand geklebt. Die sind im Dreieck gesprungen, weil sie es nicht gefunden haben. Am nächsten Tag haben sie einen Mann zu mir in die Zelle gelegt.«

»Lutz Winter ist auch allein. Hast du keine Angst, dass er sich was antut? Kein Fenster, das ist das Schlimmste. Und dann die Luft, muffig, gruftig. Elektrisches Licht, eine mickrige Lampe. Spinnen, Mäuse, Ratten. Das ist doch schrecklich!«

»Glaubst du, dass Lutz Winter sich auch nur eine Minute überlegt hat, wie ich mich fühlte, als er mich zu drei Jahren Gefängnis verurteilt hat? Glaubst du, dass er in der Nacht aufgewacht ist und dachte: der arme Arne!? Kaum. Übrigens gehörte auch dein Großvater zu den Hardlinern, die mich ins Gefängnis gebracht haben.«

Er verschränkt die Arme, seine Nasenflügel sind gebläht, alles in seiner Haltung signalisiert Abwehr gegen Iris, Enkelin von Albert Hard, dem Freund von Lutz Winter.

Iris

»Er ist nicht mein richtiger Großvater«, sagt Iris, bereut es aber gleich. Viele Jahre lang war sie stolz auf ihn, stolz, dass Albert Hard ein überzeugter Kommunist war, stolz darauf, dass er solidarisch war mit allen Leidenden und Unterdrückten dieser Erde.

»Unbeugsam solidarisch«, hat ihre Mutter gesagt.

»Er war wenigstens kein Wendehals«, hat Iris ihn damals verteidigt.

»Du hast keine Ahnung«, sagte ihre Mutter, »was das bedeutet, wenn einer nicht zugänglich ist für Argumente.«

Ist Arne zugänglich für Argumente? Ein Käuzchen schreit. Die Sonne ist untergegangen, es ist Nacht, draußen und drinnen. Sie sitzen immer noch am Küchentisch. Iris denkt an den Keller, in dem Winter hockt, und hat das Gefühl, keine Luft zu bekommen. Sie hat wieder den Geruch nach Angst, Schweiß und feuchtem Sand in der Nase. Lange wollte sie nichts wissen von der Flucht durch den Tunnel, wollte keine Einzelheiten hören. Erst kurz vor dem Tod ihrer Mutter hat sie ihren Eltern zugehört, als sie von der Flucht erzählten. Paul begann. Es habe schon länger Gerüchte gegeben, dass Berlin geteilt werden solle, aber er habe es nicht geglaubt. Eine Stadt könne man nicht teilen wie einen Käsekuchen.

»Aber am 13. August 1961 haben sie es dann tatsächlich gemacht.« Soldaten der Volksarmee haben Häuserzeilen gesprengt, Zäune errichtet, Stacheldraht ausgerollt und gespannt. Paul erzählte, dass er mit seinem Motorroller die Grenze abgefahren ist auf der Suche nach einer Stelle, die abgelegen war und noch nicht so gesichert. Schließlich fand er eine Schwachstelle, Antonia legte Iris in den Kinderwagen, Paul legte einen Bolzenschneider neben sie, dann zogen sie los.

»Wir waren sicher, dass die Grenzsoldaten nicht auf eine Mutter mit Kind schießen.«

Paul nahm den Bolzenschneider, schnitt ein Loch in den Zaun und lief los. Er nahm an, dass Antonia ihm folgte. Er hörte Schüsse, ließ sich fallen, warf einen Blick zurück und sah, dass Antonia von Polizisten eingekreist war. An dieser Stelle erzählte Antonia weiter: »Ich hörte einen Polizisten sagen: Der hat ins Gras gebissen. Vierzehn Tage lang dachte ich, Paul ist tot. Ich kam ins Gefängnis in die Arnimstraße, in das Gefängnis, in dem auch Rosa Luxemburg gesessen hat. Ich durfte zwanzig Zeilen schreiben. Ich schrieb an meinen Schwiegervater: *Was mit Paul ist, weiß ich nicht. Iris ist im Kinderheim Neues Leben, Tunnelstraße 39. Bitte kümmert euch um sie.*«

»Tunnelstraße?« fragte Iris, »hieß die wirklich so?«

»Ja«, sagte Antonia, »die Tunnelstraße ist in Friedrichshain. Pauls Eltern haben sich um dich gekümmert. Sie haben einen Rechtsanwalt beauftragt, der sich dafür eingesetzt hat, dass du aus dem Kinderheim kommst und ich aus dem Gefängnis.«

»Wie lange war ich im Kinderheim?«

»Bis Weihnachten«, sagte Antonia, »dann bist du rausgekommen. Zu deinen Großeltern, den Eltern von Paul.«

Paul war im Westen, machte sich Sorgen um Frau und Tochter und überlegte, wie er sie aus Ostberlin rausholen konnte. Er klapperte die Straßen ab, die in der Nähe der Grenze waren, ging in Keller von Häusern und überlegte, einen Tunnel zu graben, von Westberlin nach Ostberlin. Er musste ein Haus finden in einer Gegend, in der niemand einen Tunnel vermutete. Er musste Leute finden, die ebenfalls jemanden rüberholen wollten.

»Du kannst nicht allein einen langen Tunnel graben«, sagte Paul zu Iris. »Da brauchst du ewig lang. Also habe ich die Straßen abgesucht, die in der Nähe der Grenze liegen, Haus für Haus. Eines Nachts komme ich in einen Keller und sehe kleine Brocken Lehm auf dem Boden. Das war, als hätte ich Gold gefunden. Mir war sofort klar: Hier sind Leute an der Arbeit. Der Keller war unterteilt, ich kam an eine Blechtür, hörte Geräusche und stieß mit der Schulter die Tür vorsichtig auf. Vor mir war ein Sicherungskasten. Ich drehte die Sicherung raus. Es wurde dunkel. Ein paar junge Männer kamen angerannt, verdreckt, verschmiert, warfen sich auf mich. Da sagte ich: Entwarnung, ich will bloß mal fragen, ob ich mitmachen kann.«

Antonia schrieb an Paul, Paul schrieb an Antonia, ihre Briefe waren perfekt verschlüsselt, sie wurden alle von der Stasi gelesen, aber ihr Plan flog nicht auf.

»Ich habe Extraschichten eingelegt«, sagte Paul. »Ich war derjenige, der am meisten gearbeitet hat. An manchen Stellen war der Boden hart wie Beton. Es gab Tage, da haben wir nur dreißig Zentimeter geschafft. Am Boden war eine Rinne, in die haben wir eine Schiene gesetzt. Auf dieser Schiene lief ein Karren, mit dem wir die Erde aus dem Tunnel geschafft haben, wie im Bergbau. Der Karren hatte ein bewegliches Rad vorne und zwei Rädern hinten. Rechts und links der Schiene legten wir Bretter auf den Boden, damit die Räder besser rollen. Diejenigen, die vorne buddelten, luden Lehm und Sand auf den Karren, andere zogen den Karren an einem Seil raus und entluden ihn im Keller. Der Haufen wurde immer größer. Wir verlegten eine Leitung fürs Licht und Ofenrohre, durch die wir frische Luft in den Tunnel geblasen haben.«

»Ende März 1962 wusste ich«, sagte Antonia, »dass er einen Tunnel gräbt. Das bedeutete, dass ich erreichbar sein musste, dass ich in der Nähe der Wohnung meiner Schwiegereltern bleiben musste. Ich saß mit meinen Schwiegereltern beim Kaffeetrinken, als ein Kurier kam mit der Nachricht, dass ich sofort aufbrechen sollte. Du konntest gerade laufen, aber nicht weit, du warst noch ein kleiner Spatz. Eine Freundin war dabei, auch mit Kinderwagen. Wir haben die Straßenbahn genommen, mussten aber schon bald aussteigen, weil eine andere Straßenbahn entgleist war. Ausgerechnet an diesem Tag, ausgerechnet auf der Strecke, die wir nehmen mussten. Wir sind viele Stationen gelaufen und schließlich mit dem Taxi in die Nähe des Hauses gefahren, in dem der Tunnel war. An der Straßenecke stand ein Polizist. Ich ging zu ihm und sagte, dass ich zum Geburtstag einer Freundin wolle, nannte einen Namen, und fragte, ob er sie zufällig kenne. Er sagte, nein leider, er kenne sie nicht, wünsche aber viel Erfolg beim Suchen und gutes Feiern.«

Paul verdrehte gequält die Augen: »Fragt sie glatt einen Polizisten! Das ist doch kaum zu glauben!«

»Besser, als ihn zu ignorieren«, sagte Antonia zu Paul, »das wäre garantiert auffälliger gewesen. Wir gingen eine Straße weiter, kamen zu dem Haus, betraten den Innenhof und hielten Ausschau nach einem weißen Laken. Weißes Laken bedeutete: Alles okay. Rotes Laken bedeutete: Gefahr. Ich sah das weiße Laken und einen Mann, der mir ein Zeichen gab. Wir folgten ihm in den Keller des Hauses. Und standen vor einem Loch. Dieses Loch führte runter in den Tunnel. Ich sagte zu dir, dass wir in das Loch rein müssen. Aber du wolltest nicht, du hast deinen Rücken durchgebogen und angefangen zu schreien. Ich geriet in Panik, ich habe gedacht, jetzt kommen gleich die Bewohner des Hauses, Passanten, Polizei. Deshalb habe ich dir den Mund zugehalten. Und dann rein ins Loch. Beim Hacken hatte einer der Männer die Wasserleitung des Hauses getroffen, die lecke Stelle konnte nicht geflickt werden. Das Wasser lief und lief, der Boden des Tunnels war schon ziemlich matschig. An einigen Stellen ging dir das Wasser bis zum Bauch.«

Erst hielt ihre Mutter ihr so fest den Mund zu, dass sie Angst hatte zu ersticken, dann fürchtete sie, im Matsch zu versinken, und dann, nie mehr aus dem Tunnel herauszukommen. Wieder hat Iris das Gefühl, dass ihr das Wasser bis zum Hals steht, obwohl nicht sie im Keller ist, sondern Lutz Winter.

Immer noch sitzt sie mit Arne in der Küche. Seine Augen sind offen, aber blicklos. Er scheint zu schlafen. Jedes Haus riecht anders. Jedes Haus produziert andere Geräusche. Die Materialien, aus denen das Haus gebaut ist, arbeiten. Hörbar. Allerdings nur in der Nacht, wenn alles still ist. Dann kann man auch die Bewegungen der Bewohner hören, die Bewegungen der freiwilligen Bewohner und die Bewegungen der unfreiwilligen Bewohner. Iris hat das Gefühl, Lutz Winter zu hören. Es ist, als hätte sie Fühler, die bis hinunter in den Keller reichen. Iris hört das Schnarchen von Arne und ein feines, schabendes Geräusch. Kann sein, dass es von Winter kommt. Kann sein, dass es ein Holzwurm ist. Sie hört das ferne Rauschen der Unstrut. Sie hört das Rascheln eines Tiers im Weinberg. Es ist Mitternacht. Wie gegenwärtig der Keller ist, seitdem sie weiß, dass Winter im Keller hockt.

»Arne?«

Er schreckt hoch, sagt schlaftrunken: »Ja?«

»Vielleicht sollten wir ihn hochholen. Damit er frische Luft schnappen kann.«

»Iris!« Er reibt sich die Augen. »Ich habe ihn jede Nacht rausgelassen. Es geht ihm gut. Ich werde ihn auch heute Nacht rauslassen, wenn du willst.«

»Wenn ich will! Es ist nicht das, was ich will. Ich will nicht, dass ein Mann im Keller ist. Ich will, dass du ihn freilässt.«

»Das werde ich mit Sicherheit nicht tun. Aber ich geh runter und hole ihn hoch. Wir werden uns unterhalten. So wie wir uns jede Nacht unterhalten haben.«

»Unterhalten?«

»Unterhalten.«

Arne

Er steht auf, lässt die Rollos runter und geht in den Keller. Kurze Zeit später leert Winter den Eimer im Klo, wäscht sich am Waschbecken das Gesicht, putzt sich die Zähne, duscht sich und zieht frische Sachen an. Dann führt Arne ihn in der Küche. Als Winter Iris sieht, hellt sich sein Gesicht auf und er sagt mit großer Dringlichkeit: »Helfen Sie mir! Herr Schütz hat mich in den Keller gesperrt. Helfen Sie mir, hier rauszukommen. Ich bin alt und krank. Meine Frau ...«

»Kein Wort mehr!«, herrscht Arne ihn an.

Und dann sagt er zu Iris, wieder in normalem Tonfall: »Winter bittet dich darum, ihm zu helfen, aus dem Keller zu kommen. Er ist nicht gern im Keller. Ich kann ihn verstehen. Auch mir hat es nicht gefallen im Gefängnis. Ich mochte weder Brandenburg noch Cottbus. Und Bautzen schon gar nicht.«

Und zu Winter: »Ihr habt viele in den Kellerlöchern eurer Gefängnisse versauern lassen. Viel zu viele. In fensterlosen Zellen mit Pritsche und Kübel. Ihr habt Menschen eingesperrt, nur weil sie gehen wollten. Nur weil sie rauswollten aus eurer Umarmung. Aber ihr habt sie festgehalten. Das ist Einsatz! Das ist Hingabe! Ihr habt Flüchter eingekerkert, aber auch aufrechte Kommunisten. Wie Hunde habt ihr sie behandelt. Schlimmer. Kurz nach dem Krieg habt ihr Kritiker aus den eigenen Reihen in Kerker geworfen, alle, die den Zusammenschluss von SPD und KPD zur SED kritisiert haben. Das habt ihr immer noch nicht aufgearbeitet, ihr Linken! Wo ihr euch geirrt habt, schrecklich geirrt, verbrecherisch geirrt! Wie viele Sozialisten hat Stalin umbringen lassen im Namen des Sozialismus? Im Gefängnis habe ich einen kennengelernt, der Maoist war. Man hat bei ihm Schriften von Mao gefunden, Flugblätter der KPDLM, deshalb wurde er verurteilt. Die deutschen Kommunisten, die in den zwanziger Jahren in die Sowjetunion gegangen sind, waren bestens vertraut mit den perfiden sozialistischen Herrschaftsinstrumenten. Einige wurden zu Opfern dieser Instrumente, die anderen sind zurückgekommen und haben sie angewendet. Sie waren nicht zimperlich. Sie haben viele über die Klinge springen lassen, viele Nazis, aber auch Genossen. Warum schaut ihr euch das nicht mal an?«

»Es gibt inzwischen genug Aufarbeitungsstellen«, sagt Lutz Winter kühl. »Da verdienen sich einige eine goldene Nase.«

Er hat mit schlafwandlerischer Sicherheit den wunden Punkt getroffen.

Arne sagt: »Sie haben Recht. Aber das sind die Falschen. Die Bürgerrechtler arbeiten das Unrecht auf. Nicht ihr. Nicht diejenigen, die Urteile gefällt und Menschen ins Gefängnis gebracht haben. Die Bürgerrechtler benennen zwar das Unrecht, aber damit ist niemandem gedient, mir nicht und Ihnen auch nicht. Solange wir uns nicht Auge in Auge gegenüberstehen, die Richter und die Gerichteten, so wie Sie und ich, wird nichts gut, findet eine wirkliche Auseinandersetzung nicht statt.«

Er wendet sich an Iris, als wäre er der Staatsanwalt, Winter der Angeklagte und sie die Richterin, der erzählt werden muss, was Winter ihm angetan hat und vielen anderen. Damit sie einsieht, dass Winter zu Recht im

Keller ist und zu Recht seine Strafe verbüßt, eine Strafe, die nötig ist, um die Gerechtigkeit wiederherzustellen.

Georg

Samstagvormittag. Arne hält in die Kubastraße. Mit laufendem Motor. Die Beifahrertür öffnet sich, Iris steigt aus, schlägt die Tür zu, winkt nicht, lächelt nicht, sieht sich nicht um, als Arne Gas gibt und losfährt, über das Kopfsteinpflaster zum Mühlberg, abbiegt, aus dem Blickfeld verschwindet.

Was ist los? Was ist passiert? Irgendetwas muss passiert sein. Iris trägt ein Sommerkleid, es ist wieder heiß, sie geht aufs Haus zu. Georg steht bei den Mülltonnen, er hat den Abfall runtergebracht, jetzt sieht sie ihn.

»Hallo, Georg!«

»Iris!«, sagt Georg. »Alles in Ordnung?«

Sie schweigt. Sie sieht müde aus. Offenbar ist nicht alles in Ordnung.

»Ich habe Nora gerade im Treppenhaus getroffen«, sagt Georg. »Die Polizei hat zwei Männer festgenommen, auf die deine Beschreibung passt. Den Riesen und den Mann mit den Locken. Du sollst dich bei der Polizei melden. Die beiden sind in Untersuchungshaft.«

»Gut«, sagt Iris.

»Was hältst du davon, wenn wir heute Nachmittag nach Großkayna fahren, zum Baden? In Großkayna wurde mal Braunkohle abgebaut, im Tagebau, die Gruben sind geflutet worden, eine großartige Seenlandschaft ist entstanden. Sie ist noch nicht ganz eingewachsen, aber man sieht schon, dass da mal was draus wird. Das wird ein Badeparadies.«

»Vielleicht später«, sagt Iris.

Sie geht ins Haus, die Treppe hoch, Georg sieht ihr nach.

Iris

Sie muss zur Polizei und Arne anzeigen. Oder kann sie ihn dazu bringen, Lutz Winter freizulassen? Eine Stunde lang war Lutz Winter in der Küche. Als er wieder im Keller war, sagte sie zu Arne: »Du musst zugeben, dass die DDR auch gute Seiten hatte. Arbeit für alle, Gleichberechtigung der Frauen, ausreichend Krippen und Kindergärten.«

Da lachte Arne höhnisch und sagte: »Gleichberechtigung! Waren die Frauen in der DDR wirklich so viel gleichberechtigter als die Frauen in der Bundesrepublik? Das war doch nur Propagandakulisse für den Westen. Der Mann fuhr mit dem Traktor, zehn Frauen liefen hinterher, lasen Kartoffeln und schnitten Kohl. Der Mann bekam ein Drittel mehr Lohn als die Frauen, weil er auf dem Traktor saß. Ich weiß nicht, ob man das als Gleichberechtigung bezeichnen kann. Ich habe immer mal wieder mit westdeutschen Linken gesprochen. Sie haben mit einer unglaublichen Penetranz den Sozialismus schöngeredet. Mit der Realität des DDR-Sozialismus wollten sie nichts zu tun haben. Sie haben von einer anderen, freieren Form des Sozialismus geträumt. Als ob es die gäbe!

Als ob es sie geben könnte! Das wäre schön. Aber dafür muss man sich erstmal andere Menschen backen. Schau dir Nicaragua an! Die haben es auch mit dem Sozialismus probiert, aber was ist daraus geworden? Ortega, der große Revolutionsheld, hat sich zum Herrscher gekrönt und alle wichtigen Posten in der Regierung mit Familienmitgliedern besetzt. Er versucht, jede Kritik im Keim zu ersticken. Vor einigen Jahren habe ich eine Frau kennengelernt, die einen Antrag auf eine Opferrente gestellt hat. Sie hatte versucht, die DDR zu verlassen, gemeinsam mit ihrem Mann und den Kindern. Ihr Mann kam ins Gefängnis, sie auf Bewährung frei. Aber Sie waren doch gar nicht im Gefängnis, habe ich zu ihr gesagt. Da wurde sie zornig und fragte, ob ich wisse, was es für eine Frau bedeutet hat, wenn ihr Mann im Gefängnis war. Es bedeutete Ausgrenzung und Schikane, nicht nur durch Nachbarn, sondern auch auf Arbeit. Es bedeutete Degradierung und Lohnabzug. Sie habe oft nicht gewusst, wie sie ihre Kinder über die Runden bringen soll. Und wenn sie ihren Mann im Gefängnis besucht hat, war sie zwei Tage unterwegs, das war jedes Mal eine halbe Weltreise. Ihre Biographie ist nur eine von vielen, die Winter zerstört hat.«

Sein Groll sitzt tief. Er will Genugtuung. So sagte man früher: *Genugtuung*. Aber was soll Winter tun? Wann wird Arne das Gefühl haben, dass Winter lange genug im Keller war, dass er genug Netze geflickt hat? Winter hat weiße Haare, er wirkt verletzlich und zugleich unnachgiebig, eine merkwürdige Mischung. Arne hat ihm Kleider von sich gegeben, die viel zu groß sind. Winter muss die Hosen und Ärmel hochkrempeln, er versinkt in Arnes Sachen.

Vielleicht könnte ich, denkt Iris, ihm Sachen von Albert bringen. Nora hat nichts aussortiert, alles hängt noch im Schrank, seine Hosen, seine Hemden, seine Jacken, als wäre er vor einer halben Stunde zum Einkaufen gegangen und würde jede Minute zurückkommen. Vielleicht kann ich, denkt sie, ein paar von Alberts Hemden und Hosen mitnehmen. Für Winter.

Nora

Die Tür geht auf, Iris kommt ins Wohnzimmer. Sie begrüßt Nora und sagt: »Nach den Erinnerungsschuhen kannst du Panzerplatten auf die Decke sticken.«

Nora schaut sie überrascht an: »Panzerplatten?«

»Arne war doch im Gefängnis. Er hat von Schuhen erzählt, die er beim Arbeiten tragen musste, Panzerplatten haben sie die genannt. Das waren mit Eisenplatten verstärkte Schuhe, damit man auf öligen Böden nicht ausrutscht.«

»Gut«, sagt Nora. »Das mache ich. Wie hießen die Schuhe?«

»Panzerplatten.«

»Panzerplatten ... Merkwürdig. Ist er noch im Gefängnis?«

»Wer?«

»Dieser Arne.«

»Nein, nein ... Du weißt doch, Arne Schütz. Er war doch schon hier, du kennst ihn, Arne hat den Zaun für Boris gemacht.«

»Ach ja, Arne ... Das war gut, ja, das hat er gut gemacht.«

»Drei Jahre lang war Arne eingesperrt. Er kommt nicht los davon, obwohl das nun schon viele Jahre her ist.«

Nora sagt: »Es gibt einen Entfesselungszauber.«

»Einen Entfesselungszauber?«

»Ja. Georg hat mir davon erzählt. Einer von den Merseburger Zaubersprüchen ist ein Entfesselungszauber. Georg kennt sich aus, er kennt jede Stadt im Umkreis von zweihundert Kilometern, auch Merseburg.«

Iris sagt: »Dann muss ich Georg mal fragen, wie der Entfesselungszauber geht, damit Arne endlich loskommt von der Vergangenheit.«

»Das ist nicht so einfach«, sagt Nora. «Ich hänge auch immer wieder am Haken. Früher habe ich mir oft gewünscht, mich nicht erinnern zu müssen. Aber ich hatte keine Wahl. Am Rand meines Gehirns sitzt ein Angler und wirft seine Angel aus. Und immer beißt etwas an. Etwas, das nicht vergessen werden will. Jemand, der ans Licht will, durch mich ans Licht. Und ich versuche zu verstehen, warum er ans Licht will.«

Nora steht auf, holt zwei Gläser, gießt Holunderblütensirup hinein, füllt mit Leitungswasser auf und gibt Iris ein Glas. Dann greift sie wieder zur Nadel, fädelt ein schwarzes Stickgarn ein, macht einen Knoten, nimmt die Decke und sticht von der Unterseite in den Stoff, drückt die Nadel hoch, lässt sie los, greift zur Spitze und zieht den Faden durch das weiße Leinen.

Iris ist grimmig und bedrückt. Vor Kurzem war sie noch glücklich. Was ist los? Hat das etwas mit diesem Arne zu tun? Irgendwas stimmt da nicht. Irgendetwas ist da faul.

Nora setzt Stich um Stich, und langsam nimmt der Schuh Gestalt an, schwarz, eckig, massiv. Panzerplatte – was für ein schrecklicher Name für einen Schuh!

Dann sagt sie: »Georg möchte heute Nachmittag übrigens nach Großkayna. Ich habe ihn vorhin im Treppenhaus getroffen. Das letzte Mal, als ich in Großkayna war, ist da noch Kohle abgebaut worden, im Tagebau, eine schmutzige Geschichte. Die Bettwäsche war schwarz, wenn der Wind drehte. Kommst du mit? Das Wasser ist sauber, sauberer als in der Saale, du kannst eine Runde schwimmen und wir können ein Picknick machen. Auf dem Rückweg fahren wir im Blütengrund vorbei und füttern Boris.«

Iris

Großkayna. Warum nicht. Sie ist einverstanden, sie möchte auf andere Gedanken kommen. Sie muss dauernd an Lutz Winter denken. Das Haus im Schweigenberg hat sich in ein Gefängnis verwandelt. Winter ist der Gefangene von Arne und Arne ist der Gefangene seiner Vergangenheit. Iris würde ihm am liebsten einen Bolzenschneider in die Hand geben, damit er den Zaun aufschneidet, der ihn von der Gegenwart trennt.

Eine halbe Stunde später verlassen Nora, Iris und Georg das Haus. Auf dem Weg zum Auto treffen sie Thorsten. Nora fragt ihn, ob er Lust habe, mit ihnen zum Baden zu gehen. Er nickt, bittet sie, kurz zu warten, und holt seine Badesachen. Weil er groß ist und lange Beine hat, darf er

auf den Beifahrersitz. Iris fährt, Nora und Georg sitzen hinten. Thorsten riecht nach Alkohol, er muss einiges getrunken haben und kann sich doch noch ganz normal mit Iris unterhalten. Wenn ich so riechen würde, denkt sie, dann würde ich unterm Tisch liegen, dann wäre nichts mehr mit mir anzufangen, dann würde ich mit Blaulicht und einer Alkoholvergiftung ins Krankenhaus gebracht werden.
Warum trinkt er so viel? Weil er im Schlachthof arbeitet? Sie erreichen den Besucherparkplatz der Seenanlage von Großkayna. Iris parkt ein und dann laufen sie durch niedriges Gebüsch zu einem See. Das Wasser ist dunkelbraun, am Ufer ist tonnenweise heller Sand abgeladen worden. *Adria* steht auf einem Schild am Strand. Iris öffnet den Klappstuhl für Nora, Georg holt Äpfel aus der Badetasche, Saft und Sprudel. Iris zieht ihren Badeanzug an, Thorsten hat seine Badehose schon unter der Jeans, Georg auch, gemeinsam gehen sie zum Wasser. Nora bleibt auf ihrem Klappstuhl sitzen.

Thorsten und Iris sind die einzigen Schwimmer weit und breit, der See ist riesig und dunkel, Georg platscht am Ufer herum, er geht nicht gern ins Tiefe. Als sie aus dem Wasser kommen, verlässt eine Entenmutter das Gebüsch, hinter ihr stolpern Entenkinder her, fünf, sechs, sieben. Thorsten ist begeistert, er hat seinen Fotoapparat dabei und fotografiert die kleine Schar. Er geht vorsichtig näher, macht Fotos aus jedem Blickwinkel, lacht, freut sich an dem Gewackel der flaumigen Kleinenten.

Anschließend fahren sie zu einem Aussichtspunkt mit einer Tafel, auf der das Projekt *Tagebau Kayna-Süd* beschrieben ist, mit Tagebaurestloch, Aufforstungsmaßnahmen und Flutungsvarianten, verantwortlich zeichnet die Lausitzer und Mitteldeutsche Bergbau-Verwaltungsgesellschaft.

»Und was stinkt hier so höllisch?«, fragt Iris.

»In der Nähe ist eine SaZa«, sagt Georg, »eine Sauenzuchtanlage. Die gab es schon zu Zeiten der DDR. Hier werden bis zu zwanzigtausend Sauen gezogen. Niemand kommt rein, das ist verbotenes Terrain.«

»Wenn sie wollen, dass Touristen kommen und sich hier wohl fühlen«, sagt Iris, »wird die Anlage verschwinden müssen.«

Auf dem Rückweg hält sie in Goseck. Hier hat sie Arne kennengelernt. Sie möchte den Zauber ihrer ersten Begegnung wiederbeleben und schlägt vor, auf der Terrasse der Schlossschenke einen Kaffee zu trinken. Als sie aus dem Auto steigt, flattert ein Zitronenfalter um ihren Kopf. In der Schloss-Schenke duftet es nach frischem Pflaumenkuchen mit Zimtstreuseln. Nora, Georg und Thorsten setzen sich an einen Tisch auf die Terrasse, Iris macht einen Abstecher in die Kirche.

Aber diesmal steht kein Blumenstrauß am Eingang, nichts duftet, statt frischer Blumen hängt eine vertrocknete Efeuranke an einer Holzsäule. Die Luft ist staubig, die Figuren sind verrußt und kopflos. Hatten sie ihre Köpfe vor zwei Wochen noch? Hier hat sie mit Arne gesessen auf ihrer Suche nach Nora. Sie hat gedacht: Mit Arne an meiner Seite wird alles gut. Da war Lutz Winter schon in seinem Keller. Sie verlässt die Gosecker Kirche und geht zurück Richtung Schenke. Eine Frau kreuzt ihren Weg, ihre feinen blonden Haare leuchten wie ein Heiligenschein.

»Monika!«

»Hallo, Iris!«

»Woher kommst du?«

»Von der Probe für ein Musiktheater zu Ehren der heiligen Elisabeth.«

Nun sieht Iris ihren Geigenkasten.

»Was hat die heilige Elisabeth mit Goseck zu tun?«

Bevor Monika antworten kann, haben sie die Terrasse erreicht, auf der Nora, Georg und Thorsten sitzen.

»Schön, dich zu sehen!«, sagt Monika zu Nora. »Wir haben uns Sorgen um dich gemacht. Deine Enkelin hat dich verzweifelt gesucht! Wo warst du?«

»Ich habe eine Nacht hier geschlafen und eine Nacht in Eulau. Ich habe Iris erst eine Woche später erwartet, ein Missverständnis. Und du, wo kommst du her? Probt ihr für ein neues Konzert?«

»Ja. Es geht um Elisabeth, die mit vierzehn Jahren Fürstin von Thüringen wurde. Sie hat sich um die Armen und um die Kranken gekümmert. Ihr Mann war davon nicht sehr begeistert. Als Elisabeth wieder mal die Burg verließ, fragte er, was sie in ihrem Korb habe. Sie sagte: Rosen. Er hob mit der Spitze seines Degens die Decke an und tatsächlich war der Korb voller Rosen. Unten im Dorf verwandelten sie sich wieder in Brote.«

»Super«, sagt Thorsten. »Wie in einem Fantasyroman.«

»Wann hat die heilige Elisabeth gelebt?«, fragt Iris.

»Vor achthundert Jahren. Ihre Kindheit hat sie in Ungarn und auf Burg Neuenburg an der Unstrut verbracht, deshalb gehört sie auch hierher. Ihr Mann starb während eines Kreuzzugs. Nach seinem Tod hatte Elisabeth es schwer. Als sie wieder mal spät nach Hause kam von der

Pflege eines Kranken, ließen ihre Verwandten sie nicht mehr in die Burg. Weil es schon dunkel war, musste sie bei den Schweinen im Stall schlafen.«

Eine junge Frau kommt, die auf der Terrasse bedient, und fragt Monika, was sie trinken möchte.

»Ein Glas Silvaner bitte.«

»Gern.«

Monika setzt sich neben Nora auf die Bank und fragt in die Runde: »Was würde Elisabeth heute tun? Wo wäre sie zu finden? Vielleicht im Schlachthof, um zu sehen, was den Frauen, die da arbeiten, alles zugemutet wird.«

Thorsten verschränkt die Arme und sagt: »So schlimm ist die Arbeit am Schlachthof nun auch wieder nicht.«

»Du arbeitest am Schlachthof?«

»Was dagegen?«

»Ich bin gegen Schlachthöfe, in denen im Akkord geschlachtet wird. Wir haben eine Verantwortung den Tieren gegenüber. Auch für die Menschen ist das nicht gut. Mich ärgert, dass Kröntein sich nicht an die Richtlinien hält. Er schlachtet mehr Schweine, als die Kläranlage von Sahlen verkraften kann, und baut Gebäude, für die er keine Baugenehmigung hat. Wenn ein Privatmann das macht, steht sofort das Ordnungsamt auf der Matte. Bei Kröntein nicht. Und wenn doch, dann zahlt er eine Strafe und baut weiter. Wenn erstmal Tatsachen geschaffen worden sind, werden sie in der Regel nicht wieder rückgängig gemacht. Darauf spekuliert Kröntein. Die Bürgerinitiative hat dagegen protestiert, ohne Erfolg. Ich habe den Eindruck: Man will nicht, dass sich die Bürger am politischen Leben beteiligen. Man will nicht, dass wir unsere Rechte wahrnehmen.«

Nora sagt: »Wir lassen uns nicht entmutigen. Wir werden wieder vor den Schlachthof ziehen. Ich mit Boris. Und du spielst auf der Fidel.«

Arne

Iris! Er sieht sie durchs Fenster die Treppe durch den Weinberg hochkommen. Sie hat eine Tasche in der Hand. Er geht zur Tür, öffnet ihr.

»Ich habe hier ein paar Sachen für Winter«, sagt sie statt einer Begrüßung. Und dann: »Ich war bei der Polizei.«

Arne erstarrt.

»Ich war bei der Polizei«, sagt sie, »weil die zwei Männer verhaftet worden sind, die den Mann in der Kubastraße überfallen haben. Ich musste eine Zeugenaussage machen. Ich habe mich gefragt, ob ich ihnen auch von Lutz Winter erzählen soll. Ich habe es dann doch nicht getan. Aber ich werde es tun, wenn du ihn nicht bald freilässt.«

Sie gibt ihm die Tasche.

»Hier sind Kleider drin von Albert, meinem Großvater. Nora hat alles von ihm aufgehoben. Ich glaube, die passen Winter besser als deine Sachen.«

»Es geht nicht darum, dass ihm die Sachen passen«, sagt Arne grimmig. »Mir hat auch nicht gepasst, was ich im Gefängnis tragen musste. Ich sah grotesk aus, du hättest mich sehen müssen. Leider gibt es kein Foto. War ja auch kein Urlaub auf Mallorca.«

Auf der schmalen Teerstraße unterhalb des Weinbergs hält ein Auto. Ein Mann steigt aus.

»Frank!«, sagt Arne.

Iris dreht sich um, sieht einen Mann die Gartentür aufklinken und durch den Traubentunnel hochkommen.

»Wer ist Frank?«

»Kellermeister in Freyburg. Er kommt, um Punkte zu vergeben. Kurz vor der Ernte werden die Trauben bewertet. Nach der Anzahl der Punkte berechnet sich die Vergütung bei der Ernte.«

Arne stellt die Tasche von Iris in sein Arbeitszimmer, geht wieder zur Tür, begrüßt Frank und stellt ihm Iris vor.

»Angenehm. Ich freue mich, Sie kennenzulernen«, sagt Frank, mustert sie und sagt dann, mit Blick über den Weinberg: »Sieht gut aus. Ist doch noch was aus den Trauben geworden, dank der Hitze in den letzten paar Wochen.«

Und zu Iris: »Unser Hauptproblem ist die Kälte im Winter. Hier im Osten ist es jämmerlich kalt, weil uns kein Gebirgszug vor den Winden aus Sibirien schützt. Reben haben eine innere Uhr, ab zehn Grad plus kommt die Entwicklung in Gang. Aber auch im Frühling kann es in der Nacht noch ekelhaft kalt werden, da kriegen die Reben eins vor die Platte und das hat Folgen … «

Arne und Frank reden über widerstandsfähige Rebsorten, über den richtigen Zeitpunkt der Arbeiten und die Dichte der Laubwand. Die Trauben brauchen Sonne, Triebe müssen ausgeizt werden, zu viele Trauben pro Rebe seien kein Zeichen von guter Qualität, im Gegenteil.

»In Deutschland wird auf hunderttausend Hektar Wein angebaut«, sagt Frank zu Iris. »An Saale und Unstrut sind es sechshundertsiebzig Hektar. Das ist nicht viel. Grundsätzlich muss man sagen, dass Deutschland nach wie vor ein Weißweinland ist. Wir haben wunderbare Weißweine mit einem hohen Sauerstoffgehalt.«

Er schwärmt vom Freyburger Riesling, der sei fruchtig und filigran, besser als der Baden-Württemberger Riesling, und ein junger Weißburgunder von der Unstrut sei unübertroffen zu frischem Spargel.

Arne ist froh, dass Frank so viel redet. Er fühlt sich leer. Ausgepresst. Er hat letzte Nacht so viel geredet, hat alles aufgezählt, was Lutz Winter ihm und anderen angetan hat, dass die Wunden wieder angefangen haben zu bluten. Was hat Iris gesagt? Du sorgst dafür, dass die Wunden nicht verheilen. Du kratzt sie immer wieder auf. Aber du schadest damit in erster Linie dir selbst. Mag sein. Gerade fühlt es sich so an, als könnte sie Recht haben. Als sie gegangen ist, nach der langen Nacht mit Lutz Winter, hat er gedacht, dass sie nie wieder kommt. Er war niedergeschlagen und deprimiert. Er hat das Radio angemacht. Sie spielten *There is no sunshine when she's gone*. Er dachte: Iris ist weg, die Sonne ist untergegangen. Fast hätte er geheult. Aber sie ist wiedergekommen. Freut er sich? Er freut sich. Und weiß doch nicht, was er tun soll. Winter freilassen? Weil sie es will? Winter hat sich immer noch nicht entschuldigt.

Iris unterhält sich mit Frank. Oder er sich mit ihr. Frank ist ein geselliger, redefreudiger Mann. Aber sie sieht ernst aus, nicht strahlend, nicht lächelnd wie sonst, sondern so ernst, als wäre sie auf einem Begräbnis.

Iris

Der Kellermeister ist da! Arne spricht von Kellern und Kellermeistern, als gäbe es Lutz Winter nicht, der immer noch in seinem Keller sitzt. *Keller* ist zu einem Alarmwort geworden.

»Die Qualität eines Weins ist abhängig von der Rebsorte und der Witterung«, sagt Frank. »Aber auch vom Keller und dem Standort der Fässer.«

Sie hat Lutz Winter Unterhosen von Albert Hard mitgebracht, Unterhemden, Socken, Hosen und Pullover. Damit ist sie zur Komplizin geworden, zur Mitwisserin und Mittäterin. Wenn Winter die Sachen trägt, ist er nicht mehr nur Lutz Winter, sondern auch Albert Hard.

Iris denkt daran, wie sie mit dem Bus von Sahlen nach Weimar gefahren ist, von Weimar nach Buchenwald. Überall lag Schnee, alles schwarzweiß. Verstörend ein hautfarbener Stein, der geheizt wird und Körpertemperatur hat. Deshalb war der Schnee weg, deshalb sah sie den Stein, er sah aus wie ein lebendiger, nackter, verletzlicher Körper. Iris ist wegen Albert nach Buchenwald gefahren, ihm zu Ehren, weil er Kommunist war und in Buchenwald fast gestorben ist an Typhus und Unterernährung. Auch aus diesem Grund muss sie Winter befreien, weil er ein Freund von Albert war. Aber wie? Arne ist ein Betonkopf, Argumenten völlig unzugänglich.

In diesem Augenblick sagt Frank, der mit Arne über Rebsorten und Trauben gefachsimpelt hat: »Nun wollen wir uns mal die Trauben ansehen. Probleme mit dem Wild? Alle Achtung, du hast dir aber viel Mühe gegeben mit dem Flicken der Netze.«

Der Richter

Er verschwindet fast in seiner Robe. Seine Nachfragen sind sanft. Er ist kein Richter, der Angst macht. Jede Polemik, jede auftrumpfende Geste, jede richterliche Rhetorik, die nur entfernt an die Rhetorik von Nazi-Richtern erinnern könnte, ist ihm zuwider. Er dient der Wahrheit, er führt die Prozesse ruhig, mehr kindlich als väterlich.

Der Staatsanwalt verliest die Anklageschrift. Die zwei Männer sind angeklagt wegen gemeinschaftlich begangenen Raubs in Tateinheit mit schwerer Körperverletzung. Das Gericht wird darüber befinden, ob es sich um versuchten Totschlag handelt. Es folgen die biographischen Daten der Täter.

Der Riese kommt aus Grimma, als Kind habe er einen epileptischen Anfall gehabt und seine Zunge verschluckt. Wie kann es sein, dass er dann noch reden kann? Denn er redet, wenn auch stockend, er schildert mit unbeweglicher Miene den Tathergang: »Wir waren in der *Scheinbar*. Da kam ein Mann zu uns und fragte, ob wir was brauchen.«

Der Richter fragt: »Was brauchen?«

»Marihuana. Und Pilze.«

»Und vorher haben Sie Bier getrunken?«

»Acht Halbe«, sagt der Große mit dem Quadratschädel, »und Rum. Dann haben wir uns einen Joint gedreht und ihn geraucht. Das Zeug war gut. Wir wollten mehr. Aber der Typ sagte, er hätte nichts mehr. Das haben wir ihm nicht geglaubt. Als er ging, haben wir beschlossen, ihn abzuzocken.«

»Was heißt *abzocken*?«

»Ihm alles wegnehmen.«

Der Riese aus Grimma sagt: »Er ist gegangen. Wir hinterher. Auf dem Gelände an der Kubastraße haben wir ihn eingeholt. Ich habe ihn mit der Faust ins Gesicht geschlagen. Daher wahrscheinlich die Nasenfraktur.«

Das Wort *Nasenfraktur* klingt merkwürdig fremd aus seinem Mund. Wahrscheinlich hat sein Verteidiger von *Nasenfraktur* gesprochen und er hat es übernommen.

Dann wird der Mann mit den halblangen Haaren befragt. Er sagt, dass er das Opfer gestiefelt habe.

»Was bedeutet *gestiefelt*?«, fragt der Richter.

»Getreten.«

»Mit Stiefeln?«

»Nein, mit Turnschuhen. Das sagt man so.«

Nach der Vernehmung der Täter wird das Opfer befragt.

»Ich kenne diese Kerle nicht«, sagt der Mann, der auf dem Grundstück der Schuhfabrik zusammengeschlagen worden ist. Nein, er könne sich nicht daran erinnern, dass er den Angeklagten qualitativ hochwertiges Marihuana geschenkt habe. Die Angeklagten sind erstaunlich solidarisch, sie sagen nicht, dass er ihnen das Zeug verkauft hat. Das gehört offenbar zur Ganovenehre, einen anderen Ganoven zusammenzuschlagen, ihn vor Gericht aber nicht mehr zu belasten, als unbedingt nötig.

»Ich habe die *Scheinbar* verlassen«, sagt der Dealer, »um zu einem Kumpel zu gehen. Dann habe ich Schritte hinter mir gehört. Ich fing an zu laufen. Ich wollte den Weg abkürzen und bin über das Grundstück der ehemaligen Schuhfabrik gerannt.«

Ein Fehler, denn das Gelände sei uneben und bedeckt mit Schutt und Müll. Die Männer hätten ihn eingeholt und der eine habe ihm einen Faustschlag mitten ins Gesicht verpasst. Dabei habe er seine Schneidezähne verloren. Nein, er habe keine Ahnung, warum der ihn geschlagen habe. Er habe ihm doch nichts getan, weder ihm noch seinem Freund. Als er auf dem Boden lag, hätten sie seine Taschen durchsucht und ihm die Schuhe ausgezogen.

Der Richter fragt die Angeklagten: »Warum haben Sie ihm die Schuhe ausgezogen?«

»Um nachzusehen«, sagt der Riese aus Grimma, »ob er da was versteckt hatte. Aber da war nichts.«

»Und warum haben Sie die Schuhe mitgenommen?«

Der Mann mit den halblangen Haaren ergreift das Wort und sagt: »Sie haben mir gefallen. Aber ich habe sie nur ein Mal getragen. Sie erinnerten mich an die Nacht und an den Mann und …«

»Und wo sind die Schuhe jetzt?«, fragt der Richter.

»Die Polizei hat sie bei der Hausdurchsuchung sichergestellt«, erklärt der Staatsanwalt, »und sie dem Geschädigten zurückgegeben.«

Der Mann, der zusammengeschlagen wurde, sitzt immer noch vor dem Richter. Er dreht sich zur Seite, streckt das rechte Bein in die Höhe und sagt: »Da sind sie. Ich habe sie mir zehn Tage vor dem Überfall gekauft. Sie waren ziemlich teuer.«

Der Richter fragt: »Was ist passiert, nachdem Ihnen die Schuhe ausgezogen worden sind?«

Der Mann lässt den Fuß wieder sinken: »Der Große hat mich wieder geschlagen. Dann hat es ganz in der Nähe plötzlich total laut gescheppert. Da sind die beiden abgehauen.«

Die Verteidiger der Angeklagten weisen darauf hin, dass die Täter es in ihrer Jugend schwer gehabt hätten, durch die Scheidung ihrer Eltern, durch wiederholte Umzüge vom Osten in den Westen und vom Westen wieder in den Osten Deutschlands. Schließlich seien sie in Sahlen gelandet, und wie man wisse, sei die Situation junger Menschen in Sahlen beklagenswert, weil es kaum Arbeitsplätze gebe. Auf die Frage des Richters, wie es ihm heute gehe, sagt der Überfallene: »Sobald ich Geräusche höre, kriege ich Angst. Ich fühle mich nicht mehr sicher. Auch nicht, wenn ich zu Hause bin. Die Täter haben mir eine Entschuldigung geschickt. Aber ich kann das, was passiert ist, nicht verzeihen.«

Der Riese aus Grimma

Er starrt vor sich hin, als wollte er verstehen, was ihm widerfährt und warum. Der Richter ist ein Krümel. Der Staatsanwalt ein bissiger Hund. Die Verteidiger jonglieren mit Worten wie mit Bällen. Schon kurz nach seiner Geburt ist das Leben kantig geworden. Er hat sich am Leben gestoßen wie an einer Tischplatte, er hat einen Anfall gehabt und sich den Kopf verletzt. Kräfte haben in ihm getobt, über die er keine Kontrolle hatte. Seine Zunge ist ihm in den Hals gerutscht, er wäre fast erstickt. Seine Zunge liegt wie ein Klotz in seinem Mund, nur brauchbar zum Kauen und Schlucken, während die

Zungen der Anwälte und Richter geschmeidig sind wie Schlangen. Und ihre Worte auch. Seine Worte sind eckig, kantig, grob, alles hölzern, was er sagt. Bäume fällen, Balken tragen, das sind seine Gaben. Er würde sie gern zu Verfügung stellen. Er würde gern geliebt werden für seine Kraft. Er denkt an die alte Frau, die ihn *Ritter* genannt hat. Das war verwirrend. Aber schön. Deswegen haben sie die Alte in Ruhe gelassen, auch deswegen. Als sie die alte Frau allein am Waldrand gesehen haben, dachten sie: Leichte Beute. Sie dachten: Die hat bestimmt was in ihrem Beutel. Aber dann haben sie ihr nichts getan, weil sie so freundlich war. Selten hat jemand freundlich mit ihm gesprochen. Sein Vater hat ihn geschlagen. Seine Mutter hat ihn geschlagen. Und er hat diesen Mann geschlagen, der ihnen Marihuana verkauft hat und jetzt vor dem Richter sitzt. Wie sie sich aufregen! Der Staatsanwalt und der Richter. Als wenn das so ungewöhnlich wäre, jemanden zu schlagen oder geschlagen zu werden. Was soll man tun, wenn man sich nicht anders zu helfen weiß? Warum er den Mann geschlagen hat? Er weiß es nicht mehr so genau. Doch, ja, weil sie dachten, dass er noch Marihuana hat und es nicht rausrücken will. Er starrt den Richter an und versucht zu verstehen, was der sagt. Er versucht zu verstehen, was hier passiert. Er hat keine Gabe, zu lügen oder drumherum zu reden. Er drückt sich mit seinem Körper aus, mit Händen und Füßen, Armen und Beinen, das sind seine Worte, einfache Worte, grobe Worte. Manchmal sehnt er sich nach anderen Worten, Worten der Zärtlichkeit, einer ihm unbekannten Sanftheit, von der ihn aber eine Ahnung anfliegt, wenn er Tiere sieht, die sich gegenseitig das Fell lecken, Pferde, die ihre Hälse aneinanderlehnen. Dann würde er gern mit ihnen tauschen, dann wäre er gern ein Pferd, das die Nähe des anderen Pferds spürt, seine Wärme, seine Kraft, seinen Atem. Hier vor Gericht wird nicht in seiner Sprache gesprochen, hier wird in einer fremden Sprache gesprochen, einer Sprache, die nichts mit seinem Leben zu tun hat, nichts.

Arne

»Sechs Jahre«, sagt er zu Iris, als sie das Gericht verlassen, »die beiden haben sechs Jahre bekommen, wie Mielke. Auch Mielke wurde zu sechs Jahren Gefängnis verurteilt. Aber nicht wegen der Verbrechen, die er als Chef der Stasi begangen hat, sondern weil er als junger Mann zwei Polizisten erschossen hat. Mielke hat zweiunddreißig Jahre lang Menschen drangsaliert, er hat Unschuldige ins Gefängnis gebracht, er hat sie schikaniert, bedroht, beleidigt und unter Druck gesetzt. Er hat sie geschmäht und ihnen Taten zur Last gelegt, die sie nie begangen haben. Und doch wurde er nicht dafür bestraft. Das ist unglaublich. Zuerst haben sie ihn in Hohenschönhausen untergebracht, in *seinem* Gefängnis. Der Verteidiger behauptete, dass die Haftbedingungen in Hohenschönhausen unzumutbar seien, also wurde Mielke nach Moabit verlegt. *Unzumutbar* nannte der Anwalt die Haftbedingungen in Hohenschönhausen. Mielke hat Tausende in die Zellen von Hohenschönhausen werfen lassen, Unschuldige, Männer und Frauen, einige, weil sie die

DDR verlassen wollten, einige, weil ihre Nase ihm nicht gefiel. Seinen Opfern hat er Hohenschönhausen zugemutet, aber für ihn war Hohenschönhausen unzumutbar. Mielke hätte nur höhnisch gelacht, wenn jemand gesagt hätte: Ich finde die Haftbedingungen in Hohenschönhausen unzumutbar! *Unzumutbar* war ein Fremdwort für ihn, er hat Menschen alles zugemutet. Sein Handwerk hat er übrigens in Moskau gelernt. Er hat dafür gesorgt, dass Ehen zerstört, dass Menschen in den Selbstmord getrieben wurden. Dafür musste er nicht büßen, dafür wurde er nicht vor Gericht gestellt! Wie nachgiebig sie waren, die bundesdeutschen Richter! Mit Samthandschuhen haben sie ihn angefasst. Mielke tat so, als wäre er nicht verhandlungsfähig. Er ließ sich Atteste ausstellen. Wenn seine Gefangenen mit Attesten gekommen wären, hätte er nur gelacht. Mielke war zwei Jahre im Gefängnis, dann wurde er entlassen, auf Bewährung. Seine Verteidiger haben sich ins Zeug gelegt, sie bescheinigten ihm Krankheiten, die er nicht hatte. Eine angebliche Demenz, die nur simuliert war, genau wie der Rest. Kaum war er draußen, hat er die Krücken weggeworfen und ist davongehüpft. Sechs Jahre! Ich kenne Menschen, die mehr getan haben als diese zwei. Und die nie im Gefängnis gelandet sind.«

»Du hast Lutz Winter vergessen bei deiner Tirade«, sagt Iris.

Arne starrt sie an. Und sieht sich um. Nein, niemand ist in der Nähe, niemand hat sie gehört.

»Wie wir wissen«, sagt sie, »ist er nun doch noch im Gefängnis gelandet. Und ich frage mich, wann er endlich ein faires Verfahren bekommt.«

»Du hast ja keine Ahnung«, sagt Arne gereizt.

»Ich fahre zu Nora.« Sie geht ohne ein Wort des Abschieds zu ihrem Auto.

Iris

Die Trauerweide ist ein prächtiger Baum, die Äste hängen in langen Strähnen in die Saale. An einer Seite sind sie gekappt worden, damit die Leute unberührt zur Anlegestelle der Fähre gehen können. Das Wasser der Saale ist aufgeraut vom Wind, kurzatmige Wellen werden über die Oberfläche getrieben. Der Himmel ist bewölkt, die Pappeln rauschen. Eine Grille geigt gegen den Herbst an.

Iris ist auf dem Weg nach Eulau. Die Wiese erinnert an ein Grasmeer, Wildgänse fliegen in einem großen V über ihrem Kopf, dann hört sie Schüsse. Erschrocken zuckt sie zusammen. Wird hier gejagt? Wo sind die Jäger? Plötzlich hat sie Angst. Wovor? Vor einem Jäger, der sie mit einer Wildgans verwechselt? Vor einem Kriminalbeamten, der auf der Suche nach Lutz Winter herausbekommen hat, dass sie Mitwisserin, Mittäterin ist?

Warum hat Arne sie in die Geschichte mit Winter reingezogen? Nicht absichtlich, nein, da war die Sache mit der lecken Leitung und dem Eimer, ein dummer Zufall. Aber auf Dauer hätte Arne den Mann im Keller nicht verbergen können. Diese nächtlichen Sitzungen im Arbeitszimmer von Arne!

Sie geht durch die Dünung der Halme. Der Schweigenberg trägt seinen Namen zu Recht, Arne hat ihr einiges verschwiegen, er hat ihr Lutz Winter verschwiegen. Da sieht sie das Ortsschild von Eulau und denkt an das, was Nora ihr von Marianne erzählt hat. *Wenn du deinen Mann mal vorübergehend außer Gefecht setzen willst, ist Natternkopf genau das Richtige.* Und plötzlich weiß sie, sie muss zur Kräuterhexe.

Sie wird zu ihr sagen: Nora schickt mich, sie will einen Salat machen und ihn schön garnieren. Mit den blauen Blüten vom Natternkopf. Könnten Sie mir bitte ein Tütchen geben?

Wenn Marianne ihr die Blüten gibt, wird sie einen Salat machen für Arne. Die Blüten werden ihn für eine Weile außer Gefecht setzen, dann wird sie den Schlüssel aus seiner Hosentasche nehmen, den Keller aufschließen und Lutz Winter freilassen.

Nora

Panzerplatten! Die Gefangenen waren doppelt gefangen, wenn sie diese Schuhe trugen, sie konnten die Füße bestimmt kaum vom Boden heben, geschweige denn fliehen. Diese Schuhe ziehen einen runter, das hört man schon an ihrem Namen. Und deshalb stickt sie, als Kontrast, neben die Panzerplatten Flügelschuhe auf den Stoff.

Nach ihrer langen Wanderung zum Blütengrund hat sie von Flügelschuhen geträumt. Es waren Schnürstiefel mit kleinen Federn an der Ferse. Obwohl die Federn so klein waren, konnte sie wunderbar fliegen. Ein kurzer Anlauf, schon lösten sich die Sohlen vom Boden, Schwerkraft und altersbedingte Schwerfälligkeit fielen von ihr ab und sie schwebte mühelos über die Erde, mehr tanzend als fliegend.

Da hört sie, wie die Wohnungstür aufgeschlossen wird. Iris ruft: »Ich bin's!«

Eine Minute später läutet es, Iris öffnet und dann hört Nora Carmen fragen: »Ist Nora da?«

Da kommen sie schon ins Wohnzimmer, Iris und Carmen.

»Ein Kind ist heute tot zur Welt gekommen«, sagt Carmen traurig, nachdem sie Nora begrüßt hat. »Das geht mir immer an die Nieren.«

Nora legt die Decke zur Seite, sieht Carmen an und sagt: »Das tut mir so leid, meine Liebe. Nimm Platz.«

Carmen lässt sich in einen Sessel sinken und sagt: »Wir haben das Kind in ein Moseskörbchen gelegt.«

»Moseskörbchen?«

»Das nennt man so. Damit fährt es über den Fluss, der die Lebenden von den Toten trennt. Wir haben es hineingelegt und gemeinsam getrauert, die Mutter, der Vater und ich.«

Nora sagt: »Ich stelle mir das Sterben wie eine Geburt vor. So wie ich vor 88 Jahren in die Welt hineingeboren wurde, werde ich irgendwann wieder aus der Welt herausgeboren. Wehen gibt es bestimmt auch, wie soll man sonst vom Leben durch den Tod in eine andere Form des Lebens kommen?«

In den Wehen liegt das Weh des Abschieds und der Schmerz, der durch die Trennung der Seele vom Körper entsteht. Liegt die Trauer, der Freude Lebewohl zu sagen, die ihr der Körper bereitet hat. Die Wehen haben sie schon früh angeweht, schon als junge Frau während des Kriegs, als sie erfuhr, dass ihr Mann gefallen war. Jahrzehnte später waren sie wieder da, beim Tod von Albert und vor Kurzem beim Tod ihrer Tochter.

Carmen sagt: »Geburtsschmerz ist etwas anderes als ein normaler Schmerz. Wehen sind rhythmisch. Meine Aufgabe sehe ich darin, die Gebärende beim Atmen zu unterstützen. Viele Frauen halten den Atem an, weil sie von der Wucht der Wehen schockiert sind, aber es ist wichtig, weiterzuatmen, tief ein- und auszuatmen, damit das Kind gut mit Sauerstoff versorgt wird. Man hat festgestellt, dass während des Gebärens Liebes- und Glückshormone ausgeschüttet werden. Deshalb geht es vielen Frauen schon kurz nach der Geburt wieder gut.«

»Vielleicht werden auch beim Sterben Liebes- und Glückshormone ausgeschüttet«, überlegt Nora.

»Hoffentlich«, sagt Carmen. »Eine schöne Vorstellung.«

»Ich möchte nicht ans Sterben denken«, sagt Iris.

Nora antwortet: »Das musst du auch nicht, Liebes. Spring doch mal hoch zu Georg. Vielleicht hat er Lust, ein Glas Wein mit uns zu trinken.«

Iris

Sie geht ein Stockwerk höher. Die Tür zu Georgs Wohnung steht offen.

»Georg?«

Der Fernseher läuft.

Iris klopft an der Tür und geht dann ins Wohnzimmer, davon überzeugt, dass Georg im Sessel vor dem Fernseher sitzt und sie nicht gehört hat. An der Wand stehen Regale mit Büchern und vor den Regalen liegen Stapel mit Zeitungen. Der Tisch ist bedeckt mit Rechnungen, Briefen und Landkarten.

»Georg!?«

Sie wirft einen Blick ins Schlafzimmer. Das Bett ist nicht gemacht, auf dem Nachtkästchen liegt ein aufgeschlagenes Buch. Die Schublade ist aufgezogen und in der Schublade sieht sie – eine Pistole.

Erschrocken denkt sie: Warum hat Georg eine Pistole?

Sie geht näher, greift nach der Pistole. Ihr Herz schlägt wie verrückt. Sie hat eine Pistole in der Hand. Warum hat sie die Pistole genommen? Um ihn vor sich selbst zu schützen? Oder um … Arne zu zwingen, dass er Winter endlich freilässt. Eine Pistole ist mit Sicherheit wirksamer als blaue Blüten.

Iris geht wie in einem Alptraum die Treppe runter zur Wohnung ihrer Großmutter. Sie hört ihre Großmutter im Wohnzimmer mit Carmen reden, geht in die Küche und lässt die Pistole in ihren Rucksack gleiten.

Arne

Er sitzt in der Küche, isst Pfefferbeißer und hört Radio. Danach geht er in den Keller, an den Fässern vorbei und klopft an die Tür. Sagt, dass Lutz Winter aufstehen und sich neben das Bett stellen solle, mit dem Rücken zur

Tür. Er sagt, was er jede Nacht gesagt hat. Ob Winter verstanden habe!?

»Ja«, sagt Lutz Winter.

Arne schließt die Tür auf und sagt kühl: »Mitkommen!«

Winter nimmt den Eimer mit den Fäkalien, geht an Arne vorbei und vor ihm die Treppe hoch, schüttet die Scheiße ins Klo und spült. Dann zieht er sich aus, um zu duschen. Arne hat den Eindruck, dass er kleiner geworden ist, irgendwie geschrumpft. Er duscht. Trocknet sich ab. Arne reicht ihm eine frische Unterhose. Von Albert Hard. Dann gehen sie in das Verhörzimmer.

»Ich bin in Dresden aufgewachsen«, sagt Winter. »Ich war ein Kind, als Dresden bombardiert wurde. Ich habe meine Mutter und meine Schwester bei Bombenangriffen verloren. Nie wieder Krieg, habe ich mir geschworen. Man hat es doch schon im Ersten Weltkrieg gesehen: Krupp hat beide Seiten mit Waffen beliefert, die Deutschen und die Franzosen. Als ich das verstanden habe, ist mir ein Licht aufgegangen. So funktioniert Kapitalismus. Die Moral ist völlig außer Kraft gesetzt, das Einzige, was zählt, ist das Geschäft. Dafür geht man über Leichen.«

»Aber auch ihr geht über Leichen, auch ihr seid über Leichen gegangen«, sagt Arne scharf.

Winter erwidert angriffslustig: »Trotz aller Mängel, die die DDR zweifellos hatte, bin ich immer noch der Meinung, dass Sozialismus der beste Weg ist in eine Welt jenseits von Habgier und Profit, jenseits von Kriegstreiberei und Gewalt. 1989 haben sich die Bürger der DDR gegen die DDR entschieden. Sie haben die falsche Entscheidung getroffen, wie die meisten von ihnen inzwischen eingesehen haben.«

Und er sagt in anklagendem Tonfall zu Arne: »Menschen wie Sie hatten einen verheerenden Einfluss. Wegen Menschen wie Ihnen ist der Sozialismus gescheitert. Weil Sie keine Vision hatten von einer gerechten Welt.«

»Ich habe eine Vision«, sagt Arne. »Aber offenbar eine andere als Sie. Ich war in der FDJ. In Buchenwald haben wir unsere FDJ-Abzeichen bekommen. Wir haben geschworen, dass wir uns für den Sozialismus einsetzen. Auch ich. Was für ein Fehler! Aber das habe ich erst später verstanden. Ihr habt Buchenwald instrumentalisiert, für eure Zwecke. FDJ heißt Freie Deutsche Jugend, aber wir waren nicht frei, Freiheit ist was anderes. Ich durfte nicht gehen, wohin ich wollte. Alle Wege waren versperrt.«

»Nicht alle«, sagt Winter.

»Der Weg in den Osten war frei, das stimmt. Wir konnten in einige Länder reisen, die im Einflussbereich der Sowjetunion waren. Aber nicht in den Westen.«

»Nicht in den Westen«, bestätigt Winter. »Zu Recht. Wie man nach der Wende gesehen hat, als sich westdeutsche Unternehmer die volkseigenen Betriebe unter den Nagel gerissen haben.«

»Die waren doch alle völlig marode.«

»Die wurden abgewickelt. Und dann waren sie weg. Und die Menschen standen ohne Arbeit da. Es gibt auch ein Recht auf Arbeit.«

»Aber auch ein Recht auf Freizügigkeit. Und was den Profit anbetrifft – die Lektion, die ich in der DDR gelernt habe, ist: Auch im Sozialismus steht der Profit im

Mittelpunkt. Ihr habt die Menschen schuften lassen für einen Hungerlohn. Die Gefangenen waren noch billiger. Ihr habt für unsere Arbeit Devisen kassiert. Und für uns auch. Auch mit uns habt ihr Kohle gemacht. Ihr habt uns an die Bundesrepublik verkauft. Und damit der Nachschub nicht ausgeht, habt ihr gleich noch ein paar mehr junge Menschen ins Gefängnis gesteckt. Es reichte doch schon, wenn man die Mauer kritisiert hat, es reichte schon, wenn man gesagt hat, dass man frei sein will. Und Sie wollen behaupten, dass nur die bösen Kapitalisten an Profit denken?«

Arne will ein Bekenntnis von Lutz Winter: Ich war Mitglied einer Organisation, die die Freiheit der Menschen eingeschränkt hat. Ich habe durch mein Handeln die Menschenrechte verletzt. Ich bekenne mich schuldig. Ich habe Urteile gefällt, die ungerecht waren und willkürlich. Es tut mir leid, dass Sie überwacht und bespitzelt wurden. Es tut mir leid, dass wir Ihnen drei Jahre Ihres Lebens geklaut haben. Arne will kein Lippenbekenntnis, sondern aufrichtiges Bedauern, er will eine ehrliche, aufrichtig gemeinte Entschuldigung. Er vernimmt den Mann so, wie er selbst vernommen worden ist. Arne ist zu einem von ihnen geworden, er sagt, was sie gesagt haben. Plötzlich wird ihm das klar.

Er schweigt.

Steht auf und geht zum Fenster. Obwohl er nichts sehen kann, denn die Rollos sind heruntergelassen. Wenn es nicht Nacht wäre, würde er die Reben sehen, die Blätter, die Trauben.

Soll er Lutz Winter freilassen? Hat er ihm alles gesagt, was er ihm sagen wollte? Wenn ich ihm alles gesagt habe, was ich ihm sagen will, hat Arne zu Iris gesagt, dann lasse ich ihn gehen. Dann werde ich sagen: Du kannst gehen. Geh nach Hause. Ich habe dir alles gesagt, was ich dir sagen wollte.

«Ein Bier«, sagt Arne, »ich habe Lust auf ein Bier. Wollen Sie auch eins?«

Lutz Winter sieht ihn überrascht an.

»Ein Bier? Womit habe ich das verdient?«

»Gar nicht«, sagt Arne. »Aber Sie bekommen trotzdem eins.«

Er holt zwei Flaschen Bier aus dem Kühlschrank, öffnet sie, reicht eine Flasche Lutz Winter, setzt die andere an die Lippen und trinkt in tiefen Zügen. Dann stellt Arne das Radio an, halb aus Verlegenheit, weil er nicht weiß, was er nun weiter tun soll, halb aus Gewohnheit, weil er immer das Radio anmacht, wenn er in der Küche ist.

She came to me one morning, one lonely Sunday morning, her long hair flowing in the midwinter wind. Uriah Heep. Er hat das Lied lange nicht mehr gehört, aber immer gemocht. Zum ersten Mal hört er bewusst zu. *Destruction lay around me from a fight I could not win.* Es klingt, als sei das Lied für ihn geschrieben worden, für einen wie Arne, der einen Kampf kämpft, den er nicht gewinnen kann. Oder den er schon gewonnen hat, denn die DDR ist untergegangen. *I begged her give me horses to trample down my enemy ...* Viele Jahre lang hat Arne sich nichts sehnlicher gewünscht, als die Männer niederzutrampeln, die ihn ins Gefängnis gebracht hatten. Und sich für *this waste of life* zu rächen. Denn was war die Zeit im Gefängnis anderes als vergeudete, gestohlene Zeit?

Arne wollte sich rächen an der SED, rächen an Männern wie Lutz Winter, Besserwissern, anmaßenden Rechthabern. Es gibt Kämpfe, die ausgefochten werden müssen. Aber Tatsache ist auch, dass der Kampf Männer zu Tieren macht und dass es schwierig ist, ein Ende zu finden.

Arne hat die Bierflasche in der Hand und nimmt einen tiefen Schluck. Er spürt immer noch eine Verhärtung, wenn er Lutz Winter ansieht, eine Kälte. Wie winterlich es wurde, durch ihn, durch sein Urteil. Arne ist vereist, innerlich, und bis heute nicht ganz aufgetaut.

Und doch ... Es reicht. Es ist genug. Winter war lang genug im Keller.

Da räuspert sich Winter und sagt: »Ich wollte Ihnen noch etwas sagen. Ich wollte ... Ich weiß, dass nicht alles richtig war, was wir gemacht haben. Es tut mir leid. Es tut mir wirklich leid, dass Sie als junger Mann, als sehr junger Mann, drei Jahre lang im Gefängnis waren. Ich wollte ... Wir wollten ...«

In diesem Moment springt das Band, das Arnes Herz umgibt. Seit wann ist es da? Seit der Zeit im Gefängnis? Es zerspringt mit einem kleinen, befreienden Geräusch.

Und er sagt zu Lutz Winter: «Sie können gehen. Ich habe Ihnen alles gesagt, was ich Ihnen immer sagen wollte. Ich bringe Sie zum Bahnhof. Sie können ein Taxi nehmen und nach Hause fahren. Wenn Ihre Frau fragt, wo Sie gewesen sind, sagen Sie, Sie hätten eine Reise gemacht. Eine Reise irgendwohin. In die Unterwelt. In die Vergangenheit. Denken Sie sich irgendwas aus.«

Beim Abschied geben sie sich die Hand. Es ist eine merkwürdige, fast freundschaftliche Verabschiedung.

Iris

Sie parkt ihr Auto an der Straße, geht die Stufen hoch zu Arnes Haus, durch den Tunnel aus Weinlaub. Sie hat keine Augen für die Trauben, die rechts und links im Laub hängen. Im Rucksack hat sie Salat, Rauke, Tomaten und ein kleines Tütchen mit blauen Blüten.

Marianne war erstaunt gewesen, als sie ihre Bitte vorgebracht hatte: »Wofür braucht Nora die Natternköpfchen? Ihr Mann ist doch schon längst unter der Erde. Oder brauchst du sie? Ich darf doch *du* sagen? Nora ist eine gute Freundin von mir. Aber das weißt du, sonst wärst du nicht hier. Und sonst würdest du die Blüten auch nicht bekommen.«

»Danke«, sagte Iris. »Ja, ich brauche sie.«

»Ich gebe dir ausreichend Blüten für *eine* Anwendung«, sagte Marianne. »Mehr nicht.«

Sie füllte die Blüten in eine kleine Papiertüte und gab sie Iris. »Alles Gute. Und vielleicht erzählst du mir irgendwann, wofür du sie gebraucht hast.«

Iris nickte. »Ja. Vielleicht. Danke.«

Ihre Füße sind schwer, als wären Gewichte an ihren Sohlen. Als würde sie Panzerplatten tragen. Die Gefangenenschaft von Lutz Winter hat auch Arne und sie zu Gefangenen gemacht. Sie sind gefangen in einem Netz aus Vergehen und Rache. Hat sich Winter an Arne vergangen? Indem er ihn zu einer hohen Gefängnisstrafe verurteilt hat? Ja. Doch. Schon. Und trotzdem ...

Obwohl die Sonne scheint, ist ihr Inneres erfüllt von einer mulmigen, grottenähnlichen Finsternis. Es ist, als hätte der Keller zu wuchern begonnen und bleiche Triebe hervorgebracht, die ihr Inneres verdunkeln. Arne ist genauso gefangen wie Winter. Die Tatsache, dass Winter sein Gefangener ist, hat ihn nicht befreit, im Gegenteil.

Sie nähert sich der Tür von Arnes Haus und ist aufgeregt wie vor einer schwierigen Prüfung. Wird ihr Plan gelingen? Erstmal will sie es mit dem Salat probieren, und wenn die Blüten nicht wirken, wird sie es mit der Pistole versuchen. Sie wird die Pistole ganz ruhig aus dem Rucksack nehmen. Geht das, ruhig bleiben mit einer Pistole in der Hand? Sie muss ruhig bleiben, sie darf auf keinen Fall in Panik geraten. Wenn Arne Winter heute Nacht vernimmt, wird sie die Pistole auf Arne richten und zu ihm sagen: »Arne! Du lässt Winter jetzt gehen! Sofort.« Wie wird er reagieren? Wird er sagen: »In Ordnung. Das ist eine gute Idee. Aber bitte leg die Pistole weg.«

Oder wird er sagen: »Spinnst du? Was soll das? Leg sofort die Pistole weg! Ist die überhaupt echt? Oder nur Spielzeug?«

Und sie: »Das ist eine echte Pistole.«

Soll sie zum Beweis ein Loch in die Decke schießen wie in einem Western? Aber wenn es nun tatsächlich keine echte Pistole ist, wenn sie nicht geladen ist, oder … Und wie wird Lutz Winter reagieren? Er ist alt. Vielleicht kippt er vor Erleichterung vom Stuhl. Oder vor Freude. Oder vor Schreck. Vielleicht müssen sie ihn ins Krankenhaus bringen, zur Notaufnahme. Und was sollen sie dann sagen? Hier ist Lutz Winter, wir haben ihn zufällig im Keller gefunden, bitte kümmern Sie sich um ihn?

Iris klingelt. Arne öffnet. Er sieht entspannt aus. Er lächelt sie an und sagt: »Schön, dich zu sehen!«

Sie gibt sich Mühe, ebenfalls zu lächeln, aber es fällt ihr schwer. »Hallo, Arne! Ich habe dir einen Salat mitgebracht. Ich hab gedacht, du brauchst mal wieder was Frisches.«

»Oh! Lieb von dir. Komm rein!«

Er geht in die Küche, sie folgt.

»Ach, übrigens ...«, sagt Arne, »Lutz Winter ist frei.«

»Lutz Winter ist frei!?« Ungläubig schaut sie ihn an. »Seit wann?«

»Seit gestern Nacht. Ich habe ihn zum Bahnhof gebracht. Er hat sich ein Taxi genommen und ist nach Hause gefahren.«

»Ach! Jetzt bin ich aber platt. Und warum hast du ihn freigelassen?«

»Was Lutz Winter mit den Netzen angestellt hat ... Ich sag lieber nichts. Er hatte kein Talent. Er war absolut unbegabt im Netzeflicken.«

Arne

Er ist seit fünf Uhr wach. Freunde und Bekannte trudeln ein, um bei der Weinlese zu helfen. Treffpunkt ist die Terrasse im oberen Teil des Weinbergs. Cindy hat Körbe mit Tassen und Tellern dabei, für die freiwilligen Helfer, sie hat schon Thermoskannen mit Kaffee aufgestellt, jeder bekommt eine Tasse zur Begrüßung, zum Wachwerden. Cindy ist eine Perle, eine Saale-Perle, mit zwanzig war sie Weinkönigin, alle Männer waren verliebt in sie, auch Arne.

»Wer nimmt die Butten?«

Die Butten sind flache Plastiktonnen mit Riemen, die von kräftigen jungen Männern geschultert werden. Die anderen greifen nach Eimern und Scheren, Arne geht vor, er zeigt, welche Reihen geerntet werden müssen.

»Da drüben ist der Müller-Thurgau. Ich markiere die Reihen mit diesem weißroten Klebeband. Hier links steht der Weißburgunder. Und da unten ist der Riesling, das sieht man an den Blättern. Heute wird nur Müller-Thurgau geerntet.«

Die Freunde und Bekannten verteilen sich über den Weinberg, auch Iris hat einen Eimer, auch sie beginnt zu schneiden.

Arne gesellt sich zu ihr, sie schneidet auf der einen Seite des Stocks, er auf der anderen, sie greifen ins Laub, schneiden die Trauben ab, puhlen die Faulen raus und lassen sie auf den Boden fallen. Es ist, als würden sie gemeinsam eine Kuh melken, Iris von der einen Seite, Arne von der anderen, Trauben rechts, Trauben links, und wenn die Eimer voll sind, rufen sie: »Butte!«

Dann kommt einer der Buttenträger, geht in die Knie und sie kippen die Trauben in die Butte, dann zieht der Buttenträger weiter. Ist die Butte voll, steigt er hoch zur Terrasse und leert sie in einen großen Behälter, der auf dem Anhänger eines Geländewagens steht.

Dreißig Leute haben sich auf dem Weinberg verteilt, sie werden an diesem Vormittag 2700 Kilo Müller-Thurgau ernten. Arne steigt die schmalen Steintreppen hoch zur Terrasse. Der große Behälter ist bis zum Rand voll mit Trauben, er muss nach Freyburg fahren, zur Presse. Die Ernte ist die schönste Zeit. Wenn die Trauben nicht durch Hagel oder Unwetter im letzten Moment zerstört worden sind, wenn das Wetter mitspielt beim Ernten, wenn Wagen um Wagen im Hof der Winzergemeinschaft ankommt, bis oben hin voll mit Trauben, wenn die Weinpressen ununterbrochen in Bewegung sind …

Was für eine Erleichterung, dass Lutz Winter nicht mehr in seinem Keller hockt. Arne hat ihm alles gesagt, was er ihm immer hatte sagen wollen, und nun ist er frei. Beide sind frei, Lutz Winter und er selbst, auch er ist frei.

Arne erreicht Freyburg, fährt in den Innenhof der Kelterei. Eine halbe Stunde später wird die Ladung gewogen und in den Trichter der Abbeermaschine geleert. Hier werden die Beeren von den Stielen getrennt. Wenn das Gerüst drin bleibt, entstehen beim Keltern grasige, bittere Töne.

Anschließend fährt Arne zurück zum Schweigenberg. Die Erntehelfer haben sich auf der Terrasse eingefunden, der Müller-Thurgau ist geerntet, Steaks werden gegrillt, dazu gibt es Brötchen und Wein. Nora sitzt im Schatten und schenkt Kaffee aus. Cindy steht neben ihr, sie trägt ein Mieder, das ihre schönen Brüste zur Geltung bringt. Sie erzählt von dem Fasan, der ein regelmäßiger Gast ihrer Straußwirtschaft ist, von seinen Schreien und seiner Fähigkeit, im Flug so zu kacken, dass die Fenster unter Garantie besudelt sind.

Nora lacht. »Wo ist er abgeblieben, der alte Bursche? Ich habe ihn schon lange nicht mehr gesehen. Hoffentlich ist er nicht in irgendeinem Kochtopf gelandet.«

Und da ist auch Iris. Mit den dunklen Locken und der roten Kappe, an deren Rand kleine Perlen sind. Sie lächelt ihn an, und dieses Lächeln geht ihm durch Mark und Bein. Wie ist das möglich, wie kann das sein, er ist auferstanden von den Toten, er lebt und ist bis über beide Ohren verliebt.

Iris

Sie schlendert mit Arne an den Buden entlang. Von den Fischbratereien steigen bläuliche Wolken auf. Gläser an bunten Bändern baumeln über der Brust der Menschen, die ihnen entgegenkommen. In diese Gläser lassen sie sich milchig sprudelnden Federweißen einschenken.

Auf dem Markplatz spielt eine Band, der Stand von Cindy ist belagert von Erntehelfern, Freunden und Bekannten. Arne und Iris gesellen sich dazu, Cindy schenkt ihnen ein. Und dann kommt Frank, der Kellermeister. Er stößt erst mit Cindy an, dann mit Iris und Arne. Er hat schon einiges getrunken, seine Wangen sind gerötet, seine Augen glänzen.

»Der erste Kontakt mit einem Wein findet über die Nase statt«, sagt er fachmännisch. »Man nimmt einen kleinen Schluck, lässt ihn von der Zungenspitze über die Mitte nach hinten wandern und an den Seiten wieder nach vorn. Das Geschmackszentrum ist in der Nase, deshalb ist es wichtig, den Mund beim Verkosten etwas zu öffnen.«

Er setzt das Glas an, trinkt, demonstriert seine Worte durch übertriebene Bewegungen der Zunge, zeigt, wie man als Kenner Wein zu verkosten hat, und stellt fest: »Churchill sagte über den Wein: Nach Siegen genießen wir ihn, nach Niederlagen brauchen wir ihn.«

Und mit Blick auf Arne: »Auf den besten Böttcher von Saale und Unstrut! Der mit seinen Fässern den Franzosen Konkurrenz macht.«

Und zu Iris: »Für Rotwein, ausschließlich für Rotwein. Weißwein braucht kein Holz. Und Glühwein wird am besten in Holzfässern aus Tschernobyl.«

Frank schüttet sich aus vor Lachen über seinen Witz.

Und dann kommt ein Mann an den Stand, der groß ist und herrisch wirkt. Er will, dass Cindy ihm ein Glas Wein einschenkt, er wendet sich ausdrücklich und ausschließlich an Cindy. Der Mann kommt Iris bekannt vor. Ist das nicht Kröntein? Klaus Kröntein ist auf dem Freyburger Weinfest! Er steht eine Armlänge von ihr entfernt, schaut Cindy in den Ausschnitt und trinkt.

Iris greift nach dem Rucksack. Die Pistole ist noch drin. Sie denkt an die Frau mit den Rehaugen, mit der sie in Leipzig nach ihrem Vortrag über urbane Wälder zusammensaß. Die Frau war eine passionierte Jägerin und erzählte ihr von der Blattjagd.

»Blattjagd bedeutet, den Schrei einer Geiß zu imitieren und auf diese Weise einen Bock zum Springen zu bringen.«

Sie sprach von Aufbaumen um sieben Uhr abends bei gutem Wind, von einer Bewegung am Rand einer Lichtung, von dem Bock, den sie durch eine schmale Lücke zwischen Fichten gesehen hat.

»Ein kräftiges Tier, es brachte mein Blut in Wallung.«

Iris verstand nur die Hälfte von dem, was sie sagte, aber genug, um plötzlich eine Ahnung davon zu haben, was es bedeutet, Jägerin zu sein. Sie sieht Kröntein, der nur mit Cindy redet und ihr immer noch in den Ausschnitt starrt. Kröntein hat das Bahnhofsareal gekauft und ganze Straßenzüge in der Nähe des Schlachthofs. Da wohnen die Rumänen und die Polen, die im Schlachthof arbeiten, die Miete wird von ihrem Lohn abgezogen.

Klaus Kröntein hat den Weg seines Bruders fortgesetzt, inzwischen ist er Milliardär, ein Freund Putins und will auch in Russland Schlachthöfe bauen. Er ist der Metzger, der alle anderen Metzger aus dem Weg geräumt hat. Entweder arbeiten sie bei ihm oder sie müssen umschulen. Er lässt im Akkord schlachten und ist billiger als die Konkurrenz. Und verdient doch noch was. Verdient gut. Sahnt Subventionen ab. Auch die Politiker und Behörden haben ermöglicht, dass er so groß geworden ist und immer noch größer wird. Der Gewinn wird nicht gerecht verteilt auf die, die ihn erarbeitet haben, sondern in der eigenen Schatzkammer gehortet. Er hält die anderen kurz und schwimmt selbst in Geld. Kröntein: der gewiefte Geschäftsmann. Kröntein: der Krösus. Kröntein: die Kröte.

Wer lehnt sich auf? Wer protestiert?

Monika lehnt sich auf. Seit Jahren. Und nun hat sie einen Knoten in der Brust. Von wem hat Iris das gehört? Von Nora? Iris lastet Kröntein den Knoten in Monikas Brust an. Er ist Schuld an diesem Knoten. Er bringt Menschen zur Verzweiflung. Iris spürt, wie ihr Blut in Wallung gerät.

Lange war sie Rotkäppchen, nun verwandelt sie sich in eine Jägerin. Sie wird den Wolf konfrontieren mit seinem Wolfsein. Sie wird den Vorschlag machen, im Schweigenberg weiterzufeiern. Wenn Cindy mitkommt, wird auch Kröntein mitkommen. Sie werden auf der Terrasse sitzen und trinken. Irgendwann wird Kröntein aufs Klo gehen und dann wird sie bereit sein. Sie wird ihn, mit Hilfe der Pistole, in den Keller befördern. Wie lange muss er im Keller bleiben? Zwei Wochen? Zwei Monate? Danach ist er geläutert. Kein Fließband mehr, kein Schlachten im Akkord, stattdessen Rückkehr zu den Handwerkstraditionen der Metzgerinnung und zu der Maxime: »Mute keinem eine Arbeit zu, die du nicht auch selbst gern tun würdest.«

In diesem Augenblick legt Arne seinen Arm um Iris. Sie erschrickt, dann rückt sie ihre rote Kappe zurecht, die Arne verschoben hat. Er lächelt, nähert sich mit seinem Mund ihrem Ohr und flüstert: »Ich mag dich. Aber deine Kappe ist mir zu rot.«

Da sagt sie beleidigt: »Wenn du mich magst, musst du die Farbe Rot mögen. Denn Rot ist meine Lieblingsfarbe.«

Das hat sie doch schon mal gesagt, vor vielen Jahren im Gespräch mit ihrem Vater. Auch ihm war die Kappe zu rot und auch ihm gegenüber hat sie das Rot verteidigt. Was hat sie gesagt? *Ich will, dass es gerecht zugeht in der Welt, dafür kämpfe ich.* Und ihr Vater hat geantwortet, dass in Deutschland genug gekämpft worden ist. Kein Ziel der Welt rechtfertige einen bewaffneten Kampf, rechtfertige den Tod von Menschen.

Sie stimmte ihm zu und versprach, nach anderen Wegen zu suchen. Aber jetzt hat sie eine Pistole im Rucksack und ist drauf und dran, Gebrauch von ihr zu machen. Gibt es keine andere Möglichkeit, Kröntein dazu zu bringen, Schweine nicht im Akkord zu schlachten und die Menschen, die bei ihm arbeiten, anständig zu bezahlen?

Sie sieht sich mit einem Schild durch Sahlen ziehen: *Guter Lohn für gute Arbeit!* Neben ihr geht Nora mit Boris, und auf Noras Schild steht: *Um ein Glücksschwein zu sein, muss ein Schwein glücklich sein.*

Die Bewohner von Sahlen kommen aus ihren Wohnungen und schließen sich an. Gemeinsam ziehen sie vor den Schlachthof und protestieren gegen das Schlachten im Akkord, gegen die vielen Laster, die täglich durch Sahlen fahren, gegen die Subunternehmen, die an den Arbeiterinnen und Arbeitern verdienen, gegen die Arbeitsbedingungen bei Kröntein&Kröntein.

Und dann?

Wird Kröntein dem Sahlener Fußballverein eine größere Summe für einen neuen Fußballplatz spendieren, und alle, die Fußball spielen, werden nach Hause gehen. Dann überreicht er dem örtlichen Novalis-Verein einen Scheck, und alle, die sich für Literatur interessieren, werden den Mund halten. Anschließend überweist er dem Heinrich-Schütz-Verein Geld, und alle, die klassische Musik hören und lieben, werden ihren Protest einstellen. Auf diese Weise erkauft er sich die stillschweigende Duldung des Schlachthofs.

Wie hat David gegen Goliath gewonnen? Mit schönen Worten? Einer Demonstration? Nein. Der kleine David hat sich einer Steinschleuder bedient. Nicht Worte haben Goliath zu Fall gebracht, sondern ein Stein. Also doch Pistole? Also doch Keller?

Cindy lacht, Cindy flirtet, sie stößt an mit Klaus Kröntein, aber sie nennt ihn nicht Klaus, sondern Felix. Felix statt Klaus. Und Iris ist sich plötzlich nicht mehr sicher, ob der Mann, dessen Blick sich am Ausschnitt von Cindy festgesaugt hat wie ein Putzfisch an der Scheibe eines Aquariums, wirklich Klaus Kröntein ist.

»Sei nicht sauer«, sagt Arne in diesem Moment. »Ich mag dich auch mit roter Kappe.«

Es knallt und kracht, das Feuerwerk beginnt. Der Himmel über Freyburg füllt sich mit Sträußen blauer, grüner und goldener Kugeln und Kaskaden von Sternen, und über den Sträußen, Kaskaden und Sternen bilden sich riesige Herzen. Arne legt seinen Arm um die Schultern von Iris und gemeinsam sehen sie, wie die Herzen hell und rot am dunklen Nachthimmel leuchten.

Die Personen dieser Geschichte sind erfunden, die Handlung auch. Ähnlichkeiten mit Lebenden sind Zufall und nicht beabsichtigt.

In einem Essay *Über den Zusammenhang der thierischen Natur des Menschen mit seiner geistigen* formuliert Friedrich Schiller die Vorstellung, dass der Mensch »das unselige Mittelding von Vieh und Engel« ist.
Die Sehnsucht nach der *Blauen Blume* ist von Novalis und steht im Roman *Heinrich von Ofterdingen*.

Mein herzlicher Dank gilt Harry Seibold, der mir viele Orte zwischen Weimar und Naumburg gezeigt hat. Von Wilfried Schreier habe ich viel über Schuhe gelernt. Doris Görg und Lea Pippir danke ich für Gespräche über ihre Arbeit als Hebammen. Karin Sapper erzählte mir von der Flucht aus Tilsit. Herr und Frau Simon teilten ihr Wissen über Schuhe mit mir bei einem guten Abendessen. Auf dem Tisch lag eine Decke mit gestickten Schuhen.

Ich danke aber auch allen, die sich mit großem Sachverstand einsetzen gegen die unmenschlichen, tierfeindlichen und unökologischen Dimensionen von Tierfabriken und den meisten Schlachthöfen in Deutschland.

Katrin Seglitz

**Meine traurige Heimat
war das schönste Land der Welt.
Jetzt ist es das Unglücklichste.**

Geflüchtete erzählen von Syrien
aufgezeichnet von Katrin Seglitz

B2-Sprachkurs: Viele Teilnehmer kommen aus Syrien. Sie sollen eine Präsentation machen. Ein Schüler spricht über den Zusammenhang von Surrealismus und Sufismus. Ein anderer erzählt von Aleppo: »Meine traurige Heimat war das schönste Land der Welt. Jetzt ist es das Unglücklichste.« Ein dritter spricht vom Humor der Bewohner von Homs, von ihrem Widerstand gegen die Mongolen und von der Belagerung durch Assads Armee. Ein Schüler erzählt von Damaskus, sein bester Freund wurde von einem Scharfschützen Assads erschossen. Sie erzählen von verstörenden Erfahrungen, aber auch vom Alltag in Syrien. Die Schüler haben das Bedürfnis, mehr zu erzählen, und Katrin Seglitz hat das Bedürfnis, das Gehörte anderen Menschen zugänglich zu machen. Sie startet ein Erzählprojekt – die entstandenen Texte sind in diesem Buch versammelt.

ISBN 978-3-947941-00-1, 192 Seiten

osbert+spenza